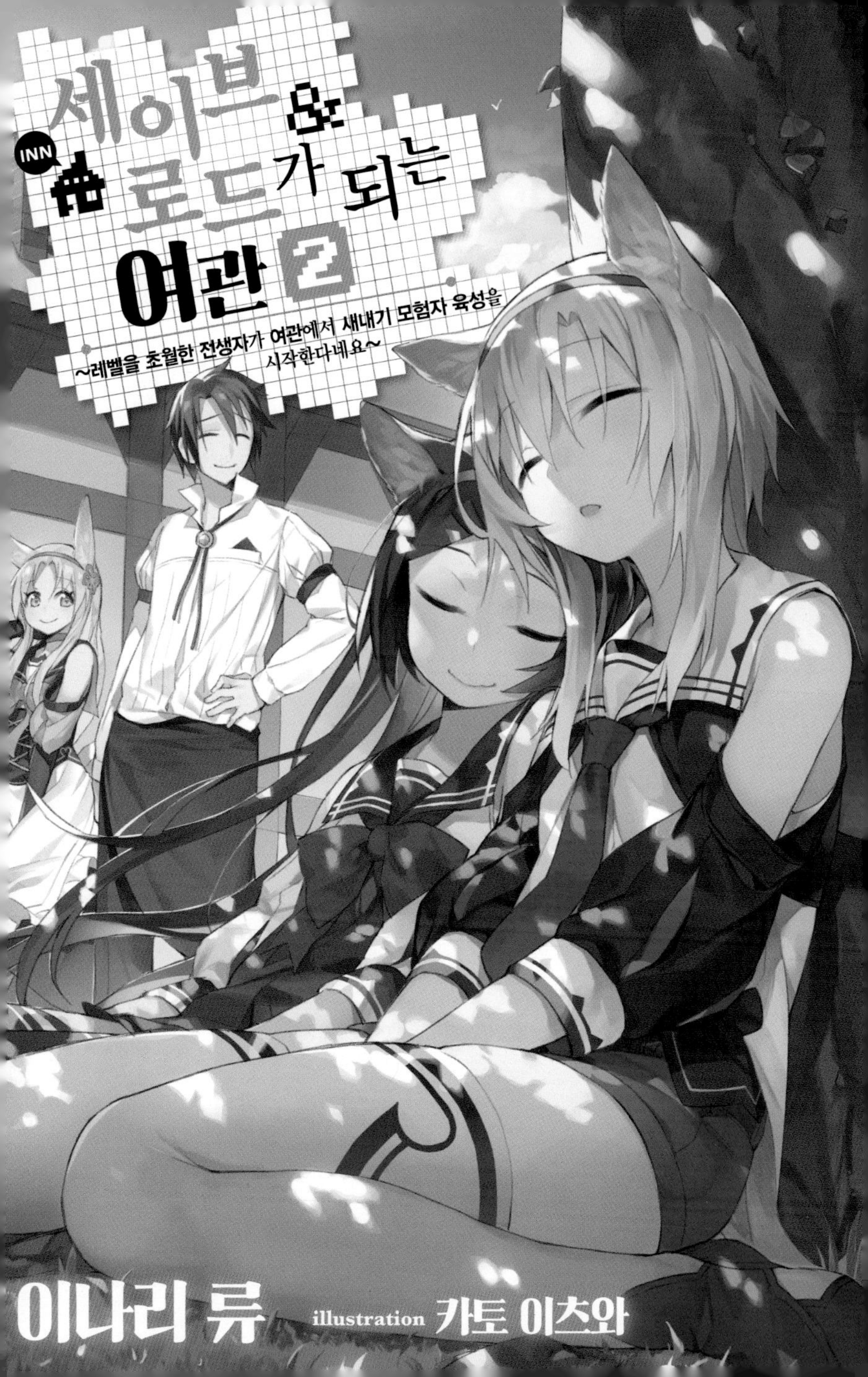
세이브 &
INN
로드가 되는
여관 2
~레벨을 초월한 전생자가 여관에서 새내기 모험자 육성을
시작한다네요~
이나리 류
illustration 카토 이츠와

입구도 출구도 보이지 않는다.
원근감도 찾아볼 수 없다.
검은, 물질이 아닌 구체가
산악 지대를 배경으로 두둥실 떠 있을 뿐.
그것이 오늘 알렉의 손에 이끌려 찾게 된,
레벨 20이자 제패자 추천 난이도의 미궁——『암흑공간』.
「그렇네요.
호 씨의 목숨이 하나밖에 없다면 말이죠.」
'여관 주인'
알렉

「무리잖아.」
흐

투라
「교, 교관님…
이곳에 숨어든다는
말씀이십니까……?!」

왕궁.
그렇게 불리는 건축물은 마을 한가운데에 존재했다.
밤의 어둠 속에서 화톳불이 일렁이는 거대한 석조 건축물.
그곳의 불길함과 공포심은 말로 형용하기 어려웠다.
아마도 침입하는 게 목적이 아니었다면
그 장엄한 모습에 가슴이 뛰었으리라.

모린
이 여관의 목욕탕은 훌륭하다——.
그보다 목욕탕이 딸린 여관은
이곳뿐이라는 점이 더 대단하다.

「『물침대』라고요?」
소피

The inn where you can saving and loading.

# 목차

Volume.02

# 세이브&로드가 되는 여관 2

~레벨을 초월한 전생자가 여관에서 새내기 모험자 육성을 시작한다네요~

이나리 류

illustration 카토 이츠와

'은 여우 여관'

돈 문제로 곤란을 겪던 호는 그 여관이 '후불제' 라는 말이 생각나 숙박처를 결정한다.

모험에는 돈이 드는 법이다. 장비 구입에서 치료까지 하나부터 열까지 전부 돈이 문제다.

숙박비를 깎아 보자. 일이 잘되면 떼먹고 날라 보자. 그런 생각마저 품고 있었다.

그렇기에 상대가 먼저 얘기를 꺼낸 '수행' 도 트집거리를 만들 생각으로 수락했지만, 그녀를 기다리는 건 상상을 뛰어넘는 고문 같은 시간이었다.

수행 중에 정신 붕괴를 맞이한 호.

그러나 효과는 상상 이상이었다.

처음에는 빚을 갚을 수 있을 정도의 강함을 목표로 했던 그녀도 시간이 흐를수록 '그 이상의 목표' 에 눈을 돌리게 되는데…….

# 3장

# 호의 빚 변제

"어엉? 왜 그래, 로렛타?

내가 '은 여우 여관'에 왔을 당시의 이야기?

……너도 참 답이 없다, 정말. 고작 그런 걸 물어보려고 일부러 내 긴 목욕을 함께해 준 거야?

인간족은 보통 이렇게까지 오래 목욕을 할 수 없잖아?

목욕을 좋아해서 괜찮다고?

아무리 그래도 드라이어드인 나랑 비슷한 정도면 제정신으로 할 일은 아니지.

드라이어드.

……뭐야, 이런 것도 몰라?

뭐, 그렇게 유명한 종족은 아니니까.

왕도처럼 인공적인 장소에선 더욱더 보기 드물긴 해.

전체 숫자도 적으니까.

그래도 길드 마스터 정도는 본 적이 있겠지?

그래, 그래.

긴 은빛 머리카락에.

갈색 피부에.

짤뚱한 것이.

확실히 닮았다고?

닮을 만도 하지.

그냥 같은 종족이 아니거든.

머리카락 색?

아, 할망구는 녹색이고 나는 흰색이니까?

그건 단순히 연령의 문제야. 나이를 들면 녹색이 되는 거지.

인간도 나이를 먹으면 백발이 되잖아? 그거랑 똑같다는 거야.

뭐? 길드 마스터를 '할망구' 라고 부르면 안 된다고?

괜찮아.

……그 할망구가 내 할머니거든. 난 길드 마스터의 손녀란 거지.

고생이 많았겠다고?

……뭐, 길드 마스터의 손녀라는 이유로 이런저런 곡절을 겪은 게 아니냐고?

출신을 듣자마자 곧장 '고생이 많았겠네.' 라고 말하는 걸 보면 넌 역시 귀족은 귀족이야.

보통은 부럽다고 하잖아?

……확실히 고생은 했지.

그런 만큼 많은 걸 얻었으니 비긴 셈이야.

엥? 뭐?

……그렇게 엉거주춤한 자세로 욕조에 있는 게 힘들지 않냐고?

이제 와서 뭘…… 적응해서 상관없어. 여기 욕조는 나한테는 좀 깊으니까.

알렉이 목욕물을 준비할 때는 욕조에 나 하나만 남을 시간이 되면 자연스럽게 목욕물의 양을 줄여 주는 모양이기는 한데.

지금 목욕 당번은 모린 씨잖아? 아직은 좀 멀었지.

……무릎 위에 앉으라고?

이봐, 로렛타. 설마 날 꼬맹이라고 생각하는 건 아니겠지?

이렇게 보여도 난 너보다 어른이야.

뭐, 올라가긴 하겠지만.

……뭐야, 올라오라고 한 사람은 너잖아.

좀 어때서 그래. 드라이어드도 가끔은 앉아서 목욕하고 싶다고.

……그래서 무슨 얘기를 하던 중이었지?

내가 '은 여우 여관'에 왔을 때 이야기였나.

무릎을 빌려준 보답으로 살짝 말해 주기로 할까.

……보자, 일단 내가 길드 마스터의 손녀라는 게 계기였지.

다들 색안경을 끼고 본단 말이야. 모험가라는 건 강한 사람이 높은 자리에 앉는 게 보통이니까.

당연히 길드 마스터도 강한 법이지.

그것까지는 괜찮다만…….

길드 마스터 가족으로 모험가를 하고 있자니 아무래도 비교를 당하게 되거든.

더군다나 지금 할망구가 아냐. 전성기를 달리는 할망구랑 비교한단 말이야.

우리 할망구는 인류 중 처음으로 던전을 두 개 제패했다는 괴물이라고.

……아, 응, 뭐, 그렇지. 지금 우리를 생각하면 던전 두 개 정도는 괴물이라고 하기 뭣하지만. 이 여관에는 그보다 더한 뭔가가 있기도 하고.

그래도 그때 감각으로는 그야말로 괴물이었지.

게다가 그때의 난 약했으니까.

그게 싫어서 강해지고 싶었어. 할망구랑 어깨를 나란히 하거나 뛰어넘을 정도로 말이야.

그리고…… 그때 내가 약간의 빚을 지고 있었거든.

……곧장 할망구한테 달려가서 모험가를 시작했지.

초조한 마음에 어려운 던전에 도전하다 치료비를 감당하지 못하고 가난뱅이가 됐어.

장비를 잘 갖추면 강해질 수 있을 거라는 착각에 빠져 온갖 무기와 방어구를 갖췄지.

특히 드라이어드용 무기는 주문품밖에 없거든.

우리는 머리카락으로 싸우니까.

드라이어드인 우리는 머리카락이 뽑히면 이만저만 아픈 게 아니야. 그래서 쭉 풀고 있지. 대신에 튼튼하기는 해.

……아, 걱정하지 마. 지금은 빚도 깨끗하게 정리했어.

……뭐? 본론?

아, 그렇지. ……내……가 받았던 수행 내용을 듣고 싶었던 거구나.

그, 그래. 그렇, 그렇지.

그렇게 특별한 건 어, 어, 없었, 어, 어, 없었, 어.

떠, 떨고 있다고?

멍청한 소리 마. 난 이 여관 최고참이야. 수행 따위, 이젠 익숙해.

……익숙하다구!

눈 하나 깜짝 안 하고 알려 줄게!
내가 얼마나 여유만만하게 수행을 극복했는지!
그, 그래도, 잠깐 기다려 봐…… 일단 3개월 정도 전의 일이니까.
생각을 좀 해 봐야겠어.
……딱히 각오를 다질 시간이 필요한 건 아니라고!
마음의 상처에 맞서야 한다거나 그런 것도 아니니까 말이야!
잠깐만, 나한테 조금만 기억을 더듬을 시간을 줘.
시간이 좀 걸릴지 모르지만 절대 공포를 극복할 각오를 하는 건 아니니까!
……내 안에는 벌써 단단한 각오가 서 있다고!
내가 3개월 전의 수행에서 손에 넣은 게 바로 그런 각오니까."

○

"오오, 여기가 바로 '은 여우 여관' 이군! 낡은 여관이잖아? 내가 묵어 줄 테니까 숙박 명부를 꺼내 봐!"
3개월 전.
어느 날 정오가 지난 오후.
드라이어드 소녀는 그런 첫마디와 함께 '은 여우 여관' 에 발을 들였다.
어린아이 같은 체구.
갈색의 피부.
지나치다 싶을 정도로 긴 백발에는 액세서리가 치덕치덕 붙어 있었다.
무기였다.
머리카락을 수족처럼 부리는 드라이어드는 머리카락에 무기를 단다.
그렇다 해도 그녀의 머리카락에는 지나치게 많은 무기가 붙어 있었다.
가는 몸을 덮은 갑옷도 마찬가지로 투박했다.
얼굴 외의 온몸을 틈 없이 가린 풀 플레이트 메일.
방어력은 높지만 움직이기 불편했다.
실제로 그녀는 갑옷과 무기의 무게에 짓눌려 몸을 질질 끌듯이 걷고 있었다.
여관의 접수대에는 한 남성이 앉아 있었다.
연령을 추정하기 어려운 남자였다. 앞치마와 튼튼해 보이는 셔츠를 입은, 노동자 차림을 하고 있었다.
"어서 오세요. 이용해 주셔서 감사합니다. '은 여우 여관' 에 오신 걸 환영해요."
남자는 미소를 머금고 사전에 정해 두었던 듯한 문구를 읊었다.
소녀는 그런 대화가 영 번거롭다는 듯 카운터에 다가왔다.
"이 여관은 후불이라던데, 진짜야?"
"그렇네요. 새내기 모험가 지원을 기본 업무 중 하나로 삼고 있어서요."
"그거 괜찮은데? 마음에 들었어."
드라이어드 소녀는 지금 돈 문제로 어려움을 겪고 있었다.

던전에서 입은 부상에 대한 치료비.

강해지기 위해 장비에 쏟아부은 돈.

할머니를 통해 이런저런 이야기를 들은 것도 같지만…… 어렴풋하게 남은 기억을 더듬어 이 여관을 찾게 되었다.

그녀가 기억하는 이 여관의 정보는 '후불제' 밖에 남아 있지 않았기 때문이다.

숙박 명부가 카운터에 놓였다.

그녀는 한 손에 펜을 쥐고 명부를 뒤적였다.

그리고 불평을 내뱉었다.

"하! 이게 뭐야! 손님이 하나도 없잖아!"

"그러게요. 목이 별로인지, 선전이 별로였는지 찾아 주시는 분이 많지 않아서요."

"서비스가 나쁜 거 아냐?"

"그러게요. 개선을 고려할 필요가 있을지도 모르겠어요."

"정말 이런 데서 묵어도 괜찮을지 모르겠네. 침대가 딱딱해서 잠이 안 온다거나 외풍이 심해서 노숙이랑 차이가 없다거나 밥이 맛이 없거나, 막 그런 거 아냐?"

"그렇지는 않답니다."

"자신할 수 있어?"

"그럼요. 그 부분은 실제로 이용해 보면 확인하실 수 있겠지요."

"그렇게까지 말한다면 묵어 볼 수도 있지. 마음에 안 드는 점을 발견하면 요금은 못 낸다는 조건으로 말이야."

"그렇게 하시지요."

"난 미리 말했다?"

그녀는 내심 '얏호!' 라며 쾌재를 불렀다.

처음부터 그녀는 어떻게든 트집을 잡아서 숙박료를 깎아 볼 참이었다.

돈이 없었으니까.

이 변변치 않아 보이는 남자가 상대라면 떼먹을 수 있을지도 모른다.

그런 생각을 하면서 명부에 이름을 적었다.

그러자 명부의 이름을 발견한 남자가 고개를 갸웃했다.

"호 씨, 이신가요?"

"뭐야, 내 이름에 불만이라도 있어?"

"아니요. 혹시 손님은 길드장의 손녀이신가요?"

"……그래서 뭐? 불만이라는 거야?"

"그렇군요. 제 소개가 늦었네요. 저는 알렉산더라고 합니다. 종종 알렉이라고 불리는데 혹시 절 아시나요?"

"내가 왜 다 쓰러져 가는 여관 접수원의 이름까지 알아야 한다는 거야?"

"그런가요. 아, 그리고 한 가지 정정해야 할 게 있네요."

"뭐어?"

"저는 접수원이 아니라 주인이랍니다. '은 여우 여관' 의 주인, 알렉이라고 합니다."

"……."

아마 들은 적이 있었겠지.

할머니를 통해서 이 여관의 이름을 들은 적이 있었으니, 여관 주인과 할머니가 지인이라는 사실은 신기하지 않았다.

따라서 할머니가 그에 관한 화제를 입에 담았다면 이름을 말한 적도 있었으리라.

다만 호는 할머니의 이야기에 관심이 없었다.

구구절절 말이 많은 시끄러운 할망구다.

대화를 나눈다 해도 9할은 한 귀로 듣고 흘리는 버릇이 붙어 있었다.

그리고 할머니의 지인도 '할머니의 지인' 이니까 역시 마음에 들지 않았다.

그래서 거칠게 말했다.

"몰라, 그런 거. 그리고 뭐야? 할망구랑 아는 사이인데, 그게 어쨌는데? 뭘 좀 잘못하면 쪼르르 일러바칠 수도 있다, 뭐 그런 뜻이야? 손님을 협박하기까지. 참 대단한 여관이네."

"그런 의도는 없어요. 혹시 '수행' 에 대한 걸 알고 계시나 싶어서요."

"수행?"

"이 여관은 모험가 지원 업무의 일환으로 새내기 모험가분의 수행을 도와드리고 있지요. 스테이터스를 보아하니 아직 레벨 20 언저리로 보이는데 수행을 희망하시려나 해서요."

"스테이터스? 어려운 단어를 써 가면서 날 속여 먹으려는 거지?"

"……아니요, 모쪼록 신경 쓰지 마시길. 어쨌든 수행을 염두에 두고 계신가요?"

호는 생각에 잠겼다.

수행.

실로 여관답지 않은 업무였다.

그렇다면 받아 보자 싶었다.

이렇다 할 문제를 발견하면 그것만으로도 여관에 불평할 내용이 늘어난다.

그러다 보면 일부러 떼먹지 않아도 여관비를 0으로 만들 수 있을지도 모른다.

다만 그 전에 한 가지, 묘안이 떠올랐다.

"상관없지. 수행, 받아 볼게."

"이용 감사드립——."

"아, 잠깐, 잠깐만! 다만 난 나보다 약한 녀석한테 단련을 받을 생각은 없어. 나한테 수행을 시킬 거라면 우선 승부를 해서 날 이겨 봐!"

'수행 전의 실력 검증'.

호는 그런 대의명분을 앞세워 비실비실해 보이는 남자를 넝마로 만들어 줄 생각이었다.

한 번 싸우더라도 무참하게 패배한 기억은 남는 법이다.

일단 한 번 때려눕혀 놓으면 나중에 여관비를 없애는 데에 도움이 될지도 모른다.

수행을 시켜 주겠다 제의하는 사람이 약할 리가 없다고 생각하는 사람도 있겠지.

그러나 세간에서 '스승'이니 '교관'이니 불리는 인물은 '육성 방법에만 훤한 약자' 인 경우가 많았다.

검 실력은 일류지만 실전에서는 삼류라거나.

시합 형식에는 강하지만 막무가내 싸움에선 이기지 못한다거나.

훈련을 졸업했을 뿐 딱히 강하지는 않다거나.

그런 사람도 많고 많았다.

그러니 상대가 승낙하는 순간 공격에 나서자. 기습이라도 승리는 승리다. 호는 그렇게 생각하면서 알렉이 고개를 끄덕이는 순간을 기다렸다.

"승부하기 전에 저도 한 가지 조건을 걸어도 될까요?"

미묘하게 기선을 제압당하는 형세였다.

호는 짜증스럽게 되물었다.

"뭐야?"

"싸우기 전에 세이브를 해 주세요."

"……뭐어?"

그녀는 노골적으로 미심쩍다는 시선을 보냈다.

알렉은 조금도 개의치 않는 태도로 손을 앞으로 내밀었다.

그러자 그의 손이 향한 방향에 수수께끼의 물체가 출현했다.

어렴풋이 빛나는 구체였다.

허공에 떠오른 채 낙하하지 않는 미확인 물체.

"이 세이브 포인트에 대고 '세이브한다' 고 선언해 주세요. 제가 제시하는 조건은 그뿐입니다. 세이브만 해 주시면 형식과 횟수에 상관없이 승부에 응하겠습니다."

수상한 의식을 제안하고 나섰다.

호는 저주라도 걸려는 건 아닐까 싶어 경계했지만…….
먼저 말을 꺼내고 물러나는 건 영 폼이 안 났다.
"좋아, 좋아. 그쪽이 그걸로 만족한다면 못 할 거 없지."
"협조 감사합니다."
"대신에 그쪽도 방금 한 말은 꼭 지켜 줘야겠어! 어떤 형식도 횟수도 상관없다……. 똑똑히 들었어."
"네."
"흥. 그럼 간다. '세이브한다'. ——됐지?!"
갑작스러운 공격.
무기를 붙이지 않은 곳을 선별해 사용했다고는 하나 머리카락을 통한 강렬한 강타였다.
드라이어드는 머리카락을 이용해 전투한다. 그리고 절대수가 적었다.
그런 이유로 손발에 의한 기습을 경계하는 사람은 있어도 느닷없이 머리카락으로 달려들 걸 예상할 수 있는 사람은 드물었다.
요컨대 이 기습에는 절대적인 확신이 있었고 실제로 분명한 손맛도 있었다.
……다만.
그 손맛은 카운터 테이블이 날아가는 감각에 불과했으며——.

"말하는 길 잊었는데 비품 훼손도 신경 쓸 필요 없어요. 굳이 말할 필요도 없었던 것 같지만요."

——등 뒤에서 들려온 음성과 함께 '콩' 하고 가볍게 머리를 두드리는 감촉이 느껴졌고.

"……헤? 응?"

호는 뒤를 돌아볼 틈도 없이 머리 위에서 달려드는 놀랄 만한 압력에 짜부라졌다.

○

——두 번째.

"아직 만족하지 못하신 모양이니 다시 한번 할까요?"

"흐에? 후엥? 어라? 나, 방금 죽은……."

"로드되었으니 목숨에는 지장이 없습니다. 그럼 어떻게 하시겠어요? 이쯤에서 그만둘까요?"

"그, 그만, 그만할 순 없지! 조금 전엔 몸이 좀 별로였을 뿐이야!"

"그러신가요. 그럼 마음껏 공격해 주세요."

"말하지 않아도 그럴 생각이야!"

——세 번째.

"어서 다시. 그럼 어떻게 하시겠어요?"

"아, 죽었는…… 가슴에, 구멍…… 구멍이……."

"아, 이런. 갑옷에 구멍이 나고 말았네요. 승부가 끝난 뒤에 필요하시면 변상해 드릴게요. 그럼 어떻게 할까요? 계속할까요?"

"어? 계속? 계속한다니, 뭘? 호는 이제 아무것도 모르겠어……."

"승부 말이에요. 만족하실 때까지 몇 번이든 상대해 드리겠다고 말씀드렸을 텐데요."

"몇 번이든? 몇 번이든?"

"네, 맞아요. 그런데 말투가 달라진 것 같은데 괜찮으세요?"

"헉?! 어, 어, 음…… 스, 승부 중에 적을 걱정할 필요는 없지 않을까……?"

"혹시 보통 때 말씨는 무리하고 계셨던 건가요? 모험가 활동을 하자면 험악한 말투를 동경하게 되는 분도 계시던데 호 씨도 혹시 그런 타입이세요?"

"무리 같은 거 아냐! 난 태어날 때부터 이런, 어, 음, 음, 우리 할망구 같은 말투라고!"

"……그런가요. 작전 타임도 필요하겠죠. 마음껏 고민하시길. 먼저 공격하시기 전에는 움직이지 않을 테니 느긋하게 계세요. 몇 번이든 결과는 달라지지 않겠지만 수긍하실 때까지 시행착오가 필요한 법이니까요. 그만두고 싶을 때는 말씀해 주시고요. 일단, 무리는 하지 마시길."

"무리 같은 거 아니라고 했을 텐데! 할 거야, 아직 더!"

——네 번째.

"이번엔 로드까지 약간 시간이 걸렸네요."

"팔, 다리, 어, 없…… 피, 피가."

"아, 갑옷 팔다리 부분이 소멸했네요. 조금 전에도 말씀드렸다시피 필요하다면 변상해 드릴 테니 나중에 말씀해 주세요."

"나중? 나중이라고?"

"손님이 만족하신 다음이지요. 아니면 이제 패배를 인정하고 수행으로 넘어가도 될까요?"

"패, 패배 아니야! 아직 안 졌어! 그도 그럴 게 난 살아 있…… 어라, 그런데 죽었는데 왜 내가 살아 있지……?"

"모쪼록 느긋하게. 전 얼마든지 상대해 드릴게요. 몇 시간이든, 몇 번이든. 손님이 이해하실 수 있을 때까지, 계속. ——그래요, 계속이요."

"히익."

"그만둘까요? 계속할까요?"

"오지 마…… 오지 마, 오지 마, 오지 마, 오지 마아아아아아아!"

——다섯 번째.

"있잖아."

"네."

"호는 꽃가게를 하고 싶어."

"그렇군요."

"응. 꽃은, 예쁘니까 좋아. 드라이어드는 말이야, 꽃의 목소리가 들린다고, 우리 할머니가 그랬다?"

"그것참 멋진 일이네요."

"응. 그런 거야. 있잖아, 오빠도 꽃집이 좋아?"

"네. 여관이니까요. 꽃을 가게에 장식할 기회도 있고."

"응! 꽃은 참 예쁘지? 꽃이, 좋아."

"그럼 어떻게 할까요? 이제 만족하셨나요?"
"만족?"
"네, 만족이요. 제가 얼마나 강한지 시험해 보고 싶었던 거죠? 그럼 이제 충분하신지 여쭙고 싶은데요."
"싸우는 거야?"
"네. 그런 의뢰였다고 생각했습니다만."
"싸움은 싫어……. 무서워. 모험가는 모두 험악하니까 싫어. 꽃이, 좋아."
"그럼 이걸로 만족하셨다는 걸로 알아도 될까요?"
"응. 잘은 모르겠지만 좋아."
"그런가요. 그럼 손님이 회복하시는 대로 수행으로 넘어가죠."
"응!"
"그때까지 꽃집 구경이라도 하고 올까요?"
"괜찮아?! 호는 말이지, 꽃이 정말 좋아!"
"그런가요. 그것참 멋진 일이네요."
"응!"

이리하여.
호는 다섯 번의 패배를 경험하고 수행을 받게 되었다.

○

"어쩔 수 없네! 기억이 좀 흐릿하기는 하지만 일단 승낙했다는 건 기억하고 있어. 얌전히 알렉 씨의 수행을 받아 줄게!"

호는 무사히 회복했다.

그래서 수행을 받게 되었다.

장소는 왕도 남쪽에 있는 단애절벽이었다.

이곳 남쪽의 개척을 막을 정도로 깊고 거대한 골짜기가 시야 가득 펼쳐져 있었다.

알렉과 호는 절벽 쪽에 천을 깔고 자리를 잡았다.

지금부터 수행이 시작된다고 들었지만 분위기는 흡사 소풍을 나온 것만 같았다.

알렉은 여관 접수대에 있던 그대로의 차림이었다.

호도 갑옷과 머리카락에 가득 붙어 있던 무기가 모두 사라진 탓에 지금은 느슨한 원피스와 같은 걸 걸친 모습이었다.

무장하지 않은 남녀가 경치 좋은 장소에 앉아 있으니 필연적으로 느슨한 한때라는 분위기가 된다.

일단은 알렉의 옆에 있는 수수께끼의 거대한 보퉁이가 묘한 위압감을 방출하고 있기는 하지만…….

시간은—— 정신을 차렸을 땐 노을이 지고 있었다.

호의 기억은 다소 흐릿했다.

그래도 어쩐지 향수를 불러일으키는 듯한, 그리운 감각에 가슴이 조여드는 것만 같았다.

어렴풋한 기억 속의 자신은 알렉을 무척 신뢰했던 것 같기도 했다.

어느 틈엔가 '네놈' 이라거나 '어이, 그쪽' 이라는 식으로 상대를 부르려 해도 입을 떼면 자연스럽게 '알렉 씨'로 변환되고 있었다.

그의 수행이라면 무언가, 지금까지의 자신은 알 수 없었던 것들을 이해할 수 있게 될지도 모른다.

기대와 고양감을 느끼면서 호가 물었다.

"그래서 수행이라는 건 뭘 하면 되는 거야?"

"일단은 가볍게 날아 볼까요."

"……엉?"

"그 후에는 콩을 드시기로 하죠."

"……콩?"

"그 정도만 해도 밤이 될 테니 오늘은 그걸로 마무리할까요. 돌아가는 길에 가볍게 내일 예정을 말씀드릴게요."

"날다니, 무슨 소리야?"

"점프지요."

"뭐? 그냥 점프만 하면 되는 거야?"

"그렇네요. 뒷일은 중력이 알아서 해 줄 테니까요."

"잠깐만, 잠깐만. 도통 영문을 모르겠는데…… 생각보다 느슨한 수행이잖아. 아니면 여관 중에 짬 내서 하는 수행이라 그런가?"

"그렇지요. 가능한 한 느슨하게 할 생각이에요. 수행이든 뭐든 꾸준한 게 가장 중요하니까요."

"아, 가늘고 길게 말이지. 그런 방침으로 여관비를 벌어 보려는 수작인가."

"굳이 말하자면 굵고 길게. 한 번밖에 없는 인생이니까요. 최대한 아슬아슬한 선까지 가 보고 싶지 않으세요?"

"……아무래도 제대로 된 대화가 안 되는 것 같은데."

"그런데 본격적인 수행을 시작하기 전에 한 가지 여쭙고 싶은 게 있는데요."

"뭐야."

"손님의 목적입니다. 수행으로, 어느 정도까지 강해지고 싶은지, 알려 주실 수 있나요?"

"아, 빚을 갚을 수 있을 정도면 되겠지."

"빚이요?"

"……아차."

후회했지만 엎지른 물이었다.

상대는 다름 아닌 여관 주인이었다. 그런 상대에게 빚을 지고 있다는 말을 솔직하게 털어놓으면 지불 능력을 의심받게 된다.

실제로 그녀에게는 지불 능력이 없었다. 지금은 빚을 갚는 것으로도 허덕이고 있었다.

그러나 달리 대답할 만한 목적도 없었다.

눈앞에 없는 일을 생각하는 건 귀찮았고 아무래도 좋았다. 미래에 대한 계획도 없었다.

그러한 그녀의 말을 어떻게 해석했는지, 알렉은 전과 다르지 않은 얼굴로 웃고 있었다.

"그렇군요. 참고로 빚의 규모는 어느 정도인가요?"

"……변제 계획은 이틀에 한 차례, 레벨 30 수준의 몬스터 토벌 퀘스트를 달성해서 꾸준하게 3개월에 걸쳐 갚게 되어 있어."

"상당한 금액이군요."

"……이자가 불어났거든."

"참고로 하나만 더, 제가 파악하기로 손님의 레벨은 20 중반 정도 되시는 것 같군요."

"크게 다르지 않아."

"레벨 20 중반인 손님이 이틀에 한 번, 레벨 30 언저리의 몬스터 토벌 퀘스트를 해야만 하는 상황이라니 무척 위화감이 드는데요."

"매일 레벨 20 퀘스트를 받는 것보다는 편하겠다 싶었지. 그리고…… 내 레벨보다 높은 몬스터에 도전하는 게 더 빨리 강해질 수 있잖아?"

"무리를 해서 강해지고 싶은 이유라도?"

"……할망구가 길드 마스터라서 그래."

"그렇군요. 길드장을 뛰어넘고 싶다."

"……딱히 그런 건 아니야. 다만 할망구보다 성적이 나쁘면 주변이 시끄러우니까."

"훌륭한 목표네요."

"……핫. 그건 목표가 아니야. 그냥 저주지. 위대한 길드 마스터를 뛰어넘어라! 혈육이니까 추월해 봐! 그러지 못하면 너는 아무리 시간이 흘러도 '길드 마스터의 손녀' 다! ……그런 저주지. 죄다 엿이나 먹으라지."

"그런가요. 그런데 손님의 할머님, 다시 말해서 쿠 씨가 던전 제패를 달성한 건 50년 전이었다던데요."

"어? 아, 그렇다고 들었는데……."

할머니의 이름을 듣고도 한순간 누구인지 파악하지 못했다.

보통 사람들은 할머니를 '길드 마스터' 라고 불렀다. 길드라는 조직은 모험가 길드 외에도 존재하지만 길드 마스터라는 건 보통 쿠를 가리키는 명칭으로 통용되었다.

더군다나 호는 자신의 할머니가 결코 친절한 할머니가 아니라는 사실을 알고 있었다.

거칠고 필요 이상으로 박력이 넘쳐서 적어도 친근하게 '쿠 씨' 라고 불릴 만한 인품은 결단코 아니었다.

……가족에게도 엄격한, 친절하지 않은 망할 할망구였다.

그런 할망구를 이토록 친밀하게 이름으로 부르다니, 알렉은 뭐 하는 인물일까?

다시금 그런 의문이 고개를 들었다.

그녀는 알렉의 얼굴을 빤히 바라보았다.

그는 미소를 머금은 채로 호가 몰랐던, 할머니의 이야기를 늘어놓았다.

"50년 전에는 레벨이라는 개념의 기준이 현재와 제법 달랐다고 들었어요. 쉽게 말하자면 정확성이 모자랐던 거죠. 레벨 10으로 판별되었지만 실질적인 강함은 현재로 말하자면 레벨 5에 상당하는 사람도 있었고 같은 강함이라도 시험관에 따라 레벨이 제각각 달라지기도 했다더군요."

"그랬나."

"네. 던전 레벨은 더욱더 심했다고 하죠. 당시부터 던전 레벨을 결정하는 건 '조사' 를 담당하는 귀족이었다는 모양인데, 아무래도 '어려운 던전을 낮은 레벨로 판단' 하는 걸 멋있다고 생각하는 경향이 있었는지 이쪽도 정확하지는 않았지요."

"……뭐야, 그게."

"귀족은 던전을 '탐색' 하지 않으니까요. 자신이 '레벨이 낮다' 고 판단한 던전에서 모험가가 죽는 걸 '그 정도 던전에서 죽다니 한심하군' 이라며 조소하는 게 당시의 오락 중 하나였다는 모양이에요."

"……엿 먹어라."

"그런 제도를 개혁한 게 손님의 할머님이시죠."

"……."

"던전 레벨에 대한 정당한 심사와 모험가 레벨의 정확한 심사를 철저히 하기 위해서 수많은 기준을 세우고 왕실 던전 조사국에 인정을 받아냈지요."

"……그 할망구가?"

"네. 지금 모험가들이 자신의 레벨과 던전 레벨을 비교하면서 정확한 리스크를 조절할 수 있는 건 할머님의 공적인 셈이에요."

"……할망구는 그런 건 단 한 번도 나한테 말해 준 적 없는데."

"하나하나 말해 줄 필요는 없으니까요. 숨길 이유도 없겠지만. ……일단, 쿠 씨의 성격을 생각하면 '손녀에게 그런 이야기를 하는 건 자랑 같아서 낯간지럽다' 고 할 것 같네요."

"넌 대체 정체가 뭐야? 어떻게 우리 할망구를 그렇게 잘 알지?"

"잠깐이나마 쿠 씨가 절 길러 주었거든요."

"……뭐?"

"그러니 손님은 제게 있어 어떤 의미로는 사촌 같은 존재랍니다. 손님의 어머님은 제 누나 같은 존재지요. 사실 손님이 아이였을 무렵에 만난 적이 있지요. 뭐, 드라이어드는 성장이 느린 종족이니 아기 시절도 긴 편이니까요. 제법 오래 함께했지만 기억은 없겠죠."

"……."

"이야기가 좀 벗어났지만── 할머님은 단순히 강하다는 이유만으로 지금의 지위에 오르신 게 아니라는 의미예요."

"……그래서 그게 뭐 어쨌단 거야."

"'길드장을 뛰어넘는다'는 호 씨의 목적은 단순히 강하기만 해서는 이룰 수 없다는 말씀을 드리는 거죠."

……그런 건 네가 말하지 않아도 알아.

호는 시시하다는 듯이 말했다.

"핫. 너도 할망구 편이다. 이거지? 내 앞에서 할망구한테 아첨을 해 봤자 아무것도 안 나와."

"저는 거짓말과 허세와 진심이 아닌 아첨은 서툴거든요. 진실을 있는 그대로 말씀드렸을 뿐이에요."

"그럼 뭐야. 나 같은 건 길드 마스터를 뛰어넘을 수 없다고, 그렇게 말하고 싶은 거야?"

"아니요. 강함만으로는 뛰어넘을 수 없다고 말씀드린 겁니다."

"달리 방법이라도 있어?"

"그럼."

"……뭔데."

"그저 같은 마음이 되어 보는 것도 좋지 않을까요?"

"그게 무슨 뜻인데?"

"호 씨도 던전을 제패해 보면 어떨까요? 일단 하나부터."

빙글빙글.

알렉이 미소를 머금은 채로 말했다.

호는 고개를 갸웃했다.

"엄청 쉽게도 말하네. ……모험가로서 최종 목표로 삼는다면 '던전을 제패' 하는 것도 나쁘지 않을지도 모르지만."

"아니요. 삼 일이면 할 수 있습니다."

"……엥? ……호, 호는 점점 뭐가 뭔지 모르겠는데."

"말투가 무너졌는데, 괜찮으신가요?"

"따, 딱히 무리하는 거 아니야! 나는 태어날 때부터 이런 말투라고 했을 텐데!"

"호 씨가 태어난 직후를 아는 저한테 왜 그런 거짓말을 하는 거죠?"

"시, 시끄러워! 어쨌든, 우선은 네 수행이 정말 효과가 있는지 확인해 주겠어! 사흘 만에 던전 제패라고? 하핫! 할 수 있으면 어디 한번 해 보지그래?!"

"그런가요. 알겠습니다."

그가 고개를 갸웃하며 빙그레 웃었다.

호는 자신이 무언가, 터무니없는 말을 내뱉고 말았다는 걸 깨달았다.

호는 허둥지둥 이어 말했다.

"처, 첫 수행은 점프만 하면 된다는 거지?"

"그렇네요."

"그걸로 어떤 효과가 나온다는 건지 영 모르겠지만 일단은 네 지시에 따라 주겠어. 지시에 따르지 않아서 효과가 없었다는 식의 변명을 들어줄 생각은 없으니까."

"효과는 염려 마시길. 그래도 그 전에 세이브를 부탁드립니다."

"하? 뭐야? 그냥 점프하는 거 아니야?"

"그렇지요. 저쪽 절벽을 향해서 그저 점프를 해 주시면 됩니다."

"……뭐? 시러……. 영문을 모르겠는걸. 그런 걸 하면 호는 죽고 말 거야."

"네. 그런데 말투가——."

"딱히 무리하고 있는 게 아니야! 그보다 '네' 라고 했어, 방금?!"

"아니요."

"용기를 시험해 보겠다 그런 거야?"

"아니요."

"얼마나 튼튼한지를 시험하는 거야?"

"……아니요."

"특별히 시험하는 구석이 없는 거야?"

"네."

"그럼 그냥 자살 아냐?!"

"네."

"시, 시러어……."

호는 궁지에 몰린 표정으로 싫어, 싫어라며 고개를 좌우로 흔들었다.

알렉은 개의치 않고 세이브 포인트를 출현시킨 뒤 미소를 머금은 채로 말했다.

"그럼 세이브를 부탁드립니다."

"과, 관용이라나, 배, 배려 같은 건 없는 거야?"

"있지요. 그러니 충고를 하나 해 드릴게요."

"모온데?"

"불필요하게 머리카락을 이용해서 낙하 속도를 늦춰서는 안 됩니다. 죽지 않을 테니까요."

"……."

"자, 그럼."

호는 거듭거듭 고개를 흔들었다.

알렉은 단 한 번, 고개를 끄덕였다.

가라, 고.

○

"슬슬 내일의 예정에 대해 말씀드릴까요?"

"응. 내일도 꽃을 이만큼 볼 수 있을까아?"

"호 씨? 아직 돌아오신 게 아닌가요?"

"……헉?! 뭐, 뭐야?! 여긴 어디지?!"

호는 허둥지둥 주변을 둘러보았다.

이곳은── '은 여우 여관' 일까.

식당 같은 공간이었다.

어느 틈엔가 시간은 밤이 되어 있었고 자신은 카운터 석에 앉아 있었다.

눈앞에는 알렉이 있었다.

안쪽, 구조적으로 생각하면 주방으로 나뉜 공간에서도 누군가가 일하고 있는 기척이 들렸다. 아마도 여관의 요리사이리라.

호는 눈앞에 놓인 물을 마셨다.

기억이 무척 어수선했다.

그래도 어쩐지, 무척 즐거운 일이 있었던 것 같기도 했다.

만개한 꽃밭.

그곳에서 즐겁게, 그리웠던 어른과 노는 꿈.

……그런데 그녀의 몸은 희미하게 떨리고 있었다.

무서운 일이라도 있었던 걸까, 즐거운 일이 있었던 걸까, 어느 쪽일까?

호가 물었다.

"……미안하지만 나는 어떻게 여기에 있는지 모르겠어. 설명을 해 줘."

"여긴 '은 여우 여관' 식당이에요. 호 씨는 남쪽 절벽에서 저와 둘이 걸어서 돌아왔지요. 오늘 분량의 수행은 벌써 끝났고 앞으로는 저녁을 먹을 참이지요."

"그렇군…… 몇 번인가 절벽에서 뛰어내렸던 기억이 있는데, 그 뒤는 아무래도……."

"덧붙여서 내일 할 수행에 관해 설명해 드릴게요. 원래는 돌아오는 길에 할 생각이었는데 오는 길에 호 씨가 꽃 따기에 푹 빠져 있어서 즐거운 시간을 방해하는 것도 미안하다는 생각에 나중으로 미루기로 했죠."

"……꽃 따기?"

"네. 길가에 핀 꽃을 따서 꽃다발을 만드는 거죠. 호 씨가 딴 꽃은 그쪽 꽃병에 장식해 두었어요."

알렉이 손가락으로 꽃병을 가리켰다.

호는 그의 손가락이 향한 쪽에 있는 여관 입구를 바라보았다.

접수 카운터 위에 확실히 투박한 도자기 꽃병이 있었다.

그곳에 작고 귀여운 꽃이, 딱 세 송이 꽂혀 있었다.

투박한 꽃병과 아담한 꽃의 자태가 불협화음을 이루고 있었다.

……그러나, 그 전에.

"저기, 알렉 씨."

"왜 그러시죠?"

"나는 이 여관을 나서기 전에 이 접수대 카운터를 날려 버렸던 걸로 기억하는데."

"그렇지요."

"여관에서 나설 때도 그대로였지 싶은데."

"그렇지요."

"어느 틈에 고친 거야?"

"아내가 5분 만에 해 주었지요."

"……아내?"

"안쪽에서 요리하는 사람이죠. 요리나 가옥 수리, 사람을 치료하거나 하는 섬세한 조정이 중요한 작업은 아내가 특기거든요."

"요리와 가옥 수리와 치료를 아무렇지도 않게 같은 선상에 놓을 수 있는 건가? 완전히 다르잖아."

"지나치게 마력을 담으면 폭발하는 점은 같지요."

"그렇다는 건 요리에 마력을 쓰는 거야? ——폭발?! 사람을 치료하다가?!"

"물체에 마력을 보내는 기술을 응용해서 강도를 놀리거나 치료를 할 수도 있으니까요. 규모의 차이는 있지만 검사분들은 모두 사용할 수 있는 기술이죠. 다만 마력이 지나치게 많이 사용되면 파열하기도 하는 거죠. 알고 계시지 않나요?"

"그건 그렇지만 다르지! 내가 하고 말하고 싶은 포인트랑은 다르잖아! 사람을 폭발시키는 대참사의 내막을 알려 달라는 거라고!"

"그저 그런 일도 있을 수 있다는 의미지요. 저도 아내도, 처음부터 잘했던 건 그다지 없으니까요. 조금씩 실패를 거듭하면서 단련해 온 거니까요."

"아니, 그보다 폭발한 사람은 어떻게 된 건데?!"

"안심하세요. 아내의 요리는 무척 맛있답니다."

"폭발한 사람은!"

"살아 있지요. 세이브를 했으니까요. 참고로 폭발한 건 저예요."

폭발한 건 저예요.

좀처럼 할 수 있을 법한 말이 아니다. 호는 생각했다.

"……너랑 얘기하고 있으면 머리가 이상해지는 것 같아."

"그런데 저녁은 어떻게 하시겠어요? 꺼리는 식재료 같은 게 있으면 먼저 말씀해 주세요."

"딱히 가리는 건 없어. 맡길게. 가격은 싸게만 부탁해."
"알겠습니다. 그럼, 그대로."
알렉이 인사를 하고 안쪽으로 사라졌다.
호는 접수대의 꽃병을 바라보았다.
"꽃을 땄단 말이지. 내가?"
자신이 했다고는 하지만 도무지 믿기지 않았다.
분명 어린 시절에는 꽃이 좋아서 종종 꽃을 따기도 했었다.
……지금도 꽃다발 만드는 법을 기억하고 있었을까.
호가 그런 생각에 잠겨 있는 동안 안쪽에서 알렉이 돌아왔다.
"기다리셨습니다."
"……빠른데."
"본 여관에서는 손님께서 기다리시는 일이 없도록 항상 5분 이내에 음식을 제공할 수 있는 환경을 갖추고 있지요. ……메뉴에 따라 다르기는 합니다만."
"그렇게 되면 계속 불을 켜놓는 건가? 위험하잖아."
"시스템 키친이라서요."
"……뭐? 뭐라고?"
"아니요. 어쨌든 안전합니다. 자, 드시지요."
눈앞에 툭 놓인 건 그리 특별할 것도 없는 플레이트였다. 한 개의 접시 위에 다수의 요리가 담겨 있는, 조식 등에서 종종 볼 수 있는 식사였다.
메뉴는 잘라 놓은 타원형 빵, 채소 페이스트로 된 디핑 소스, 한가운데에는 오믈렛과 두꺼운 베이컨, 색색의 생채소 샐러드가 있었다.

……특별할 것도 없는 구성이라는 건 잘못된 표현일지도 모른다.

신선한 생채소와 두꺼운 베이컨, 이런 고급품이 어떻게 당연하다는 듯이 섞여 있는지 좀처럼 이해할 수가 없었다.

어쩌면 비싼 거 아닐까?

그렇게 물어보고 싶었지만 물을 수가 없었다.

호의 시선은 플레이트 오른쪽 아래에 있는 수프에 못 박혔다.

그것은.

그것은 지극히 일반적인 수프.

희미한 색이 감돌고 있는 액체였다.

다만 향기는 진해서 복수의 재료가 녹아들어 있다는 걸 쉽게 알 수 있었다.

맛있어 보였다.

그렇게 생각했지만── 구역질이 치밀었다.

이 수프에 사용한 재료를 확인하는 순간, 머리에서 불꽃이 튀는 듯한 충격이 내달렸다.

작은, 구형의 물체.

수프를 빨아들이고 영롱하게 빛나는, 그것.

말랑한 씹는 맛을 전하는 껍질과 비해 안쪽은 크리미하고, 씹을수록 즐거운 맛이 나는, 무엇보다도 포만감을 선사하는 그것은.

──콩.

호는 콩을 발견한 것만으로도 자신의 몸이 놀랄 만큼 격렬하게 떨리는 걸 느꼈다.

안 된다.

콩을 먹을 수는 없다.

보는 것만으로도, 두렵—— 아니, 역겨웠다.

생각해서는 안 되는 기억이 되살아났다.

그것은 자기 방어를 위해서 지워 버렸을 터인 악몽이었다.

왕도 남쪽의 절벽.

커다란 보퉁이.

미소를 머금은 남자.

녀석이 말했다.

——죽을 때까지.

——죽을 때까지 콩을 먹는 게.

——수행.

"시러어…… 시러어……. 코옹은, 시러여……. 싫어……. 이제 그만…… 더는 무리야……. 이렇게 많이는, 필요 없는데……."

"왜 그러시죠?"

"어? 아? 우웅? 아, 아니, 뭔가…… 잘은 모르겠지만…… 어, 어쨌든, 콩은 안 돼. 그건 무리야. 치워 줘."

"그래요? 그럼 다른 수프를 갖고 오지요. 그래도 이상하네요."

"뭐가 말이지?"

"좀 전까지는 얼마든지 드실 것 같더니 갑자기 드실 수 없게 되기도 하네요."

"좀 전?"

"수행 중에 드셨잖아요? 아, 아니면 기억이 어렴풋하다고 하셨던가요? 로드의 영향이려나…… 그래도 제 경우엔 그런 후유증은 없었는데…… 어째서일까요."

알렉은 수프 그릇을 들고 주방으로 사라졌다.

어렴풋한 기억 속에서 호는 이해했다.

"그 수행 때문이야. 분명해……."

확신할 수 있었다.

자신도 모르는 사이에 자신이 바뀌고 말았음을 깨닫고 호는 몸을 떨었다.

○

"내일은 던전에서 돈을 마련할 예정이었죠?"

호가 식사를 마무리할 타이밍에 알렉이 말했다.

여전히 손님은 찾아볼 수 없는 쓸쓸한 식당이었다.

호는 식후의 음료를 마시면서 고개를 끄덕였다.

"그랬지. 이틀에 한 번, 레벨 30 이상의 던전을 탐색해야 해……. 그렇지 않으면 때에 맞게 빚을 갚을 수 없어. 그래서 미안하지만 내일은 수행할 수 없겠네. 이것 참, 아쉽기도 하지. 모처럼 익숙해질 참이어서 이제부터 좀 제대로 해 볼까 싶었는데 말이야. 내일은 수행할 수 없다니. 이런, 이런."

"아니요."

"……수업, 업서요."

"아니요."

"그치만, 못 하는걸. 탐색해야 하는걸. 돈을 벌지 않으면 안 되는걸."

"돈을 버는 것과 수행은 양립할 수 있지요."

확실히 그랬다.

그러나 호는 말없이 고개를 절레절레 흔들었다.

알렉이 고개를 끄덕이며 말을 이었다.

"괜찮아요. 할 수 있는 것만 해 주시면 되니까요."

"보통 사람은 말이야, 자살은 못 하는걸?"

"하시지 않았나요?"

"그건 결과론이잖아!"

"……결과적으로 할 수 있었으니 그건 '할 수 있는 일' 이 아닌가요?"

알렉이 고개를 갸웃했다.

그렇지 않았다.

그렇지 않지만 호는 점주를 상대로 그런 설명을 능숙하게 할 수 있을 것 같지가 않았다.

사람의 도리를 몬스터에게 이해시키는 건 어려운 일이었다.

"……그래서, 나한테 뭘 시킬 생각인데?"

“던전 제패를.”

“……저, 저기 알렉 씨. 호는 말이야, 숫자를 읽을 수 있어. 내일이면, 아직 두 번째 수업인걸?”

“그렇네요.”

“3일이라고, 했자나. 3일이 최선이라고, 말했는걸. 왜 호랑 한 약속을, 지키지 않는 거야? 약속을 안 지키면 나쁜 아이야.”

“그건 내일 갈 던전을 공략하기 위해 딱 이틀이 걸리기 때문이랍니다.”

“무리, 무리인걸.”

“괜찮아요. 할 수 있는 것만 해 주시면 되니까요.”

“그러니까……! 사람은, 쉽게 목숨을 버리면 안 된다고들 하자나……!”

“사람은 죽을 각오를 하기도 하지요. 그리고 그렇게 죽을 각오로 하는 일은 대체로 성공하는 법이랍니다.”

“죽을 거야아.”

“괜찮아요. 세이브할 테니까요.”

“그냥 죽여 줘어…….”

“사람은 쉽게 목숨을 버려서는 안 된답니다.”

이 사람은 위험해에.

호는 눈물이 날 지경이었다.

지금껏 모험가를 해 오면서 쌓아 왔던 자신이 후두둑 무너져 내리는 것만 같았다.

작은 몸에, 어려 보이는 외모. 그래서 약해 보이지 않게 있는 힘

을 다해서 난폭한 태도를 취했다.

그러나.

진정한 괴물 앞에서 작디작은 허세는 완전히 무의미하다는 사실을 뼈저리게 실감했다.

알렉이 웃었다.

“내일 도전하게 될 던전은 레벨 20 정도지요.”

“……오? 그래?”

“다시 밝아지셨네요.”

“아니, 얼마나 무모한 난이도를 요구할까 궁금했는데 내 레벨하고 비슷한 정도잖아. ……뭐, 제패가 간단하다고 할 순 없겠지만 몇 번씩 죽어도 된다면 쉽겠네.”

“네. 그렇지요. 오늘 수행의 성과도 있으니 손쉬울 거예요.”

듬직한 보증.

그 직후 알렉은 아무렇지도 않게 말을 이었다.

“평범한 레벨 20의 던전이었다면요.”

빙글빙글.

……어째서일까.

듬직한 보증을 얻은 것 같음에도 조금도 안심할 수 없는 까닭은.

안전한 다리가 생겨난 순간 난간이 떨어져 나가는 것만 같은 느낌.

호는 듣고 싶지 않다고 생각하면서도 물었다.

"…… '평범한 레벨 20의 던전이라면' 이라는 건 무슨 소리야?"
"내일 도전하게 될 예정의 던전은 레벨 20이지만 '제패자 추천' 이거든요."
"보통, 제패자 추천 던전은 레벨 70 이상일 텐데?"
"그렇지요. 말하자면 그 던전은 기존의 기준으로는 위험도를 측정할 수 없다는 뜻이에요."
"결국 무슨 뜻이야?"
"자세한 설명은 내일 드리지요. 아마도 실제로 던전을 보지 않으면 이해하기 어려울 테니까요."
"그만둬어……. 그런 건, 무서워, 시러어."
"음……. 어쩔 수 없네요. 그걸 보지 않으면 아무리 설명을 들어도 믿을 수 없을 테니까요."
"길드, 갈게? 의뢰, 받을 거야. 그러면 길드 사람이, 설명해 줄 거야."
"아, 의뢰는 조금 전에 제가 대신 접수하고 왔으니 내일 아침에 제일 먼저 던전으로 가시면 됩니다."
"그게 가능할 리가 없잖아!"
이번에는 정신이 번쩍 들었다.
길드에서 제멋대로 다른 사람의 의뢰를 수락할 수 있을 리 없다.
의뢰를 받을 때는 수락 멤버 전원이 그 자리에 있는 게 조건이다.
길드 마스터의 손녀가 아니더라도 알고 있는 상식이었다.
그러나 알렉은 아무렇지도 않게 말했다.
"할 수 있어요. 호 씨의 할머님과도 아는 사이이고."

"……아는 사이라고 해서 규칙을 어기는 걸 눈감아 줄 정도로 귀염성 있는 할망구가 아닐 텐데?"

"사실대로 말하면 '퀘스트 위탁소'의 시험 운용을 보조하고 있는 셈이죠."

"…… '퀘스트 위탁소'?"

"네. 길드는 마을 입구에서 멀잖아요? 그래서 쿠 씨가 모험가들이 손쉽게 퀘스트를 받을 방안을 고안한 거죠."

"……그래?"

"하지만 잠깐만 들어 봐도 문제가 많다는 건 분명하죠. 모험가에게 불이익을 가져올 수 있는 거짓 수주를 하는 사람이 나온다거나 달성하지 못한 퀘스트를 달성했다고 허위 보고를 하는 사람도 나올 거예요."

"그렇겠지. 모험가와 그 '퀘스트 위탁소'의 유착 같은 게 벌어질 수도 있고."

"네. 지금은 쿠 씨의 영향권에 있으니 허위 사실은 꿰뚫어 볼 수 있지만 범위를 확대했을 때 벌어질 문제는 여러모로 예상할 수 있죠. 하지만 실제로 어디서든 퀘스트를 수주할 수 있다면 편리하지 않을까요?"

"뭐, 그렇겠네. 매번 할망구가 없는 시간을 노려 길드를 찾아가지 않아도 되고."

"……무척 개인적인 사정이네요. 마을 외곽의 여관에서 머무는 모험가가 일단 마을 중앙 부근에 있는 길드까지 갔다가, 다시 퀘스트를 받으러 가느라 발생하는 불필요한 시간 낭비가 줄어든다는 건 커다란 이점이죠. 그래서 쿠 씨는 일단 한번 해 보자고 생각하신 거죠."

"그래서 그 시험 운용 대상자로 네가 선발되었다? 그럼 '퀘스트 위탁소'를 여관과 겸업하도록 하겠다는 거야?"

"그런 생각이신 모양이에요. 모험가는 대체로 여관을 이용하는 법이니까요."

"그렇군."

"사실은 저 말고도 몇몇이 벌써 '퀘스트 위탁소' 시험 운용을 돕고 있지요. 제가 모험가 시절 알게 된 지인으로 지금은 여관 주인을 하는 여성도 그 시험 운용을 하는 사람 중 한 명이에요. 혹시 들어 보신 적 있나요? '비취 새장'이라는 여관인데요."

"……마을에서 제일가는 고급 여관이잖아? 그 주인과 지인이라니, 의외로 너도 발이 넓네."

"오래됐으니까요."

"그래 봐야 20대나 30대잖아? 외모로만 보면 그렇게 보이는데. 분위기는 어쨌든……."

"아, 그렇게 보이나요?"

"아니야?"

"사실은 저도 제 정확한 나이는 몰라요. 기억이 살짝 흐릿한 시기가 있어서요."

"……너도 의외로 고생을 많이 했네."

"흔히 듣지요. '의외'라고."

알렉이 쓴웃음을 지었다.

그때 호가 미소를 머금었다.

“……뭐, 던전의 상태는 어마무지하게 신경이 쓰이긴 하지만 일단은 나도 제패할 수 있다는 거지? 죽기는 죽더라도.”

“음…….”

“아니야?”

“아니요, 제패할 수 있을 거라고는 생각합니다. 다만 사망을 전제할지 어떨지는 미묘한 부분이네요. 세이브는 하겠지만요.”

“그래? 그럼 더더욱 손쉽겠는데.”

“그럴지도 모르지요. 저로서는 죽음을 거듭하면서 도전하는 게 편한 경우도 있으니 뭐라 말씀드리기 어렵지만요. 편한지 여부는 주관에 따라 다르겠죠. 저와 호 씨의 기준은 분명 다를 테니까요.”

“아니, 나랑 너의 기준이 다른 게 아냐. 사람이랑 너의 기준이 다른 거지.”

“사람은 모두가 특별한 온리 원이니까요.”

“그런 이야기가 아냐.”

“어쨌든 내일 예정은 그렇게 진행하고 싶은데 어떠실까요?”

“나쁘지 않겠어. 제패 상금을 받는다면 빚도 한꺼번에 정리할 수 있을 테고.”

“그럼 결정되었네요.”

“좋아. 의뢰를 대신 받아준다는 부분도 마음에 들었어. 할망구가 있는 길드는 바늘방석에 앉아 있는 것 같으니까. 그 점은 솔직하게 고마워할게.”

“저희 여관은 새내기 모험가에게 최선의 서포트를 약속하고 있으니까요."

"죽어도 되는 부분까지?"

"네. 서포트의 일환이죠. 저희는—— 모든 분이, 모험가로서 품었던 최초의 목표를 달성할 수 있도록 돕고 싶으니까요."

"최초의 목표란 말이지."

호는 자신의 속내를 더듬었다.

그러나 목표라고 할 수 있는 건 없었다.

위대한 길드 마스터.

그 손녀.

주변에서 강제된 그런 입장에 넌더리를 내면서 언제나 피해 다니기 일쑤였다.

……자신의 그림자와 달리기 경주를 하는 듯한 허무감에 시달렸다.

아무리 속도를 내 보아도, 어떤 길을 골라도 뒤를 돌아보면 그곳에 있었다.

결코 떼어낼 수 없을뿐더러 항상 시선 한구석을 맴돌았다.

심지어 내버리고 떠날 수도 없었다.

"……일단 '던전 제패'가 내 '최초의 목표'라고 할 수 있으려나."

"그렇게 하시겠어요?"

"……아니. 네 앞에서 섣부른 말을 던지는 건 무서우니까 그만둘래. 아직 보류."

"그렇게 알겠습니다. 접시를 치울까요?"

"어? 아, 응. 부탁할게."

알렉은 호가 식사를 마친 접시와 잔을 들고 주방을 향해 걸어갔다.

호는 그의 뒷모습을 바라보면서 생각했다.

"……저런 사람이라면 자기 그림자까지도 때려눕힐 수 있을까."

흥, 그녀는 코웃음을 쳤다.

절대 칭찬은 아니었다.

그저 부럽다, 그런 감상에 불과했다.

○

"이 던전은 어떤 소지품도 없이 들어가는 게 나은 곳이에요."

——다음 날 아침.

그의 말대로 길드를 방문하는 절차 없이 호와 알렉은 당초 목적했던 던전 앞에 와 있었다.

호는 맨손에 헐렁해 보이는 원피스 하나를 입고 있을 뿐이었다.

그녀의 장비는 알렉의 손에 거듭 죽음을 맞이하는 과정에서 더는 못 써먹을 물건이 되어 있었다.

한편 알렉은 커다란 보퉁이를 짊어지고 있었다.

상세한 기억은 없지만 좋지 않은 예감만이 피어나는 짐이라고 호는 생각했다.

이곳은 마을 북쪽에 있는, 신비로운 모습의 던전 앞이었다.

호의 아는 바로는 '던전' 이란 대체로 동굴을 따라 내려가거나 고층 건축물을 오르는 구조였다.

그러나 눈앞의 던전은 달랐다.

그저 검은 공간이 펼쳐져 있을 뿐이었다.

입구도 출구도 짐작할 수 없고 원근감도 찾아볼 수 없었다.

검은, 물질이 아닌 구체가 산악지대를 배경으로 두둥실 떠 있을 뿐.

그것이 오늘 알렉의 손에 이끌려 찾게 된, 권장 레벨은 20이면서 제패자 추천 난이도인 미궁——.

"'암흑 공간', 그게 이 던전의 이름이죠."

"……암흑 '공간'? 던전의 이름은 대강 '무슨무슨 동굴'이나 '무슨무슨 탑'이나 '무슨무슨 원' 같은 거 아냐? 공간이라니, 대체 무슨 의미야? 미궁 꼴도 못 되잖아, 이건."

"그래도 보시는 바와 같이 동굴도 탑도 아니라서요. 아슬아슬하게 '원'이라고 부를 수 있을지도 모르지만, 뭐 그보다는 공간이라는 느낌이 들잖아요?"

"그건 그렇지만…… 이게 정말 던전이야? 검은 구름 덩어리…… 아니, 좀 더 현실감이 없는……."

"전에 있던 세계에서 비슷한 걸 찾는다면 블랙홀이라고 할 수 있을까요."

"'전에 있던 세계'라는 건 또 뭐야."

"다른 세계에서 왔거든요."

"……뭐, 너라면 그럴 수도 있겠거니 싶지만. 그건 그렇고 여긴 어떤 던전이라는 거야? 그리고 소지품 없이 가는 게 낫다는 건 또 무슨 농담이지?"

"던전의 위험도를 판단하는 기준은 크게 세 가지가 있잖아요? '적의 강함', '구조의 복잡도', '트랩의 숫자'. 이렇게 세 가지죠."

"갑자기 무슨 소리야."

"'적의 강함'은 알고 계시는 그대로의 의미죠. '구조의 복잡도'도 과거의 막대한 데이터로 판단해서 어느 정도로 헤매기 쉬운 던전인지 판단할 수 있지요. '트랩의 숫자'는 정확하게 말씀드리면 '조사 담당자가 지나친 길에 어느 정도의 비율로 트랩이 설치되어 있는가'라는 거죠."

"……할망구랑 살던 때에 그런 말은 지겹도록 들었어."

"그렇겠네요. 그 부분은 벌써 세분화한 기준이 정해져 있지만 50년 전부터 지금까지는 이 세 가지 기준으로 대강의 던전 레벨을 정확하게 측정할 수 있었죠."

"그렇군."

"그런데 최근에 네 번째 기준이 등장했죠."

"네 번째?"

"아직 명칭은 결정되지 않았지만 굳이 말하자면 '던전의 구성 소재'라고 할 수 있을까요."

"구성 소재란 말이지."

"최근……이라고 말해도 결국 10년 가까이 전의 일이긴 합니다만…… '마술사를 죽이는 동굴'이라는 던전이 발견되었지요. 이건 던전 자체가 내부에 있는 모험가의 마력을 흡수하는 소재로 만들어져 있어서 레벨 이상의 난이도를 자랑합니다."

"던전 자체가 마력을 흡수하다니, 흉흉하기 짝이 없네."

"그렇죠. 이 '던전을 구성하는 물질 자체에 위험성이 있는 타입'은 위험을 피할 방법이 없어요. 감수할 수밖에 없단 거죠."
"그래서 여전히 제패된 적이 없다는 건가."
"아니요. 쿠 씨에게 직접 의뢰를 받아서 제가 제패했었습니다."
"결국 방법은 있다는 거잖아."
"그렇지요. 죽음을 거듭하면서 도전하면 어떻게든 되는 거죠."
"……."
좋지 않은 예감이 들었다.
앞으로 그녀가 마주하게 될 현실과 전혀 연관이 없는 이야기는 아니었다.
왜 지금 '던전 구성 소재' 같은 이야기를 늘어놓는 걸까.
호는 어두운 심정으로 이어지는 말을 재촉했다.
"……그래서?"
"'암흑 공간'도 던전의 구성 소재가 위험한 타입의 던전이지요."
"마력을 흡수해?"
"아닙니다."
"……그럼 이 던전은 뭐가 위험한 건데?"
"지니고 있는 모든 물건이 무거워져요."
"……지니고 있는 물건이라니?"
"무기, 장비, 옷, 그 외의 장식품 등등 구분 없이 일단 자신의 몸이 아닌 모든 것입니다."
"……구체적으로는 어느 정도로 무거워진다는 거지?"
"정보에 따르면 10분 만에 배가 되고 20분이 지나면 4배가 되고

30분이 지나면 8배가 된다던데요. 그 후에는 배의 배가 된다고 해요. 던전에서 나오면 원래 무게로 돌아가긴 합니다만."

"너도 들어가 본 적이 있는 거야?"

"이렇게 위험도를 측정하기 어려운 던전은 일단 의뢰를 수주하고 조사에 들어가죠. 하지만 저는 완력이 강해서 크게 실감은 없었습니다."

"맨손으로 플레이트 메일을 꿰뚫을 정도니……."

호가 탄탄한 가슴을 쓸어내렸다.

아직 구멍이 남아 있는 것만 같았다.

무슨 생각을 했는지 알렉이 웃었다.

"갑옷은 변상해 드렸답니다."

"그래…… 고마워…… 응? 지금 '해 드렸다' 고 안 했어?"

"그렇게 됐으니 호 씨가 오늘 하실 일은 이 던전 제패가 되겠네요."

"아, 그, 그래……. 얘기를 좀 정리해도 될까?"

"그러시죠."

"그러니까 넌 장비 없이 던전 마스터를 해치워 보라는 거지?"

"무기 없이, 였죠."

"뭐가 다르다는 거야……. 어느 쪽이든 간에 무리잖아."

"그렇네요. 호 씨의 목숨이 하나밖에 없다면 말이죠."

"무서워……. 시러어……. 그런 난폭한 짓은, 시러어."

"안심하세요. 세이브할 수 있으니까요."

"그래도, 어제는 안 죽을지도 모른다고, 그랬는걸. 안 죽을지도 모른다고, 죽을 정도인지는 미묘하다고, 호한테 그랬는걸.”

“이 던전을 공략하는 가장 손쉬운 방법은 맨몸으로 던전 마스터에게 직행하는 거예요. 이전 조사했을 때 제가 그린 지도도 있으니 그걸 드리죠.”

알렉이 “여기요.”라며 건넨, 둥글게 말린 양피지.

아무래도 앞치마 주머니에 넣어 두었던 모양이었다.

호는 그것을 보며 고개를 갸웃했다.

“……뭐야, 이건. 숨겨진 방은 있지만 거의 외길이잖아.”

“그렇지요. 정확한 지도라는 자부심은 있습니다. 맵핑은 핵 & 슬래시의 큰 묘미 중 하나니까요.”

“구석에 그려진 귀여운 그림도 알렉 씨가?”

“그건 딸이 그렸네요. 지금보다 어린 시절에 그린 거지만요. 나란히 놓인 두 개의 동그란 얼굴, 알아보시겠어요? 저와 아내라던데요. 보세요, 아빠랑 엄마라고. 정말 기뻤죠. 10장 정도 복사해 버렸답니다.”

“자식 자랑은 나중에 해……. 결국 뭐야? 설마하니 내 돈 문제를 해결하기 위해서 수행인 척하며 서비스해 준다 이런 거야?”

“네?”

“……그렇잖아. 정확한 맵도 있고 그것도 대강 외길이고 던전 마스터를 해치우기 위한 가장 쉬운 공략법이, 맨몸으로 던전 마스터 방으로 직행하는 거라며? ……그래도 한 방에 던전 마스터를 이길 수 있지야 않겠지만. 죽어도 로드해 버릴 거잖아?”

“네. 몇 번이든 로드하셔도 괜찮습니다.”

"그럼 완전히 식은 죽 먹기 잖아."

"그렇지요. 던전 마스터를 해치울 수 있다면요."

"……뭐?"

"호 씨가 오늘 할 일은 던전 제패입니다."

"어, 응. 그건 들었어."

"하지만 호 씨가 오늘 할 수행은 따로 있지요."

"시러, 시러."

"아직 아무 설명도 안 했는데요."

"그, 그렇지. 아직 꿈을 버리기에는 일러."

"꿈?"

"아니…… 그, 뭐야. 수행은 뭘 하면 되는 건데?"

"호 씨는 자신의 운세를 어떻게 생각하시나요?"

"지금 상황만으로 말하자면 최악이지."

"아, 그럼 다행이네요."

"뭐가 다행이란 거야."

"아니요, 지나치게 운이 좋으면 수행이 안 되거든요."

"……그건 또 무슨 소리야?"

"이 던전에는 이따금 레어 몬스터가 등장하죠."

"……레어 몬스터?"

"약하지만 사냥을 해 보면 신기할 정도로 강해지는 몬스터죠. 제가 이전에 조사했을 때 12시간에 7마리 정도 나왔죠. 평범한 출현 확률이네요."

"조사 중에 12시간이나 던전에 있었다고……. 보통은 길어 봐야 4시간 정도일 텐데? 그래서 던전 지도도 구멍이 숭숭 나 있는 거고."

"숨겨진 통로를 공들여 찾는 동안 저도 모르게."

"저도 모르게 라니. ……그래서?"

"호 씨는 그 몬스터를 30번 사냥해 주시면 됩니다."

"……12시간 동안 7마리가 나올까 말까 하는 몬스터를 30마리 잡으라고!?"

"네. 아, 무시한 채로 보스룸으로 가시거나 하면 안 돼요. 안쪽에서 움직이는 기척과 나왔을 때의 상태로 성실하게 임하셨는지 어떤지 확인할 수 있으니까요."

"무시하게 되면 어떻게 되는데?"

"오늘 오를 예정이었던 레벨을, 다른 방법으로 보충하게 되겠죠. 저는 가능한 편한 레벨 상승 방법으로 수행하고 있으니 보충을 하게 됐을 때는 다소 힘들어질 수도 있어요."

"……있잖아, 호는 가끔 나쁜 꿈을 꾼다? 잘은 모르겠지만 새카만 곳이 있어서 말이야. 거기서 웃고 있는 오빠야가 있는데."

"호 씨?"

"으헉?! 미안, 잠시 의식이 멀어졌어."

"괜찮으세요? 몸이 좋지 않으시면 한번 죽어 보시는 것도……."

"'일단 집에서 쉬고' 라는 식으로 말하지 마."

"설명해 드린 내용은 기억하고 계신가요?"

"괜찮아. 레어 몬스터를 30마리 사냥하고 그 후에 던전 마스터를 해치워라, 맞지?"

"네. 그때쯤 되면 던전 몬스터는 하찮게 느껴질 거예요."

"그 레어 몬스터가 그렇게 대단해? 갑자기 의욕이 생기는데…… 아니, 거기만 설명이 좀 이상하지 않아?"

"네?"

"운이 좋으면 수행이 안 된다면서? 그렇지만 레어 몬스터를 사냥하는 건 수행의 목적이니까 운이 좋은 녀석이라면 빨리 마무리할 수 있을 테니 이득이라고 생각하는데."

"아, 그 부분에 대한 설명을 안 드렸네요."

알렉은 지금껏 전혀 언급하지 않았던, 등에 짊어진 보퉁이를 내려놓았다.

쿠궁!

……가볍게 짊어지고 있던 보퉁이에서 말도 안 되게 육중한 소리가 들려왔다.

호는 굳어진 얼굴로 물었다.

"……알렉 씨, 그건 대체?"

"제가 부숴 버린 플 플레이트 메일입니다. 호 씨 거죠."

"그게 왜 지금 여기 있는 건데?"

"변상하고 싶다고 말씀드렸죠? 확실히 이렇게 변상한 물건을 갖고 왔지요."

"아, 아니, 뭐, 그렇겠지만. 그래도 지금은 필요 없잖아?"

"왜 그렇게 생각하시죠?"

"그, 나, 난 지금부터 던전에 도전할 거잖아?"

"하하하. 묘한 말씀을 하시네요. 던전에 도전하려면 장비가 필요하잖아요?"

알렉이 당연하다는 듯이 말했다.

이 점주의 입에서 그토록 상식적인 말이 나올 줄이야.

"시러어……. 모험가는 그만두고 꽃집에서 일할 거야아……."

"하하하하. 그러려면 먼저 빚을 갚아야겠네요. 그럼 자, 여기요. 여기서 장비를 갖춰 주세요."

"지, 진정해……. 무거워진다고, 했잖아……. 장비가 점점 무거워진다고, 그랬잖아. 호도 다 들었는걸……."

"그렇네요."

"죽을 거야……. 갑옷에 짓눌려서 죽을지도 모르는걸……."

"그렇지요."

"뭐가 '그렇지요' 야!!!"

"그래도 아깝지 않으세요?"

"뭐가 말이야?!"

"경험치를 톡톡히 주는 몬스터를 사냥할 거라면, 경험치 부스터를 달고 싶은 게 사람 마음이잖아요?"

"……마음?"

알렉에게 그런 게 있었던가.

호는 신기로운 무언가를 관찰하는 듯한 눈으로 그를 바라보았다.

그는 그녀를 안심시키려는 듯이 다정하게 웃어 보였다.

그러나 역효과를 부를 뿐이었다.

"괜찮아요. 이 던전에서 이 정도의 중장비라면 몬스터에게 당해서 죽을 일은 없을 테니까요."

"좀 전에 들은 설명에 따르면 이 던전에서는 점점 장비가 무거워진다고 했지."

"그렇네요."

"그런데 던전에서 나오면 무게는 리셋된다고 했지?"

"그렇네요."

"탐색 중에 던전에서 나와도 괜찮아?"

"네?"

"……안 되는 거야?"

"안 되죠. 그래도 세이브 포인트는 던전 밖에 둘게요. 내부에 설치하게 되면 '외통수' 에 빠질 수도 있으니까요."

"죽으면 밖으로 나올 수 있다는 뜻이지?"

"그렇지요."

"그렇지만 풀 플레이트 메일을 입으면 좀처럼 죽지 않겠지?"

"그렇지요."

"그런 와중에 12시간 동안 7마리 정도밖에 나오지 않는 몬스터를 30마리 사냥하란 말이지?"

"네. 아, 장비를 벗을 수 없도록 마법을 걸어 둘게요."

"그런 마법이 있어?"

"들어가면 한쪽씩 장비가 벗겨져 나가는, 에로한 중학생의 망상 같은 던전이 있었던 탓에 그곳을 공략할 때 필요했지요."

"……직접 고안했다는 거야?"

"그렇네요. 마법국에서 특허를 몇 개 취득했지요."

"난 벗을 수 없고 점점 무거워지는 갑옷을 입고 던전을 10시간

이상 헤매게 되는 거야?"

"호 씨의 LUC대로라면 40시간 정도겠네요."

"우, 움직일 수 없게 되면 어떡해야, 되나요……?"

"쉬운 일이죠. 로드해 주세요. '로드한다' 라고 선언하면 세이브 지점으로 날아갑니다."

"그, 그래……. 그럼 조금은 마음이 놓이는데……."

"다만 한 번 할 때마다 장비가 하나씩 늘어날 거예요."

"뭐?"

"처음에는 동체 부분, 다음엔 팔 부위, 그 후에는 허리, 정강이. 이런 식으로 로드를 할 때마다 장비를 늘려나갈 겁니다. 갑옷이 끝난 뒤에는 추를 갖고 올 테니 그걸 장비해 주세요."

"……."

"최대한 균일하게 부담을 걸어야 하니까요. 그리고 수행은 필사적이어야죠."

알렉이 세이브 포인트를 불러냈다.

호는 거듭거듭 약하게 고개를 가로저었다.

"그만둬어……. 그런 지독한 짓은, 그만둬어……."

"하하하. 그래도 어제 말씀하시지 않았던가요? 죽지 않으면 매우 쉽다고."

"……그건, 그건……! 이런 일이라곤, 상상도 못 했는걸……."

"괜찮아요. 호 씨라면 클리어할 수 있어요."

"……."

"자, 가시죠. 저는 이곳에서 세이브 포인트를 지켜보고 있을 테니까요."

빙글빙글.

호는 경기를 일으킬 것만 같았다.

숨이 거칠어졌다.

"이, 있잖아. 모두 없던 일로 하기, 안 돼?"

"제가 한 가지 조언을 드릴게요."

"뭐, 뭐언데?"

"언뜻 어려워 보이는 일도 일단 해 보면 의외로 쉬운 경우가 있어요."

"……쉬, 쉬워? 이 수행도, 해 보면 쉬, 쉬운 고야?"

"쉽다 아니다는 주관적인 개념이니 개인차가 있지요."

"……."

"자, 한번 확인해 보세요. 아, 내부는 불빛이 없으니 발밑을 조심하시고."

알렉이 미소를 머금고 던전을 가리켰다.

호는 깨달았다.

알렉은 여러 면에서 남다른 면이 있지만――.

무엇보다도 '그만둔다' 는 선택지가 없었다.

○

"이만큼, 꽃을, 땄어요. 새카만, 꽃이에요. 새카만, 새카만, 새카만, 새카만, 새카만, 새카만, 새카만, 새카만, 새카만, 새카만,

새카만, 새카만…….”

'암흑 공간'에서 호가 살아 돌아왔을 때 주변은 한밤중이었다.

그래도 던전 안쪽보다는 무척 밝았다.

한 치 앞도 보이지 않는 공간에서 호는 마주치는 몬스터를 차례차례 사냥했다.

무엇이 레어 몬스터인지도 분간할 수 없으니 모든 몬스터를 해치울 수밖에 없었다.

아마도 알렉은 일부러 레어 몬스터의 외견을 알려 주지 않았을 것이다.

알려 주었다 하더라도 주변이 암흑이어서 외견으로 구분하는 건 불가능했다.

무거워지는 장비.

무거운 몸을 질질 끌다시피 하면서 한 걸음, 한 걸음 온몸의 힘을 쥐어짜야만 했다.

암흑.

어디에서 무엇이 나타날지 모른다는 공포.

호의 마음은 한계 직전이었기에 밤의 어둠이라 하더라도 던전 내부와는 달리 희미한 빛이 있는 밖의 세계가 평안을 주었다.

그러나—— 문득 그림자가 기울었다.

호의 눈동자가 초점을 잡았다.

알렉이 그녀의 얼굴을 들여다보고 있었다.

"……우와아아악!?"

허둥지둥 물러섰다.

알렉은 조금도 개의치 않은 채 미소를 머금고 말했다.

"호 씨, 고생하셨어요. 수행도 할 일도 무사히 마치신 모양이네요."

"무사히……?"

무사하다는 건 무엇일까.

몸은 확실히, 무사했다.

강해지기도 했다.

몬스터의 공격은 조금도 아프지 않았다.

효과가 없었다.

효과가 나타나 주지도 않았다.

"무거워서, 무거워서, 움직일 수 없게 된 채로 죽을 거라고 생각했는데 아무리 기다려도 죽을 수가 없어서, 주변은 온통, 새카맣고 주변은 온통 꽃밭이었어."

"다소 흥분하신 것 같네요. 던전을 처음 제패하신 분은 많든 적든 그런 경향이 있지요. 물이라도 드시겠어요?"

"응. 있잖아, 호는 말이야. 물이, 좋아."

"드라이어드 분들은 모두 그런 모양이네요. 쿠 씨도 몸을 담글 수 있는 목욕탕을 무척 기뻐하셨지요."

"어제는 말이야. 목욕, 재밌었어. 따끈따끈하고, 입술까지 잠겼지만 호는 말이야, 그런 거 정말 좋아."

"그럼 돌아가서 목욕할까요. 오늘은 아내가 대신 목욕탕을 설치해 줄 테니까 금방 들어갈 수 있을 거예요."

"와아!"

"무척 지치신 것 같네요. 역시 빛이 없는 곳에서 이틀을 지내고 보면 힘들어하실 분들이 많겠죠."

"보통은, 힘들어."

"그래도 덕분에 STR과 DEX가 상당히 올랐네요. 기척 탐지 계열의 스킬 모두 열렸고. 이제부터는 적이 어디서 나타나도 머리카락으로 붙들어 격퇴할 수 있겠네요. 다행이에요, 강해지셨네요."

"와, 와아……?"

"호 씨의 성장을 보고 있으면 저는 기쁘답니다. 유아기를 아는 사람으로서 말이에요."

"……유아기?"

정신이 돌아왔다.

알렉이 고개를 끄덕였다.

"전에도 언급했지만 저는 유아기의 호 씨를 만난 적이 있거든요."

"……보통 그런 걸 믿겠어?"

"호 씨의 어머님을, 누님이라고 불렀죠."

"우리 엄마를 안다고?"

"실종되기 전까지는 연락을 나누기도 했으니까요."

그는 여전히 미소를 머금고 있었다.

호는 시시하다는 듯이 코웃음을 쳤다.

어머니의 실종.

……아득한 옛날 일이기 때문에 어머니가 있든 없든 무슨 상관

이냐 싶은 마음도 있지만── 술렁이는 마음은 좀처럼 잦아들지 않았다.

"……난 엄마가 사라진 건 할망구 때문이라고 생각해."

"네에?"

"'길드 마스터의 딸'을 보는 시선에 신물이 났겠지. 알 만한 일이야."

"그렇군요."

"……'그렇군요.'라니. 넌 몰라? 엄마가 사라진 이유가 뭔지."

"예상 정도는 할 수 있지만 알 수는 없지요. 탐색 활동을 하기도 했지만 벌써 10년 전의 일이니까요. 일부러 모습을 드러내지 않고 어딘가에서 행복하게 사는지, 혹은."

"……죽었는지도, 몰라."

"저로서는 살아 있을 가능성을 믿고 싶은 심정이죠."

"네가 그런, 사람다운 의견을 낼 줄이야."

"사람이니까요."

"……종족 이야기가 아니라 정신적으로……."

"네?"

"……별거 아냐. 하나 물어도 될까?"

"뭔가요?"

"우리 아빠는 어떤 녀석이었어? 유아기 무렵의 나를 알고 있다면 아빠도 만난 적이 있겠지?"

"글쎄요."

"……몰라?"

"알았다면 좋았을 텐데요. 그럴듯한 사람은 있었지만 전부 헛발질이었죠. 제가 호 씨의 어머님을 만났을 무렵엔 벌써 호 씨가 태어나 있었고 호 씨의 아버님은 계시지 않았으니까요."

무거운 진실처럼 들렸다.

그러나 알렉의 어투는 가벼웠다.

그에게 사람다운 정서를 요구하는 건 쓸데없는 일이라는 걸 호는 이해했다.

"……만에 하나의 가능성을 염려해서 일단 물어보는데 네가 우리 아빠라거나 하는 일은 없겠지? 외모에 맞는 나이도 아닌 모양이고."

"만약 그렇다면 어떻게 생각하실까요?"

"……솔직히 말해 봐? 너랑 함께 있으면 그리운 기분이 들어."

"그런가요."

"네가 아빠라면 기쁘지는 않겠지만 수긍하기는 할 거야. 네 정신 구조라면 그 할망구의 사위 노릇도 손쉽겠지."

"사위 비슷하기는 한데…… 쿠 씨는 엄격해 보이지만 다정한 분이에요. 누가 호 씨의 아버지라 하더라도 잘해냈을 거예요."

"어디가 말이야? 실제로 난 아빠의 얼굴도 모르거니와 엄마는 실종됐잖아."

"쿠 씨가 원인이라고 생각하시나요?"

"그것 말고 뭐가 있어?"

"본인에게 확인해 보셨나요? 쿠 씨 본인의 의견을."

"……그런 적은, 없지만."

"역시."

"뭐가 역시인데."

"아니요. 어쨌든 던전 첫 제패를 축하드려요."

"……아, 그래. 어쩐지 장비가 지나치게 무거워서 내내 그 생각밖에 못 했지만 그렇네. 던전을 제패했구나……."

할머니에게 한 걸음 가까워졌다.

……그런 종류의 생각이 가장 먼저 떠올라 호는 고개를 흔들었다.

그런 할망구를 의식하고야 마는 자신이 싫었다.

"……있잖아, 생각해 봤는데 드라이어드 족은 갑옷이나 무기가 없는 게 나은 거야?"

"그렇네요. 현역 당시 쿠 씨의 이야기를 들어 보면 드라이어드에게 무장은 방해라고. 유연하고 튼튼한 머리카락이 있으니까요."

"……."

"옷 같은 것도 얇은 쪽이 머리카락 조작에 의식을 집중할 수 있어서 좋다고 하셨죠. 감각적인 부분은 제가 드라이어드가 아니라 알 수 없지만…… 드라이어드를 적으로 상대할 때 고생을 했던 부분을 생각해 보면 갑옷이 효과를 발휘할 만한 범위로 접근할 수 있다면 이긴다는 느낌이네요. 반대로 그 전에 머리카락에 얽히거나 하면 패배가 되겠네요."

"그런 식으로도 생각할 수 있구나."

"드라이어드의 전투법은 저보다 쿠 씨가 더 잘 아시겠지요."

"……."

"'머리카락을 조작한다'니, 다른 종족은 이해하기 어려운 일이니까요."

"……나도 알아. 그런 건. 그래도 솔직하게 물어볼 수 있으면 이런 고생도 안 하겠지!"

"……."

"던전 제패하느라 정말 지쳤어. 더군다나 할망구는 세이브도 없고 던전 레벨이 지금보다 애매했던 시절에 목숨을 걸고 해냈다고 생각하면 솔직하게 존경할 만해. 결국 내가 '길드 마스터의 손녀' 일 수밖에 없다는 것도 수긍이 가."

"그런가요."

"……그래도 말이야, 이제 와서 존경할 수 있을까? 이제 와서 사이좋게 지내 보자는 생각이 들어? 나는 내내 할망구를 싫어하면서 살아왔어. 목표도 없이 그저 할망구를 싫어하면서, 할망구한테서 조금이라도 멀어지려 해 왔지. 그랬던 과거의 날 이제 와서 버릴 수 있을까."

"호 씨는 길드 마스터의 손녀로 보이는 걸 싫어하셨군요."

"그렇지."

"그렇지만 제 눈에는 그 누구보다 호 씨 자신이 자신을 '길드 마스터의 손녀' 로만 보는 것 같던데요."

"……그럴지도 몰라. 나는 지금껏 내 그림자를 바라보고 있었지. 아무리 속도를 내서 달려도 아무리 멀리 돌아보아도 계속 뒤를 따르는, 발밑의 그림자를 말이야. ……이제 와서 앞으로 나가는 법 같은 건 모르겠어. 내내 발밑만 바라보고 있었으니까."

"역시."

"……뭐가 역시인데."

"달리 말하면 앞으로 나가는 게 호 씨의 목표라고 할 수 있겠네요."

"……그럴지도 모르지."

"참고가 되었어요."

"핫! ……그렇다고 뭘 할 수 있는데."

"제가 할 수 있는 건 수행을 포함해, 호 씨를 서포트하는 것이죠."

"……."

"그런데 질문을 하나 드려도 될까요?"

"뭔데."

"'마족' 이라는 인종이 있지 않습니까."

"뭐라고?"

이야기의 흐름을 따라잡을 수가 없었다.

호는 의아함을 드러낸 얼굴로 알렉을 바라보았다.

"……있긴 한데 그게 뭐?"

"마족이 몬스터에서 유래되었다는 건 알고 계시겠지요. 서로 다른 두 종족, 예를 들어서 드라이어드와 인간이 결합해서 아이를 낳았을 경우 일반적으로는 인간이나 드라이어드 중 한쪽이 태어나지만…… 이따금 돌연변이로 양쪽의 부모와는 다른 특성을 가진 종족이 태어나기도 하지요. 그렇게 부모 어느 쪽도 아닌 신비로운 종족을, '마물과 간통해서 생겨난 아이가 분명하다' 라는 매몰찬 발언을 바탕으로 '마족' 이라고 부르게 되었지요. 이미 정착

되어 버렸으니, 그 명칭을 바꾸기는 어려워 보입니다만."

"……그게 뭐 어쨌다고."

"그럼 마족 간에 태어난 아이는 어떻게 생각하시나요?"

"……알 게 뭐야. 마족 아냐?"

"그렇네요. 기본적으로는 마족이 태어나지만 때로는 마족의 부모 종족이 태어나기도 하죠."

"……본론이 뭔지 모르겠는데."

"마족이라는 건 무척이나 차별적인 대우를 받는 종족이에요. 부모에게도, 심각한 학대를 받는 경우가 많지만…… 주변의 시선은 더더욱 싸늘하죠."

"부모와는 약간 다른 종족일 뿐인데 말이지."

"그렇네요. 하지만 차별에 확고한 이유는 없는 법이죠. 사람은 차별하고 싶은 걸 차별할 뿐이니까요."

"……도덕책이야 뭐야."

"호 씨는 부모님이 마족이었다는 사실을 알고 계신가요?"

호가 숨을 삼켰다.

한순간 그의 말을 이해할 수 없었다.

"그, 그게 무슨 소리야. 우리 엄마는, 할망구의 딸이고……!"

"서로 다른 종족이 결혼하면 어떤 경우로든 마족이 태어날 가능성이 있지요. 호 씨의 어머님이 실종된 건 10년 정도 전의 일이지만…… 당시의 호 씨는 아직 어린 아기였을 텐데요. 드라이어드가 어느 정도 주변을 인식하는 건 생후 12년 후 정도였던가요?"

"……."

"어머님에 대한 기억이 있으신가요?"

"……그, 그렇지만 할망구는 엄마가 마족이란 말은 한마디도 안 했어."

"그렇네요. 그 사실이 알려진다면 호 씨가 차별받게 될지도 모르니까요."

"어머니가 마족이라는 사실만으로 왜 차별을 받게 된다는 거야."

"글쎄요? 사람은 차별하고 싶은 걸 차별할 뿐이니까요."

"……."

"그렇지만 대강 윤곽이 잡히는군요. 호 씨는 쿠 씨에게 어떤 것도 묻지 않으셨겠지요."

"……그래도, 그건."

"그 사람은 물으면 대답할 거예요. 한 번쯤은 쿠 씨와 이야기를 해 보시는 게 어떨까요."

"……왜 너한테 그런 구석까지 참견을 받아야 하는 거야."

"호 씨는 저에게 조카나 다름없는 사람이니까요."

"난 너 같은 건 기억 못 한다고 말했을 텐데."

"기억하지 못한다 해도 정이 붙는 건 어쩔 수 없네요."

"오지랖이야."

"호 씨는 어머님을 기억하지 못하시죠?"

"……."

"하지만 어머님은 호 씨를 사랑했답니다."

"그럼 왜 사라진 건데?"

"글쎄요? 짐작은 가지만 진위는 본인만이 알겠죠. 누님은 쾌활

한 분이셨지만 혼자 생각에 잠겨 있을 때도 있었으니까요."

"……다시 묻겠는데 결국엔 네가 아빠였다는 결론은 아니겠지?"

"그건 일은 결코 없으리라 약속드리죠. 하지만."

"뭔데."

"무슨 일이 있을 때 절 의지하시는 건 상관없습니다. 호 씨는 제게 조카 같은 사람이니까요."

"……."

"괜찮으시면 쿠 씨와의 대화를 주선할까요?"

"……."

호는 고민에 빠졌다.

떨쳐낼 수 없는 그림자.

길드 마스터인 할머니.

……그러나 자신은 그런 그림자를 얼마나 이해하고 있을까?

아무것도 모르는 건 아닐까?

하고 싶은 말도, 묻고 싶은 것들도 산더미처럼 많았다.

지금껏 알려 주지 않았다고 생각했지만.

……분하지만 묻지 않았던 것도 사실이었다.

그래서 호는 부끄러움을 숨기기 위해 시시하다는 듯이 말했다.

"……핫, 너도 참 오지랖이 심하네."

"가능한 한 그러지 않으려 노력하고는 있지요. 다른 손님에겐 말이죠."

"내가 조카 같은 녀석이어서 부리는 오지랖이란 말이야?"

"네. 그런 셈이죠."

"……칫. 어쩔 수 없지. 좋아, 네가 바라는 대로 할망구를 만나 볼게. 다만 빚은 꼭 돌려받을 거야."

"그런가요. 협력과 이해 감사합니다."

"오늘 던전 제패 상금은 금방 들어오겠지?"

"반절은 오늘 중에. 나머지 반은 며칠 안에 받을 수 있을 거예요."

"그러고 보니 제패 상금을 수령하려면 사후 조사가 필요했지…… 그럼 빚 전액 변제는 아직 힘들겠네."

"반만 받아도 '제패자 추천 던전' 상금이면 충분하다고 보는데요. 제패 상금은 던전 레벨 70보다 확 뛰어오르니까요."

"그런 거야? 사실 제패 상금은 잘 모르거든."

"저도 호 씨의 빚이 어느 정도인지 자세히 모르지만 이전 말씀하신 빚 변제 플랜으로 역산하면 넉넉할 거예요."

"……그럼 내일 밤이네. 낮에는 빚을 갚고 밤에는 길드에 가겠어."

"그렇군요. 알겠습니다. 그럼 내일 함께 길드에 가시죠. 오늘 퀘스트 성공 보고를 대신해 드릴게요."

"부탁할게."

아무렇지도 않게 말했다.

그러나 그녀의 속마음은 긴장감과 불안함으로 가득했다.

호는 생각했다.

자신을 둘러싼 그림자.

그것을 이해할 수 있게 된다면――.

앞으로 나아갈 수 있을지도 모른다.

○

다음 날 정오.

'은 여우 여관' 식당. 카운터 좌석에서 호는 불만이 가득한 얼굴로 식사하고 있었다.

접시의 내용물도 좀처럼 줄어들 줄을 몰랐다.

알렉도 그런 모습이 마음에 걸린 듯했다.

"호 씨, 무슨 일 있어요?"

"……일이고 자시고 없어."

"혹시 메뉴가 입에 안 맞으셨나요?"

"…… 좀 전 어제 던전을 제패한 상금으로 빚을 갚으러 갔었어."

"네. 그 애기는 들었어요."

"그랬더니 빚이 늘었더라고."

"……네?"

"아무래도 저쪽에서 내가 길드 마스터 손녀라는 걸 알고 좀 더 오래오래 돈을 갚게 할 계획인 모양이더라고. 느닷없이 빚을 모두 갚겠다고 하니 갑자기 빚을 얹어 주더라고."

"그래서 어떻게 됐나요?"

"날려 버렸지."

"지금 호 씨의 공격력이라면 상대 몸통이 찢겨나갔더라도 신기하지 않을 텐데요."

"조절은 했어. 어제 던전 마스터를 날려버렸을 때 내가 얼마나 강한지는 대강 알았으니까."

"그런 부류의 악덕 금융 배후에는 마피아가 있을 법도 한데 괜찮으세요?"

"알 게 뭐야. 그럼 어떡했어야 하는데?"

"일단 헌병에 고소를 해 두죠."

"그렇네. 같이 가 줘. 헌병에 고소하는 법 같은 건 몰라."

"그렇게 하죠."

알렉이 고개를 끄덕였다.

호는 한숨을 내쉬었다.

"……생각해 보면 난 아무것도 모르네."

"호 씨가 인간이라면 벌써 성인이라고 부를 만한 나이지만 드라이어드니까요. 아직 한참 어린아이지요."

"어린아이 취급하지 마."

"죄송합니다. 하지만 어린 시절을 알고 있으니 아무래도……."

"……그랬지. ……저, 저기 뭐 좀 물어봐도 될까?"

"뭔가요?"

"내가 널 '삼촌' 이라고 부르는 게 나을까?"

"편한 대로 하시죠. 호 씨를 조카처럼 생각하지만 혈연은 없으니까요. '알렉' 이든 '알렉 씨' 든 '삼촌' 이든 '점주' 든 '어이' 든 '이 녀석' 이든 좋으실 대로."

"알렉 씨면 되겠지. 삼촌이라 할 정도의 외모도 아니고……. 그리고 뭐라고 해야 할지, 좀 거리감이 드는 정도로 부르고 싶기도 하고."

"호 씨의 입장에서 보면 최근에 느닷없이 만난 사람에 불과할까요?"

"그런 게 아니라 사람으로서 공감할 수 있는 부분이 별로 없어서 친밀감이 크게 없어."

"드라이어드와 인간은 관습도 수명도 다르니까요."

"그런 의미는 아니다만, 뭐, 그렇게 생각해 주면 고맙고……."

어쩐지 진절머리가 났다.

알렉은 여전히 미소를 머금고 있었다.

"드디어 그날이 왔네요."

"……뭐가 말이야?"

"길드에 가는 거요. 서두르면 던전 제패 상금 반절을 얼른 받을 수 있겠죠."

"……있잖아, 저기, 정말 가는 거야?"

"문제가 있을까요?"

"……역시 그, 이제 와서 할망구를 만나서 뭘 어쩌자는 거냐는 마음이 있다고 해야 할까…… 역시 그만두는 게 낫지 않을까?"

"그렇네요."

"이해해 주는 거야?"

"무서운 거죠?"

"……무섭……기는, 해."

"그럼 정신을 단련하는 수행을 하시겠어요? 실은 정신을 단련하기 위한 특별 플랜이 있거든요. 지금 등록하시면 여러 가지 특전이——."

“가겠습니다. 가요. 호가 열심히 해 볼게.”

“아, 그러신가요. ……이상하게 모험가분들은 정신 수행만큼은 어떻게든 피하려 드시네요.”

“지금까지의 수행은 정신 수행이 아니었다는 거야?”

“하하하. 지금까지 한 수행의 어느 부분에 정신이 단련되는 요소가 있었지요? 늘어난 건 VIT와 HP, 그리고 STR과 DEX일 텐데요.”

“그런 거 몰라……. 알렉 씨가 하는 말은 하나도 모르겠어어…….”

“실례했네요. 원래 세계의 말이거든요.”

“대답은 맞지만 그 이야기가 아니야…….”

“설명이라도 들으시겠어요? 아내도 정신 수행만큼은 안 받아줬거든요. 한 번쯤 받아 주셨으면 싶은데. 일단은 눈을 가리고 다음에 나이프로——.”

“시러시러시러시러시러시러시러시러시러시러시러시러시러시러시러시러시러시러시러시러시러시러시러시러시러시러시러시러시러시러시러시러시러시러시러시러시러시러시러시러시러시러시러시러시러시러시러시러시러시러시러시러시러시러…….”

“그렇게까지 거부하지 않으셔도…… 알겠습니다.”

알렉은 아쉬움이 남은 듯했다.

호는 좀처럼 떨림이 멎지 않았다.

“어, 얼른 가자. 호는 얼른 할머니 만나고 싶은걸.”

“오호, 갑자기 긍정적이 되셨네요. 알겠습니다. 잠시 기다려 주세요. 식사를 정리할 테니."

"아, 으응. ……나도 방에서 준비하고 올게."

"그럼 좀 이따 여관 입구에서."

"알았어."

호는 힘없이 자리에서 몸을 일으켰다.

대화하는 것 자체가 정신 수행이었다.

알렉이라는 인물의 압박감에 비하면 얼마간 만난 적이 없는 할머니를 만나러 가는 정도의 중압감은 깃털처럼 가벼웠다.

○

"그럼 제 역할은 여기까지이니 저는 밖에서 기다리도록 하겠습니다."

선뜻.

배신과도 같은 말을 하고 알렉이 떠나갔다.

밤.

모험가 길드.

길드 마스터의 방.

서류와 달콤한 향기가 나는 연기로 가득한 공간에서 드라이어드 두 사람이, 서로를 바라보았다.

무척 비슷한 용모였다.

갈색 피부.

어린아이 같은 체구.

지나치게 긴 머리카락.

머리카락이 하얀 쪽이 호였고 녹색이 길드 마스터였다.

쿠는 방 가장 안쪽에 있는 의자에, 깊게 몸을 묻은 채 앉아 있었다.

말없이, 머리카락 틈 사이로 그녀를 노려보고 있는 듯했다.

호는 역시 오는 게 아니었다고 후회했다.

자신이 할머니를 싫어하는 것과 마찬가지로——.

할머니도 제멋대로 집을 떠나 제멋대로 자신을 원망하는 손녀를 싫어할지도 모른다.

질문을 생각해 왔지만 좀처럼 입이 떨어질 줄을 몰랐다.

말하자면 오랜만의 대화가 두려웠다.

두 드라이어드가 서로를 노려보았다.

둘의 시선은 절대 굽지 않았다.

얼마간 상대의 틈을 찾는 듯한 침묵 끝에——.

"저기."

"있잖아."

동시에 입을 열었다.

또다시 침묵.

그리고 웃음이 터졌다.

"……뭐야, 할망구."

"너야말로 할 말이 있으면 먼저 하거라."

잠긴 목소리였다.

결국 호가 말문을 열었다.

"……엄마에 대한 걸, 알려 줘."

"흠."

"지금껏 당신은 한 번도 엄마에 관한 이야기는 해 주지 않았으니까."

"네가 묻지 않으니 말하지 않을 뿐이지. 듣고 싶지 않은가 보다 해서."

"듣고 싶지 않을 리가 없잖아."

"……자길 버린 어머니 같은 건 알고 싶지 않다고 생각할지도 모르잖니."

"……."

"이야기해 주마. 듣고 싶다면 말이지. 나와 인간 할아범 사이에서 태어난 마족 딸을 말이야. 그 대신에 너도 말해 줘야겠다."

"뭘 말이야."

"집을 나가 모험가를 하면서 알렉에게 수행을 받고 던전 제패를 하고……. 그런 이런저런 것들 말이지."

"길드 마스터로서 손녀의 성과를 확인하고 싶다는 뜻이야?"

"아니다. ……할머니로서 손녀가 어떻게 지냈는지 신경이 쓰일 수밖에 없지."

"……."

"정보로는 알고 있지만 네가 뭘 느끼고 어떤 생각을 했는지까지는 알 도리가 없으니 말이다. 알려 주렴. 네가 살아온 이야기를 들려줘. 손녀가 어떤 활약을 했는지를 말이지."

쉰 목소리였다.

호는 할머니가 처음으로 자신과 피가 이어진 사람처럼 보였다.

길드 마스터라는, 서늘하고 엄격한 호칭과는 달랐다.

그곳에는 평범하게, 손녀에게 마음을 쓰는 할머니의 모습이 있었다.

호는 어깨에 짊어졌던 짐을 내려놓은 심정으로 말했다.

"길어질 텐데."

"상관없다."

"끔찍한 이야기일 텐데."

"왜 그렇게 되는 게냐."

"……불평 먼저 해 둘게. 있잖아, 당신이 50년 전에 정했다는 던전 레벨을 결정하는 기준 말인데. 그게 불완전한 탓에 엄청나게 고생했다구."

"불완전하지 않을 거다. 대강 대응하고 있을 텐데."

"그래도 말이지, '암흑 공간' 이라는 던전이 있잖아, 어둡고 무겁고, 점점 무겁고 무거워져서, 몸이, 무겁게……."

"……힘들었던 게로구나."

쿠가 쉰 목소리로 그녀를 동정했다.

호는 고개를 끄덕이고 이야기를 시작했다.

이곳에 오기까지의 여정에 대해서.

무의미한 허세를 거듭하다 모든 걸 내던지고—— 결국 자신의 그림자와 정면으로 마주 보기로 결심했다.

각오를 다지기까지의, 괴로웠던 3일간의 이야기를 늘어놓았다.

○

"그럼 잠시 쿠 씨와 이야기를 좀 나누고 올게요. 먼저 여관으로 돌아가시겠어요?"

호가 긴 대화를 마치고 길드를 나서자——.

밖에서 기다리던 알렉이 교대하듯이 길드 안으로 들어섰다.

제법 긴 이야기를 했을 텐데 내내 기다렸던 걸까?

한밤중이 되어 가는 시각. 이제 슬슬 새벽이 다가오고 있었다.

호는 그의 말에 따라 '은 여우 여관'으로 향했다.

주변에 사람은 없었다.

같은 간격으로 불빛이 있는 덕분에 길이 보이지 않는 곳은 없었다.

그러나 지금의 호는 새카만 어둠에 있더라도 어지간한 것들의 기척을 느낄 수 있었다.

예를 들어——.

뒷골목에 숨어서 그녀를 살피는, 복수의 숨소리 같은 것들이었다.

호가 제자리에 멈춰 섰다.

이유는 알 수 없지만 내내 그녀의 주변을 맴도는 무리가 있었다.

미행이나 다름없는 그들의 행위가 마음에 들지 않았다.

그러니 불러내기로 마음먹었다.

"어이, 슬금슬금 내 뒤를 따라다니는 놈들, 지금이라면 화내지 않을 테니 나와 봐."

그러자 어둠 속에서 남자들이 슬금슬금 얼굴을 드러냈다.
호는 남자들을 노려보았다.
……그중에 낯익은 인간 남자를 발견했다.
빚쟁이였다.
그랬다. 그녀에게 호되게 당했던 빚쟁이가 동료를 모아왔구나. 호는 내심 고개를 끄덕였다.
또다시 아픈 꼴을 보여 줘야 하나 생각하며 한숨을 내쉬었다.
열 명이 넘는 집단에 포위되었지만 조금도 질 것 같지가 않았다.
아마도 수행의 성과이리라.
남자들은 말없이 포위망을 좁혀 왔다.
호의 머리카락이 술렁였다.
그러나―― 남자들의 움직임이 순식간에 뚝 끊겼다.
호는 의아한 눈으로 주변을 살폈다.
그러자――.
"여관까지 내버려 두었으면 아내가 대응했을 텐데요."
바로 옆.
지금까지 시야에 넣어 두었던 그곳에 별안간 알렉이 나타나 있었다.
호는 남자들의 습격에는 조금도 놀라지 않았다.
그러나 기척도 없이 곁에 있던 알렉의 존재에는 매우 놀랐다.

"대체 언제부터 있었어?!"

"불온한 기척이 있기에 내색하지 않고 관찰하고 있었더니 호 씨가 포위된 모양새라. 다소 서둘러 돌아왔지요."

"아니, 아무리 그래도 소리나 기척이라는 게……."

"손님께서 쾌적한 생활을 하실 수 있도록 가능한 기척을 지우는 데에 주의를 기울이고 있거든요."

"여긴 가게 안이 아니잖아."

"벌써 습관이 되어 있는지라."

터무니없는 습관이었다.

어느 틈에 나타났는지.

어떤 범위에서 기척을 탐지했는지.

주변을 둘러싼 남자들도 알렉이 호 옆에 선 다음에야 처음으로 인식한 것처럼 보였는데…….

어떤 방법으로 남자들이 눈치챌 틈도 없이 그들의 틈 사이를 빠져나왔는지.

호의 혼란을 내버려 둔 채 알렉이 남자들을 향해 말했다.

"좋은 밤이네요, 여러분. 목적이랑, 그 목적을 달성하기 위해 어떤 수단을 취하려 하시는지 문의해도 될까요?"

남자들이 얼굴을 마주 보았다.

그리고 가늘고 긴 인상에 눈이 작고 특이한 머리형을 한 남자가 대표로 입을 열었다.

"길드 마스터의 손녀를 이쪽에 넘겨라. 그럼 뒤탈은 없을 거다."

서늘한 눈빛.

감정이 느껴지지 않는, 평탄한 어조.

오싹했다. 인간적인 정서는 조금도 느껴지지 않는 상대는 호를 납치하려 하고 있었다.

그러나 알렉은 조금도 위축되지 않고 미소를 머금은 그대로 고개를 갸웃했다.

"뒤탈이라고 하시면?"

"고통을 면할 수 있지."

"다시 말해서 당신은 그녀를 유괴하려는 거군요. 수단으로서 폭력 행사를 결심했고 그만둘 생각은 없으신 거죠?"

"……뭐냐, 넌?"

"그녀의 '삼촌' 같은 사람입니다."

남자들은 미심쩍은 태도였다.

호가 알렉을 바라보았다.

그는 웃고 있었다.

웃고 있지만—— 어쩐지, 위험한 분위기가 감도는 것 같았다.

그래서 호는 자신을 유괴하려는 남자들을 향해 말했다.

"어, 어이, 나쁜 소리 안 할 테니 그만두는 게 좋아. 정신이 파괴되어도 난 모르니까."

남자들의 안위를 진심으로 우려하며 나온 충고였다.

그러나 아무래도 그 발언 탓에 남자들은 행동 방향을 결정한 모양이었다.

"삼촌이 왔다 싶으니 제법 허세를 부리시는군, 아가씨."

얕잡아 보였다.

그렇게 생각한 모양이었다.

남자들의 시선이 알렉을 향했다.

알렉은 고개를 갸웃했다.

"오호라? 여러분은 호 씨에게 돈을 빌려준 사람이시죠? 헌병단의 습격을 받아 간판을 내리기라도 했나요?"

"……뭐라?"

"하지만 그런 걸 보통 적반하장이라고 하죠. 길드 마스터의 손녀인 그녀를 협박한 끝에 길드 마스터를 돈줄로 삼아 보겠다는 욕망을 드러낸 게 잘못이었죠. ……이런 거 모두 추측에 불과합니다만. 보통은 뒤를 치기 마련이지만 이번 일은 저와는 큰 상관이 없는 사태여서요. 혹시 억측이라면 정말 죄송합니다."

"상관이 없는 일이면 돌아가는 게 안전을 위해서 좋을 텐데."

"여러분이야말로, 욕망에 몸을 맡기고 난폭한 수단에 나서는 건 그만두셨으면 싶은데요."

"……돈을 못 얻는 건, 상관없어. 그래도 말이지. 아무리 모험가라 해도 풋내기 모험가한테 얻어맞고 그냥 넘어갈 수는 없지."

남자의 목소리에 노기가 실렸다.

진절머리 나는 남자였다.

녀석에게는 돈을 손에 쥘 수 없게 된 것보다도 한 방 얻어맞고 물러난다는 사실이 문제가 되는 모양이었다.

아니면 사채업자라는 건 보통 그런 인종인 걸까.

호는 이해할 수 없었다.

그녀가 알 수 있는 건 단 한 가지.

이 자리에서 가장 위험한 건 시퍼런 혈관을 드러내며 분노를 드러내는 사채업자 따위가 아니라는 사실 뿐이었다.

가장 위험한 인물은 미소를 머금은 채 입을 열었다.

"그럼 무탈하게 귀가할 수 있도록 교섭을 해 보죠."

알렉이 딱하고 손가락을 튕겼다.

그러자—— 남자들의 등 뒤로 흙벽이 나타났다.

그 숫자는 여덟 장.

틈을 찾아볼 수 없을 정도로 딱 맞게 나열된 흙벽이 남자들과, 남자들에게 포위된 알렉과 호의 퇴로를 차단했다.

이상했다.

'귀가할 수 있도록 교섭을 해 보죠.'

그렇게 말하고서 손짓 하나로 퇴로를 막아 버린 건 무슨 의도일까.

호는 두려움에 떠는 얼굴로 거듭 고개를 가로저었다.

그리고 알렉의 소매를 붙들고 호소했다.

"그, 그만두자……. 뭘 하려는지는 모르지만, 그만둬어……."

"이런 사람들은 느긋하게 대화를 나눠 보지 않으면 앞으로도 계속 들러붙을 테니까요. 괜찮아요. 이렇게 보여도 저는 나름대로 강하니까 상대가 폭력을 행사하더라도 대응할 수 있거든요."

나름이라는 말의 의미가 모호해지는 순간이었다.

맨손으로 풀 플레이트 메일을 관통할 수 있는 인간을 '나름' 정도로 형용할 수 있을 리가 없건만.

남자들은 반절은 혼란에 빠지고, 남은 반은 분통을 터트리고 있었다.

"네놈, 뭘 어쩔 셈이야!"

사채업자가 위협적으로 소리쳤다.

다른 사람들보다 작은 눈을 살짝 더 가늘게 뜨자 그 얼굴에는 부정할 수 없는 박력이 생겨났다.

모험가와는 다른 의미로, 인간을 상대하는 데에 익숙한 협박이었다.

그러나 알렉에게는 아무런 효과가 없는 모양이었다.

"오븐으로 빵을 굽는 건 의외로 어렵죠."

"뭐라?"

"겉은 바삭하게, 안쪽은 촉촉하게 구우려면 이 세계에서는 먼저 가마 만들기부터 시작해야 한답니다. 가마의 완성도가 낮으면 온도가 올라가지 않아서 잘 구워지지 않거든요."

"이 자식이 무슨 헛소리를 늘어놓는 거야."

"다행히 전 가마 만들기가 특기랍니다."

후욱.

알렉의 주변이 별안간 불타오르기 시작했다.

이 모습에는 제아무리 담력 있는 사채업자들도 놀랐는지 뒤로 물러서려 들었다.

그러나 뜻을 이룰 수는 없었다.

등 뒤에는 알렉이 만든 흙벽이 있었다.

등 뒤의 흙벽.

앞에는 화염.

그 구조는 흡사.

"가마가 완성되었네요."

알렉이 웃었다.
……그제야.
사채업자도 사태가 심상치 않게 돌아가고 있다는 걸 깨달은 모양이었다.
남자는 희미한 동요가 배어나는 얼굴로, 그래도 여전히 매서운 표정을 무너트리지 않은 채 물었다.
"네, 네, 네놈은 대체 정체가 뭐야!?"
험악하게 눈을 굴리는 정도가 최선인 모양이었다.
알렉은 미소를 머금은 채 오른손을 앞으로 내밀었다.
빛나는 구체가 그의 손 앞으로 두둥실 떠올랐다.
――세이브 포인트.
"세이브를 해 주세요."
"뭐라?!"
"앞으로는 두 번 다시 호 씨 주변에서 어슬렁거리지 않았으면 합니다만, 어쩌면 정도가 지나쳐서 죽어 버릴 수도 있으니까요. 제 교섭술은 '섬광'에게 배운 것이라 상대가 수긍하거나 상대의 생명이 다하거나 둘 중 하나인 치킨 레이스 같은 구석이 있거든요."
"알아먹을 수 있는 말로 해!"
"'세이브한다'라고 말씀만 해 주시면 그걸로 됩니다. 여러분들이, 겉은 바삭하게 안쪽은 촉촉하게 구워진 빵이 되기 전에 부탁드리죠."

밤의 어둠 속에서 알렉의 불꽃은 한층 밝게 일렁였다.

호가 있는 곳은 바람 한 점 없이 평온한, 살짝 냉기가 느껴지는 왕도의 밤이었다.

그러나 흙벽 쪽에 있는 사채꾼들은 뜨거운 열기에 비명을 지르고 있었다.

알렉은 호들갑을 떠는 그들을 향해서 온화하게 설명했다.

"화상을 입게 되면 물집이 생겨서 아프죠? 약한 불꽃으로 뭉근하게 달구면 온몸이 그런 형태가 되지요. 불 조절에 따라서는 아픔도 없이, 손끝부터 탄화되어 후두둑 떨어지는 체험도 가능하답니다. 그렇게 되기 전에 세이브를 하시는 게 여러분들에게도 좋지 않을까요. 제 생각은 그렇습니다만."

"세이브할게! 네놈들도 세이브해!"

사채꾼이 소리쳤다.

남자들은 연달아 "세이브한다!" 고 소리쳤다.

호는 그 광경을 보면서 입매에서 경련이 일어나는 걸 느꼈다.

지금의 상황을 도무지 이해할 수 없었다.

경위와, 알렉의 목적 외에는.

그렇구나. 평소의 수행을 한 걸음 떨어져 바라보면 이런 느낌이구나. 호는 새삼 자신이 고문을 받고 있었음을 깨달았다.

이 참혹한 광경을 만들어낸 알렉은 미소를 머금은 채 허리 주변에서 뭔가를 꺼내들었다.

그건 투박한 금속 덩어리였다.
나이프처럼 보였지만, 두툼한 폭과 무딘 칼날은 결코 일반적이지 않았다.
알렉이 그 나이프를 들고 웃으며 말했다.
"그럼 교섭을 시작해 볼까요. 먼저, 제 희망은 좀 전에 말씀드린 그대로입니다. '호 씨의 주변에서 어슬렁거리지 않을 것'. 하지만 여러분들도 양보할 수 없는 부분이 있겠죠."
재차 침묵이 감돌았다.
불꽃이 타오르는 소리만이 가득할 뿐이었다.
알렉은 만족스럽게 말을 이었다.

"여러분의 요구를, 하나씩 제거하고 제 요구를 받아들이게 하는 게 제 목적입니다."

나이프가 밤의 어둠 속에서 빛났다.
제거한다.
그 표현은 매우 노골적이었다.
"성심성의껏 대화를 해 보죠. 저도 물러날 수는 없으니까요. 제게는 조카의 안위가 걸린 일이니."
호는 오히려 그의 말에 오싹함을 느꼈다.
따닥따닥. 온몸을 파르르 떨면서 그녀는 거듭거듭 고개를 저었다.
"시러, 시러, 그만둬어어……."

"괜찮답니다. 저는 가족을 소중히 생각하니까요."

"다, 다른 사람들도, 살아 있는데?"

"알고 있어요. 저는 딱히, 다른 사람의 생명을 침해하려는 마음은 없거든요. 그들도 확실히 살아서 돌아가게 될 겁니다. 그러기 위한 교섭이니까요."

"살아 있다는 건, 그저 살아만 있다는 뜻은, 아니잖아?"

"하하하. 무슨 말씀을 하시는 거예요."

"응?"

"살아 있는 건 살아 있는 거죠?——몇 번을 죽더라도 살아 있으면 살아 있는 거죠."

——말이 통하지 않는다.

이 남자에게 상식은 통하지 않는다.

그래서 호는 가만히 입을 다물고 알렉의 소매를 놓았다.

교섭은 금방 끝날 것이다.

어쨌든, 지금의 대화를 듣고 있는 사채꾼들은 벌써 공포에 질려 있을 테니까.

○

"호 씨, 이제 슬슬 당신이 이 여관에 온 당시의 일을 알려 줄 만도 하지 않아? 나도 목욕을 좋아하긴 하지만 이쯤 되니 현기증이 날 지경이야."

——호의 의식이 현재로 돌아왔다.

'은 여우 여관' 목욕탕이었다.

현기증 직전인지 함께 목욕탕에 앉은 로렛타의 손이 빨갛게 달아올라 있었다.

호는 자신이 그녀의 무릎 위에 있다는 게 떠올랐다.

그리고 자리에서 몸을 일으켰다.

"미안, 로렛타. 이제 나와도 괜찮아."

"……하아. 그래도 말이지, 당신이 기억을 더듬을 시간을 달라고 해서 내내 기다렸는데. 조금 정도는 당신이 여관에 왔을 당시의 일을 알려 줘도 괜찮지 않아?"

"……아니, 그게. 어떻게 말해도 참혹한 결말밖에 없다는 생각이 들었거든."

"그야 그렇겠지. 알렉 씨의 수행 이야기니까."

"좋지 않은 신뢰감이군……."

"그래도 말이지. 당신이 기억을 더듬어 본 결과, 남에게 할 만한 이야기가 아니라는 생각이 들었다면 나는 그 판단을 존중하겠어. 물론 무척 흥미는 있지만 당신의 의사를 꺾으면서까지 이야기를 끌어내고 싶은 마음은 없으니까."

"넌 여전히 솔직하고 착한 아이네."

"어린애 취급은 사양하겠어. 며칠 전에 성인이 된 참이니까."

"그래? 그런 건 말 좀 해. 축하해 줬을 텐데."

"……그런 걸 말하면 에둘러 축하를 강요하는 것 같아서 말하지 않았어."

"당신답네. 좋아. 내 의사로 축하해 줄게. 강요가 아니야."

"……사양하겠어. 강요한 꼴이 된 셈이니."

"그러니까 강요 안 했다고. ……네가 안 나오면 내가 먼저 나간다?"

호는 물속을 걸어 욕조의 가장자리에 도달했다.

그리고 팔다리와 머리카락을 이용해 욕조에서 빠져나왔다.

그녀의 등 뒤로 찰박하는 소리와 함께 로렛타의 목소리가 날아들었다.

"호 씨!"

"왜 그래? 갑자기 큰소리로."

"하나만 알려 주지 않겠어? 이전, 당신과 알렉 씨가 아무렇지도 않게 이야기를 나누는 걸 들었거든."

"……그 남자랑 아무렇지도 않게 대화를……?"

"알렉 씨가 경어를 사용하지 않았다는 의미야."

"아, 그렇군. 그래서?"

"웬일인가 싶어서 말이야. 그래서 당신과 알렉 씨의 관계를 물어볼 참이었지. 그것만이라도 알려 줬으면 하는데."

"그건 말이지. 알렉 씨는 삼촌쯤 되거든. 다르게 말하자면——가족이라는 거야. 그래서 빌어먹게 정중한 말투는 그만두라고 부탁했지. 그것뿐."

"……그렇군, 그런 의미였나. 아니, 어떤 종류의 정신 수행인가 싶어서 마음이 쓰인 거야."

"정신 수행……. 시러, 시러어……."

"호 씨?"

"아, 어, 아무것도 아냐. 로렛타도 얼른 그만 나와. 적당히 안 하면 쓰러져."

호가 욕조를 뒤로했다.

여관의 카운터와 욕조 사이에 있는 좁은 공간에서 옷을 입었다.

지나치게 느슨한 원피스를 닮은 옷.

그대로 걸어서 1층 식당으로 향했다.

카운터 내부에는 알렉과 요미가 나란히 서 있었다.

다른 손님과 이야기를 나누는 모양이었다.

그러나 알렉은 다가오는 호를 바라보며 말했다.

"어라? 호. 목욕은 끝났어?"

"응. 그런데 로렛타가 지나치게 목욕을 오래 하고 있으니 기다려도 나오지 않으면 상태를 살펴 주면 좋겠어."

"좋아. 요미, 부탁할게."

이름을 불린 요미가 쓴웃음을 지으며 고개를 끄덕였다.

호는 비어 있는 카운터 석에 자리를 잡고 알렉에게 말을 붙였다.

"로렛타가 내가 이 여관에 왔을 당시의 일을 묻던데."

"호오. 그래서 어떻게 대답했니?"

"대답 못 했어."

"……아, 그렇군. 가족 간에 생긴 오해와 관련된 이야기이니 다른 사람에게 들려주기엔 뭣하겠어."

"그런 게 아니야. 참혹한 이야기를 해도 좋을지 망설인 거라고."

"그렇군. 로렛타 씨도 가족 일로 고생을 했으니까. 어떤 의미로는 참혹한 이야기가 될지도 모르겠어."

"어떤 의미를 따질 것도 없이 그냥 참혹한 이야기인데……. 어차피 넌 이해 못 할 거야. 그보다 내일은 일찍 깨워 줘. 아침 일찍 던전에 갈 용무가 있거든."

"고마워."

"어차피 너도 함께 가게 되는데 고마워할 것도 없잖아."

"아니. 역시 새로운 기준을 만드는 데에는 많은 의견이 필요하니까. …… '던전 구성물의 위험도' 를 측정하려고 해도, 구성물 자체가 위험한 던전 자체가 보기 드물어. 같은 던전에 대해 많은 사람의 의견이 나오는 건 중요한 일이지."

새로운 기준.

그것은 '던전 구성물의 위험도' 였다.

50년 전, 지금의 길드 마스터 쿠가 세운 기준만으로는 평가할 수 없는 던전이 근래 심심치 않게 발견되고 있었다.

그래서 호는 지금 주로 '던전 구성물의 위험도' 를 결정하기 위한 기준 만들기에 애쓰고 있었다.

길드 마스터의 손녀라는 그림자는 여전히 꼬리표처럼 따라붙지만…… 지금은 어쩔 수 없는 일로 받아들이기로 했다.

그렇다면 적어도 같은 분야에서 할머니를 뛰어넘어 볼 참이었다. ……무척 험난한 여정이 되겠지만.

"……그렇게 말해 주니 고맙지만. 정말이지, 정신이 아득한 이야기야. 할망구는 잘도 평생에 걸쳐 셋이나 되는 명확한 기준을 만들었어. 새로운 걸 하나 만드는 데에만도 이렇게 막막한데."

"그래도 그런 고생 덕분에 지금 모험가 사망률이 떨어졌지. 그건 무척 대단한 일이라고 생각해. 사람은 죽으면 그걸로 끝이니까."

"네 입에서 나오니 한없이 가볍게 들리는데……."

"그건 그렇고 호는 어때? 앞으로 나아간 것 같아?"

앞으로 나아간다.

꼬리표처럼 따라오는 그림자에 연연하지 않고 자신의 미래를 바라본다.

이 여관에 오고 긴 시간이 흘렀고, 그래도 여전히——.

"아직 안 돼. 엄마가 실종된 이유도, 여러모로 짚이는 구석은 늘었지만…… 결국 하나도 모르잖아."

"……그렇구나."

"그래도 뭐, 모험가로서의 내 목표는 정해졌어."

"뭔데?"

"'던전 구성물의 위험도'를 결정하는 기준을 완성시킨다. 그리고 엄마를 찾는 것. 죽었든 살았든 간에."

"……살아 있으리라 믿고 싶지만 말이지."

"나는 알렉 씨나 할망구처럼 꿈이 많지 않으니까. ……그리고 난 여전히 고개를 숙이고 있어. 발치를 똑똑히 보고 땅바닥을 살피면서 걷고 있지. 받아들여야 할 현실은 앞으로도 산더미처럼 많으니까 이후에도 넘어질지 몰라."

"……."

"앞으로 나아가는 건 그 후의 일이지. 긴 인생이 될 거야. 드라이어드는 수명도 길고, 나는 아직 어리니까 미래가 있어. 그렇지, 삼촌?"

"맞는 말이야, 조카님."

알렉이 웃었다.

호도 마주 웃었다.

길드 마스터의 손녀.

어머니의 실종.

아버지의 빈자리.

꼬리표처럼 따라붙는 과거라는 이름의 그림자.

호는 그 모든 걸 정면으로 마주 보리라 결심했다.

끝내 떨쳐낼 수 없는 그림자라면——.

그림자를 통해서 자신을 비추는 햇살의 방향도 알 수 있을 테니까.

○

깊은 밤.

알렉은 모험가 길드의 길드 마스터실을 찾았다.

서류와 연기로 가득한 공간.

가장 안쪽, 종이 다발에 묻혀 작은 체구를 한 인물이 앉아 있었다.

호의 할머니, 쿠였다.

갈색 피부에 지나치다 싶을 정도로 긴 녹색의 머리카락을 가진 그 인물은 의자에 깊게 몸을 묻고서 파이프를 빨아들이고 있었다.

알렉은 묵직한 책 위에 걸터앉고는 그녀에게 말했다.

“오늘 호와 이야기를 해 보니 처음 우리 여관에 왔을 때가 생각나던데요.”

“그래서 별다른 용무도 없이 찾아왔다 이거로군.”

쿠가 웃었다.

험악하던 표정이 점차 소녀의 외견에 어울리게 바뀌었다.

알렉도, 민망하다는 듯이 웃었다.

“근래에는 볼일이 없으면 이쪽으로 돌아오질 않았다는 생각이 들어서요.”

“괜찮다. 네게는 네 인생이 있지.”

“그쪽도 바빠 보이던데요. ……그나저나 큰일이네요.”

“앙?”

“이렇게 마주 보고 있으니 일 이야기 외에 무슨 말을 해야 할지를 알 수 없어서요.”

“하하핫.”

쿠가 어깨를 흔들며 웃었다.

뒤이어 빼끔하며 보랏빛 연기를 내뿜었다.

“나도 마찬가지다. 생각해 보면 너와 느긋하게 잡담을 나누는 일은 좀처럼 없었지. 아, 그렇지. 이렇게 된 김에 물어볼 걸 물어보도록 할까.”

“무엇인가요?”

“네게는 합해서 넷, 부모와 부모 대신인 존재가 있지.”

“네.”

“본래 세계의 부모와 이곳에서 널 처음 길러 준 부모. 나, 그리고 ——.”

“선대 ‘잿빛’ 이죠.”

“그렇지. 그 녀석에 대한 걸 물어보자. 정보는 알고 있지만 인격까지는 모를 일이니.”

“최저의 인격자였죠.”

“……최저의, 인격자? 최악의 인격도 아니고 뛰어난 인격자도 아니다?”

“네, 그래요. 여성들과 많은 염문이 있던 분이고 언제나 셋 이상의 여성과 동시에 사귀고 있는 것처럼 보였거든요. 여러 방면에서 그에 대한 ‘무용담’ 을 전해 들었죠. 귀가 썩을 정도로.”

“넌 그런 얘길 좋아하지 않을 텐데?”

“주변에 여성이 많은 인생이었으니까요. 여성 시점으로 듣게 되는 걸지도 모르겠네요. 천박하고 외설적인 이야기를 즐기는 분이라 그런 이야기를 접할 때마다 정말 답이 없는 녀석이다, 내일이라도 죽여 버릴까 하는 생각을 했죠.”

“흉흉하네…….”

“그는 모든 여성을 평등하게 사랑하고 있다고 호언장담했어요.”

“…….”

“여성의 입장에서 본다면 그건 분명 바람이었지만…… 적어도 ‘섬광’ 과 ‘여우’ 는 평등한 상황에서 행복해했었죠.”

“신기한 남자로군.”

“네. ……지금도 때때로 ‘잿빛’ 이 입버릇처럼 했던 말이나 그

탁한 음성과 함께 떠오르곤 한답니다."

"뭐라고 하던가?"

" '꼬맹이, 가족은 좋은 거다.' "

"……."

"바람둥이에, 여자 꽁무니를 쫓아다니고 하반신이 뇌를 대신해 사고 기능을 수행하는 것 같은 최악의 남자였지만…… 사귀는 모든 여성을 소중하게 대했다는 건 사실이었죠. 그리고 '은 여우단'에 입단하는 오갈 데 없는 아이들도, 그는 자기 아이처럼 소중하게 생각했어요."

"그래도 그 녀석은 암살자였지?"

"그렇죠. 저도 당시 가족은 소중하다고 큰소리를 치면서 암살자로 일하는――누군가의 가족일지도 모르는 사람을 죽이는 그 모순에 대해 추궁했던 적이 있었어요."

"뭐라 대답하던?"

" '좀 다르게 사는 법을 알았다면 좋았을 텐데 말이다.' 라며 곤란해 했죠."

"……팍팍한 얘기로군."

"정말 그랬죠. 그 사람은 평온을 간절히 원하면서도 그렇게 살아가는 방법을 몰랐어요. '잿빛' 이라는 암살자로서의 교육밖에 받지 못했던 그 사람은 사람을 죽이는 것 외에는 달리 먹고 살 방도를 몰랐던 거예요."

"허."

"저는 '잿빛' 을 제 손에서 끝낼 생각이었어요. 선대와 같은 사람이 더는 나오지 않길 바랐으니까요."

"그래서 가짜 사냥에 나선 게냐."

"사냥하지는 않아요. 저는 가짜를 죽인 적이 없거든요."

"'죽이지는' 않았지."

"선대에게는 신념이 있었습니다. 하지만 신념을 관철할 힘이 없었던 거죠. 그 사람은 박애주의자였고 자신과 인연이 있는 여성이나 아이, 친구를 사랑했어요. 그렇기에 더더욱 그 사람은 암살자를 그만둘 수 없었던 거죠. 책임질 게 많았으니까요."

"선대 '잿빛'은 무척 요령이 없었구나."

"네. 반면교사로 삼을 만한 인생이죠. 그리고 본받을 만한 신념이었어요."

"그래서 '최저의 인격자'가 된 게냐."

"시작을 선택할 수 있었다면 '잿빛'은 분명 성인(聖人)이 되었겠죠. ……답 없는 여성 편력을 제외한다면. 그래도 보통 사람은 자신의 인생을 선택할 수 없어요. 사람의 가능성은 태어난 시점에서 어느 정도 결정된 법이거든요."

"……허."

"그러니 제 여관은 사람의 가능성을 넓히는 곳이 되기를 바랍니다."

알렉이 눈을 감았다.

그리고 묵도하듯 가슴에 손을 얹었다.

쿠도 이를 드러내며 웃었다.

"술이라도 마실 테냐?"

"……괜찮을까요? 저와 술을 시작하면 한도를 몰라서 다음 날이 괴롭다고 말씀하셨던 것 같은데."

"오늘만 특별히 하마. 선반에 포도주를 숨겨 두었지. 갖고 오너라."

지시에 따라 알렉이 선반에 가득한 서류를 헤집었다.

그리고 안쪽에서 한 병을 발굴해 냈다.

"……이건 숨겨 둔 게 아니라 묻혀 있는 게 아닌가요."

"그렇게도 말할 수 있지."

쿠가 웃으면서 머리카락을 조종했다.

그리고 두 개의 잔이 건네졌다.

알렉은 두 잔에 술을 따르고 한쪽을 잡았다.

"건배도 하시겠어요?"

"뭐에 대해서?"

"……그렇네요. 이럴 때는 선대 '잿빛' 이 써먹었던 관용구가 있어요."

"그게 무어냐?"

" '가족에게 건배' ."

"……."

"언젠가 다시 호 씨도 데리고 올게요. 그리고——누님도. 어딘가에 분명 살아 있을 거라고. 저는 믿고 있으니까요."

"……그렇구나."

"그때는 저도 한 자리 끼워 주세요. ……이 세계에 제가 아버지라고 부를 수 있는 사람은 분명 '잿빛' 이에요. 아, 어쨌든 '아버님' 인 건 확실하네요. 아내의 아버지이기도 하니."

"그것도 그렇구나."

"그래도 어머니는 당신이라고 생각하고 있어요."

"……좋다. '가족' 에게 건배."

"건배."

잔이 부딪쳤다.

쨍하는 가벼운 소리.

연기와 서류로 어지러운 방.

그리운, 파이프의 달콤한 향기.

알렉은 과거를 회상했다.

잃어버린 것들을 떠올렸다.

그러다 현재를 그리며, 손에 넣은 것들을 머릿속에 그려 보았다.

"내 직속이 되고 싶다는 거야?
그렇다면 '은 여우 여관' 이라는 여관에서 수행을 하고 오련?"

근위병이 되고자 하는 투라는 여왕이 친히 내린 명령에 따라 '은 여우 여관' 에서 수행하기로 마음먹었다.

그러나 그녀가 도착한 '은 여우 여관' 은 근위병 최종 시험장과는 도무지 어울리지 않는 허름한 여관이었다.

이런 곳에서? 라는 의문을 품으면서도 태생이 성실한 투라는 건물에 들어섰다.

그곳에 만난 교관은 알렉산더라는 남성이었다.

어린 시절부터 근위병을 목표로 했던 그녀는 그 어떤 힘든 수행도 견뎌내리라는 각오가 있었다. 모든 건 자신을 구해 주었던 여왕 폐하를 지키기 위해서. 어떤 시련이 닥쳐도 꺾이지 않으리라.

그러나 '은 여우 여관' 에서 이루어지는 수행은 그녀의 각오를 시험에 들게 하는데…….

# 4장

# 투라의 근위병 입대

"내 직속이 되고 싶다는 거야? 그렇다면 '은 여우 여관' 이라는 여관에서 수행하고 오련?"

그러한 여왕의 칙령에 따라 투라는 '은 여우 여관' 이라는 여관에 당도했다.

마을은 저녁 햇살 속에서 오렌지빛으로 물들어 있었다.

아직은 어둡다 말하기 어려운 시각이었지만 뒷골목에 자리한 '은 여우 여관' 은 벌써부터 음산한 분위기가 감돌았다.

허름한 건물 탓이리라.

2층 높이.

여관치고는 좁은 구조.

투라는 안내받은 주소가 정말 이곳인지 불안해졌다.

여왕 폐하를 의심하는 건 아니었지만 그녀의 근위병이 되기 위해 수행을 하는 곳으로는 보이지 않았다.

게다가 뒷골목은 조금 무섭다.

투라는 좋은 집안에서 자란 소녀였다.

머리카락은 검고 길고, 늘씬한 그녀의 몸은 가죽 경장 갑옷으로 감싸여 있었다.

무기는 자비로 마련한 롱소드였다.

언젠가 근위병 갑옷으로 몸을 감싸고 여왕 폐하에게 검을 하사

받는 것이 그녀의 꿈이었다.

아직 앳된 인상은 있었지만 장래에는 분명 미인이 될 법한, 인간 소녀.

여왕 폐하 직속이 되는 꿈을 꿀 정도로 집안도 좋았다.

그러니 그녀는 뒷골목에는 발을 들인 적도 없었고 들어올 일이 있을 줄은 꿈에도 몰랐다.

어쨌든 입구 앞에 멈춰 서 있어도 별다른 도리가 없다.

투라는 마음을 다잡고 여관 안쪽으로 발을 내디뎠다.

"어서 오세요, '은 여우 여관' 에 오신 걸 환영합니다."

접수 카운터에 있는 남성이 인사를 하고 나섰다.

상대가 남성이라는 것만으로도 절로 긴장이 되었다. 내내 온실 속 화초로 자란 투라는 이성과 접할 기회가 그리 많지 않았다.

꿀꺽. 마른침을 삼켰다.

그리고 경례를 하고 바른 자세로 마음먹었던 인사말을 건넸다.

"좋은 아침입니다!"

"이제 저녁인데요."

"저는 여왕 폐하께서 내린 칙령에 따라 이 여관에 수행을 부탁드리러 온 투라 마카라이넨이라고 합니다!"

"아, 네, 네. 루크레치아 님이 소개하셨군요. 이용해 주셔서 감사합니다."

"따라서 교관님께 접견을 요청하고자 합니다!"

"저예요. 알렉산더라고 합니다."

"소개 부탁드립니다!"

"다시 말씀드리지만 그게 저예요. 알렉, 혹은 알렉스라고 불러 주세요."

"당신이 교관님 되십니까!"

"그렇네요. 일단 그런 걸로 해 둘게요. 뭐, 본업은 보시는 그대로 여관의 주인이지만. 여왕 폐하께 신뢰를 얻은 덕분에 지금은 때때로 근위병의 훈련을 맡고 있거든요."

빙그레 웃었다.

투라는 내심 가슴을 쓸어내렸다.

여왕 폐하의 직속 부대는 엘리트 집단이었다.

간단히 입대할 수는 없었다.

무엇보다도 부대에 소속된 병사들이 기이할 정도로 강한 것은 투라도 목격한 바 있었다.

따라서 얼마나 귀신같은 교관을 만나게 될까 걱정했다.

그러나 아무래도 교관은 이 다정해 보이는, 연상의 남성인 모양이었다.

투라는 살짝 긴장이 풀었다.

"아, 저는 음, 투라 마카라이넨이라고 합니다."

"좀 전에도 들었어요. 그리고 좀 전에도 말씀드렸지만 못 들었으면 곤란하니 다시 한번 자기소개를 하죠. 저는 알렉산더입니다. 알렉, 혹은 알렉스라고 불러 주세요."

"네, 교관님."

"……그래서 수행 계획과 관련해 뭔가 아는 게 있으신가요?"

"아니요. 전혀 들은 바가 없습니다."

"그럼 평소대로 해도 괜찮겠네 아, 음. 근위병 씨는 모험가 같은 레벨로 강함을 측정하거나 하지 않으시겠지만 저희는 기본적으로 모험가를 상대하는 장사이니 강함의 기준은 레벨로 표현해요."

"네."

"그래서 현재 당신의 레벨은 제가 판단하기에 15 정도네요."

"아, 네……. 보시는 것만으로도 알 수 있는 건가요?"

"스테이터스가 보이거든요."

"네?"

"원래 세계의 말입니다. ……아무튼 당신의 레벨을, 근위병 평균치인 60까지 올려드릴게요."

"……어, 음. 저는 레벨에 대해서는 잘 모릅니다만 모험가분들은 레벨 30 정도가 '한 사람 몫' 이라는 이야기를 들은 적이 있습니다만."

"그런 모양이네요."

"그래서 한 사람 몫을 해내려면 몇 년이 걸리기도 한다고."

"그런 모양이네요."

"……이곳에서의 수행은, 몇 년씩 진행되는 것입니까?"

"아니요, 일주일입니다."

"……어, 으으음……. 저는 머리가 나빠서, 확인을 해 봐도 될까요?"

"그러시죠."

"통상 모험가가 몇 년에 걸려 도달하는 레벨에, 일주일 만에 도달할 수 있다. 그런 의미로 받아들여도 틀림없겠습니까?"

"도달할 수 있어요. 괜찮아요. 목숨을 걸면 되죠."

생글생글.

다정한 미소를 머금은 채로 알렉이 말했다.

투라는 고개를 갸웃했다.

이 사람은, 분명 다정한 사람일 것이다.

그런데 어쩐지 방금, 터무니없이 끔찍한 발언을 입에 담았던 것 같은데?

……착각이겠지. 투라는 결론을 내렸다.

군에 소속되지는 않았지만 그는 교관이었다. 교관을 끔찍하다고 생각하는 건 있어서는 안 되는 일이었다.

투라는 다시 자세를 고쳤다.

"그럼 당장 훈련을 시작했으면 합니다."

"아니요, 오늘은 시간이 늦었으니 내일부터 해 보죠. 당신의 목표는 앞으로 45레벨 상승이니 서두를 필요는 없거든요."

"네?"

"……네?"

"……어, 음. 서두를 필요가 없습니까?"

"네."

"교, 교관님은 획기적인 수행 방법을 고안하셨군요……."

"그렇네요. 획기적이라고 한다면 그렇겠네요. 원래 세계에서는 누구라도 생각할 만큼 평범한 일이지만요. 이 세계에서는 보기 드문 일인 것 같네요."

이 세계.

투라는 루크레치아를 통해 들었던 말을 떠올렸다.

듣자 하니 '은 여우 여관' 의 경영자는 다른 세계에서 온 인물이라는 것이다.

처음 들었을 당시에는 무슨 비유인가 싶었지만…….

그것이 진짜라면?

그런 상상을 농담처럼 펼쳐 보았다.

그건 그렇고, '이세계풍' 수행은 어떤 것일까. 불안함도 있었다.

그래서 물었다.

"교관님, 괜찮으시다면 내일부터 이루어질 수행 내용을 여쭈어 보아도 실례가 안 되겠습니까?"

"네, 상관없답니다."

"내일은 어떠한 걸 하게 됩니까?"

"그렇네요. 내일은 기초 훈련을 할 예정이에요. 다른 분들도 모두 한 번씩 거쳤던 수행이죠. 일단은 체력 증강과 튼튼한 몸을 만드는 수행을 진행하죠."

"구체적으로 말씀해 주실 수 있습니까?"

"단애절벽에서 뛰어내리기, 콩 먹기입니다."

"네?"

"네?"

"……어, 음, 어어, 아, 회, 획기적인, 수행…… 수행? 입니, 까?"

"수행이지요. 달리 뭐로 이해하셨나요?"

살인 사건으로 들렸습니다.

투라는 그런 속마음을 애써 삼켰다.

어떤 종류의 비유일지도 모른다.

비유가 틀림없었다.

뛰어내린다는 건 아마도 벽면에서 이루어지는 행동 훈련이겠지만…… 콩 먹기라는 건 비유 외에 다른 해석을 할 도리가 없었다.

투라는 살짝 기가 질렸다.

그러나 용기를 내서 다른 일정을 물었다.

"그다음 날에는 뭘 하게 됩니까?"

"근위기사 여러분 용으로 마음에 정해두고 있는 던전이 있으니, 그곳으로."

"그렇군요. 던전입니까! 확실히 모험가 여러분은 몬스터와의 전투 과정에서 굳센 육체를 손에 넣는다는 모양이던데요. 그곳에서 실전을 통해서 전투 기술을 상승시키는 거겠네요."

"아니요. 전투는 안 하는 게 나으실 텐데요."

"그게 무슨 말씀이십니까?"

"도전하실 던전은 레벨 200짜리 던전이거든요."

"……제가, 이해력이, 모자라서…… 아니, 귀가 잘못된 것 같습니다. 잠시, 의미가……."

"'출입 금지' 던전이라서, 일단 제패해도 상관은 없지만 내친 김에 수행에 이용하고 있거든요."

"덧붙여, 그건 어떠한 수행입니까?"

"여러분의 업무는 요인 경호니까요. 기척을 지우고 풍경에 녹아들어 요인을 그림자처럼 따르는 방법을 익히기 위한 훈련이지요."

"구체적으로 말씀해 주시겠습니까?"

"던전 가장 깊은 곳에 어떤 아이템이 놓여 있으니 그것을 가지고 돌아오시면 됩니다. 몬스터에게 발각되면 죽겠지요."

"네?"

"네?"

"……어, 음, 저기, 회, 획기적……? 자살……? 입니까?"

"수행이랍니다. 자살이라고 들렸나요?"

자살 말고 다른 해석이 있다면 좋겠다.

투라는 점점 머리가 멍해지는 걸 느꼈다.

"그, 그, 그, 그다음, 날, 은, 어, 어떤 자살, 을………."

"수행을 잘못 말씀하신 건가요?"

"그, 그렇, 그렇, 습니다…… 아마도……."

"수행과 자살을 착각하시다니 재밌는 분이시네요."

"하, 하하, 하하하……. 저, 저는 성실함 하나가 장점이라…… 재밌다는 말을 들은 건, 처음이라……."

"아, 일단 그다음에 드디어 본격적인 수행이 되겠네요. 앞서 미적지근한 두 가지의 수행과 비교한다면 다소 난이도가 올라가는 감이 있네요."

"……정말 죄송합니다만 교관님에게 '미적지근'이라는 말은 어떠한 의미로 사용되고 있는 것입니까?"

"네? 그거야 물론 '목욕물이 미적지근하다'거나 '난이도가 미적지근해서 아쉬운 맛이 있다' 같은 의미로 사용하고 있는데 문제가 있나요?"

"……어쩐지, 제가 교관님의 말씀을 오해하고 있지 않나 싶습니다. 첫날은 절벽에서 뛰어내리기, 콩 먹기. 이틀째는 몬스터에게 발각되면 죽는 던전 왕복하기. 이것이 틀림없습니까?"

"네."

"……그렇군요."

아무래도 귀도 머리도 정상인 듯했다.

혹시 교관의 머리가 정상이 아닌 걸까?

……아니, 투라는 고개를 저었다.

분명 어떤 비유일 것이다.

그래, 분명 그럴 것이다.

죽을 게 뻔한 일이니 당연하지 않은가.

자신도 모르는 사이에 다리가 떨리기 시작했지만 투라는 용기를 갖고 물었다.

"그, 그래서, 자세한, 수행 내용은……?"

"근위병 여러분의 업무는 요인 경호이니까요. 적대하는 상대가 있을 때 대상이 사람이 아닌 일도 많겠지요."

"그렇겠습니다. 교관님의 말씀이 옳습니다."

"그러니 힘 조절을 할 방법을 배워야만 하거든요. 예를 들어, 당신이 루크레치아 님을 지키고 있다고 합시다. 공교롭게도 루크레치아 님을 해하려는 누군가가 나타났습니다. 그럴 때 상대를 죽이고 만다면 배후에 있을지도 모르는 조직에 대한 정보를 얻어낼 수 없죠. 그건 곤란한 일이에요."

"옳은 말씀이십니다."

"그 이전에 사람을 죽이는 건 좋지 않은 일이죠. 이 세상에 태어난 목숨은 소중히 다뤄야 하니까요."

"네?"

"네?"

"……아, 아니요. 계속해 주십시오."

"그런가요? 그럼…… 그런 의미에서 '입문자 동굴'을 가시게 될 예정이에요."

"분명…… 새내기 모험가가 실제로 몬스터가 얼마나 강한지를 체험하기 위해 이용하는 던전이 아닙니까?"

"맞아요."

"갑자기 난이도가 떨어진 것 같습니다만."

"아니요."

"아닌가요?"

"네. 그 던전에서 하실 건 '모든 몬스터의 HP를 1로 만든다'라는 수행이거든요."

"……어, 저기."

"모든 몬스터를, 손톱만 스쳐도 죽을 법한, 빈사 상태로 만들어 주세요."

"……모두?"

"'입문자 동굴'에는 최대 500마리의 몬스터가 출현하지요."

"……500마리?"

"네. 아, 괜찮아요. '입문자 동굴'에 계시는 여러분들은 제가 수행에 이용하기 시작하면 이용을 삼가시니까요. 정말 몸 둘 바를 모를 일이니 항상 모험가 여러분의 따스한 마음 씀씀이에 감사하는 마음을 담아 수행을 진행하도록 하죠."

"아, 아니, 저기, 괜찮다는 말의 의미가……."

"'괜찮다'는 '안심', '안전', '염려할 일이 없다'라는 의미이지요."

"……."

"일단은 공격력이 오르지 않은 상황이니 사흘이면 끝나지 않을까 싶네요. 끝날 때까지 던전에서 한 발도 나오시면 안 됩니다."

빙글빙글.

알렉이 웃으며 말했다.

투라는 그의 얼굴을 그저 바라볼 따름이었다.

이 사람은 대체 뭘까.

영문 모를 소리만 늘어놓고 있다.

투라의 머릿속에서 알렉에 대한 인상은 점점 '사람'을 벗어나고 있었다.

처음 보는 신비로운 생물이라는 인상이었다.

알렉은 미소를 머금은 채 말을 이었다.

"그리고 마지막 수행으로――."

투라는 경련 같은 미소를 머금었다.

그리고.

"아무래도 제가 올 곳을 착각한 것 같습니다! 실례하겠습니다!"

도망쳤다.

분명 무슨 착오가 분명했다.
그도 그럴 게, 그가 말하는 수행은 모두 죽음이니까.
그래서 여왕 폐하께 다시 한번 수행장을 확인하려고 왕성으로 달렸다.
——물론.
루크레치아 여왕이 수행장으로 소개해 준 여관은 알렉이 경영하는 '은 여우 여관' 이 틀림없었기에, 투라는 야심한 밤에 터덜터덜 돌아올 수밖에 없었다.

○

다음 날.
투라는 평소 습관대로 이른 아침에 눈을 떴다.
주변을 둘러보았다.
기이할 정도로 감촉이 좋은 침대.
커다란 거울이 박힌 화장대.
벽에 박힌 형태의 옷장.
이곳은 '은 여우 여관' .
'어제 들은 수행 이야기는 모두 악몽이고, 눈을 뜨니 병영이었다' .
그런 바람은 아무래도 이뤄지지 않은 모양이었다.
"……아, 그러고 보니 유서를 작성해서 부모님께 발송해야 했는데."

어젯밤, 미처 생각 못 하고 잠이 든 모양이었다.
커다란 욕조.
안락하고 따스한 침대.
내일부터—— 다시 말해서 오늘부터 진행될 수행이 불안해서 베개에 얼굴을 묻고 우는 동안 잠이 든 모양이었다.
얼굴을 덮었다.
여왕 폐하의 근위병이 되기 위해서 노력해 왔다.
험난한 길이 되리라는 사실도 뼈저리게 알고 있었다.
그러나 이 수행은 모든 상상을 벗어나 있었고——.
어쩌면 에둘러 '너는 필요 없으니 죽어라' 라고 말하고 싶었던 건가 하는 생각이 들려 해서 고개를 저었다.
"그렇지 않아. 여왕 폐하는 그렇게 잔혹한 분이 아니야. 그분은 총명하고 다정하고 청초……한 의상은 그리 좋아하시지 않지만 어쨌든 좋은 분이니까 믿을 거야. 믿고, 괴로운 수행을 뛰어넘는 거야."
자기 암시를 걸었다.
괜찮다.
하다 죽는 게 보통인 일을 수행이라 부르지는 않는다.
그러니 분명 괜찮을 것이다.
"……좋아."
투라는 마음을 다잡고 침대에서 몸을 일으켰다.
부드러운 잠옷을 벗고 제대로 된 복장을 갖췄다.
가죽 갑옷을 두르고 검을 찼다.

그때를 노리기라도 한 듯이 누군가가 문을 두드렸다.

"네엡."

혀를 씹을 뻔하면서 대답했다.

그러자 문 너머에서 알렉의 목소리가 들려왔다.

"좋은 아침입니다, 투라 씨. 이제부터 수행을 진행할 텐데 준비는 되셨나요?"

"아, 네! 만전입니다!"

"그러신가요. 그럼 1층 식당에서 대기할게요. 설명해 드려야 하는 부분도 있고."

"어떤 부분입니까?"

"그것이…… 저도 설명에 서투른 편이라 자부하지만 루크레치아 님은 정말이지 설명을 하지 않는 분이시구나 싶어서요."

"?"

"어쨌든 1층으로 오세요. 식사하면서 이야기를 나누도록 하죠."

그 말을 마지막으로 목소리는 끊어졌다.

사라진 걸까? 그런 것치고는 발소리가 들리지 않는데…….

투라는 공포와 불안을 느끼면서도 1층 식당으로 내려가기로 했다.

어떤 일이든 막상 해 보기 전까지는 불안한 법이다.

그러나 막상 해 보면 의외로 아무 일도 아닐 때도 있다.

투라는 그렇게 믿으며 수행에 대한 자세한 설명을 듣기 위해서 1층으로 향했다.

○

'은 여우 여관' 1층 식당.

투라는 커다란 카운터와 여러 개의 테이블 좌석 앞에 도착했다.

어제는 볼 수 없었던, 여관의 손님으로 보이는 사람들이 있었다.

빨간 머리를 가진 자세가 좋은 여성.

마술사로 보이는 마족 소녀.

그리고…… 갈색 피부의, 이상할 정도로 어리게 보이는 여자아이.

그런 종족도 있었던 것 같지만 투라의 기억에 종족의 이름까지는 남아 있지 않았다.

그리고 엘프와 드워프.

이어서 웨이트리스로 일하는 두 수인족 소녀.

카운터 너머 조리 공간에 있는 수인 소녀.

"……여성이 많은 여관입니다."

카운터 좌석에 앉으면서 투라가 말했다.

알렉이 쓴웃음을 지으며 대답했다.

"이전에 남몰래 방을 들여다보던 남성이 계셨거든요."

"그럴 수가……. 그 이후로 교관님은 남성 손님을 받지 않게 되신 겁니까?"

"아니요. 반성을 요구했지요."

"그렇군요."

"그랬더니 그분이 아무래도 유명한 모험가였는지."

"그렇군요."

"그분의 달라진 모습이 소문나면서."

"……그렇군요?"

"그 이후로 남성 손님이 찾아오지 않게 되었지요."

"……어, 음 '달라진 모습'이라는 건, 반성하면서 태도가 달라졌다는 의미입니까?"

"그렇지요."

"다시 말해, 엿보기를 할 법한 인물이 성실한 사람이 되었다는 의미입니까?"

"그렇지요."

"좋은 사람이 되었다는 이야기로 소문이 났는데 왜 남성 손님이 줄어든 것입니까?"

"그걸 이해할 수가 없답니다."

"그 엿보기꾼이 화풀이로 여관에 대해서 나쁜 소문을 퍼트린 건 아닙니까?"

"하하하. 그런 소문을 퍼트릴 만한 정신 상태를 '반성했다'라고 말할 순 없지요."

"……."

어쩐지 알 수 있을 것 같았다.

정말 어쩐지 수준이니 말로 표현하기는 어렵지만…… 이 사람, 분명 위험하다.

"그럼 수행에 대해서 말씀드릴까요."

지금의 분위기에서 그런 말을 꺼내는 통에 투라는 다시 도망치고 싶은 심정이었다.

그러나 도망칠 수는 없었다.

이제 곧 염원했던 근위병이 되는 것이다.

이런 곳에서 물러선다면 이곳까지 오기 위한 노력이 모두 물거품이 된다.

투라는 각오를 다지고 자세를 고쳤다.

"가르침을 청합니다."

"아무래도 어제는 알고 계신 걸 전제로 수행 내용을 말씀드렸는데…… 사실 세이브 포인트라는 게 있거든요."

"……세이브 포인트?"

"네. 이것입니다."

알렉이 한 손을 내밀었다.

그러자 손바닥 위로 희미하게 빛나는 구체가 나타났다.

"이것이 '세이브 포인트' 입니까?"

"네. 이걸 향해 '세이브' 를 선언해 주시면 죽어도 괜찮지요."

"네?"

"그렇다고 해도 이 세계의 사람은 이해하기 어려울 테니 실제로 보여드리죠."

"시, 실제로? '죽어도 괜찮다' 를 실제로 말입니까?"

"네. 얘야, 브랜, 이리 오렴."

이름을 불렀다.

그러자 쌍둥이로 보이는 웨이트리스 중 한 명이 달려왔다.

하얀 털을 가진 수인족이었다.

아직 어린아이처럼 보이는 데 뭘 시킬 작정일까?

투라는 불안해졌다.

달려온 브랜이 무표정으로 고개를 갸웃했다.

"……아빠, 뭐예요?"

"잠깐 '세이브&로드'를 손님에게 보여 줘야 하니 그걸 해 줄래?"

"……저 그거 별로 안 좋아해요."

"그래도 부탁할게."

"……아빠가 그렇게 말한다면."

"착한 아이네. ……그럼 투라 씨, 지금부터 실제 예시를 보여드릴게요. '세이브한다'."

알렉이 미소를 머금고 선언했다.

그러자 브랜이 카운터 안쪽으로 다가가 오른쪽 주먹을 크게 휘둘렀다.

그리고 잠시 주먹 끝에 마력을 담더니——.

"……에잇!"

맥이 풀릴 만큼 조용한 소리로.

있는 힘껏 알렉의 복부에 주먹을 꽂아 넣었다.

복부에 주먹 크기의 구멍이 난 알렉은 미소를 머금은 채로 입에서 피를 토하며 굳어졌다.

그리고 당연하게도 뒤로 쓰러졌다.

투라는 경악했다.

"무슨, 교관님이, 죽은……?"

복부에 생긴 주먹 크기의 구멍.

보통은 죽을 것이다.
주변의 숙박객도 이 광경에 술렁였다.
테이블 석에 앉은 사이 좋아 보이는 손님들이 입을 모아 놀란 듯 소리쳤다.

"알렉 씨한테 공격이 통해……?! 대체 완력이 얼마나 되는 거야……?!"
"강하다 강하다 말은 들었습니다만 브랜짱은 정말 강하네요……."
"하, 역시 여관에서 두 번째로 완력이 강하다 이거지. ……어떤 수행을 했던 거야. 상상도 안 돼."

……놀라움의 포인트가 빗나간 것 같았다.
투라의 눈에는 여관 주인의 죽음에는 아무도 놀라지 않는 숙박객의 모습이 기이하게만 보였다.
손님들이 그런 이야기를 하는 동안 세이브 포인트의 광량이 늘어났다.
그리고 한바탕 요란하게, 번쩍 빛나는가 싶더니——.

눈 깜짝할 사이에 알렉이 좀 전과 마찬가지로 카운터 내부에 서 있었다.

"투라 씨, 보셨나요? '세이브&로드'의 효과를 이해하셨나요?"

확실히 죽었었다.

그러나 살아 있다.

아, 그렇구나. 이것이 '세이브&로드'의 효과라는 사실을 어렴풋하게 이해할 수 있었다.

그러나 그보다 큰, 의미를 알 수 없는 문제가 투라의 머릿속에 싹을 틔웠다.

"저, 저기, 실제 예시를 보여 주시려는 목적 하나로 죽으셨던 겁니까?"

'죽으셨던'이라는 말은 처음으로 사용해 보았다.

알렉이 고개를 갸웃했다.

"그랬는데요?"

"그, 그래도 죽는 게 무섭다거나, 아프다거나……."

"익숙하니까요."

"익숙……?!"

"괜찮아요. 몇 번 죽고 나면 아무렇지도 않게 되지요. 이렇게 확실하게 살아 돌아올 수 있잖아요?"

"그런 문제가 아닌 것 같은 느낌이 듭니다만……."

투라는 명확히 설명할 길 없는 답답함이 번지는 걸 느꼈다.

다시 살아날 수 있으니 죽어도 상관없다.

그것은 분명, 이론적으로는 그럴듯한 일일지도 모른다.

그러나 사람으로서 존중할 만한 무언가가 없는 것 같은 느낌을 떨칠 수 없었다.

알렉이 웃었다.

"어제 말씀드린 수행은 이 '세이브 포인트'를 전제한 것이지요."
미소를 머금은 채로 무시무시한 말을 입에 담았다.
투라는 떨리는 음성으로 물었다.
"다, 다시 말하면 죽는 게, 전제……라는, 말씀이십니까?"
"네. 되살아날 수 없는 환경에서 절벽에서 뛰어내리거나 콩을 먹거나 할 리가 없지 않나요."
"아, 아니, 콩을 먹는 건 딱히 죽음을 각오하고 할 만한 일이 아니지 않습니까?"
"안심하세요. 몇 번을 죽어도 괜찮답니다."
빙그레.
알렉이 다정하게 웃었다.
그것이 무척 두려웠다.

"경험이 모자라면 죽음을 거듭하면서 얻으면 되는 거죠. 강함이 모자란다면 죽음으로 단련하면 되고요. 괜찮아요. 다시 살아날 수 있으니까요. 몇 번이든 도전할 수 있지요. 그러니 안심하세요. 그 방법으로 당신을 여왕 폐하의 근위병으로서 모자람이 없도록 단련시켜 드릴 테니까요."

투라는 오늘까지 다른 여왕 폐하의 근위병들이 그토록 수행 내용을 알려 주지 않으려 했던 이유를 깨달았다.
아마도 입에 담고 싶지 않았던 것이다.
그 정도로 참혹했다.

투라는 바들바들 몸을 떨었다.

"그럼 가 볼까요."

알렉이 말했다.

투라는 그의 소매를 붙들고 말없이 거듭 고개를 좌우로 저었다.

알렉은 "아."하며 무언가를 깨달은 듯이 말했다.

"죄송하네요. 제가 미처 신경을 쓰지 못해서……. 아침 식사죠? 지금부터의 수행은 공복이 좋겠지만 그렇더라도 아침을 드시겠어요?"

"……필요하지 않습니다."

"아, 그럼 다른 문제가 있나요?"

알렉이 고개를 갸웃했다.

투라는 그 문제를 명확한 언어로 표현할 수가 없었다.

그러나 단 한 가지, 말로 할 수 있는 게 있다면――.

가장 큰 문제는 아마도 그의 정신 구조일 거라고, 투라는 생각했다.

○

"집에……."

"네?"

"더, 더는, 더는 무리, 무리예요. 집에, 집에 가게 해 주세요……. 제발, 부탁이에요."

저녁 햇살이 스며들기 시작하는 시간, 투라가 그런 말을 하기 시작했다.

죽었다.

수도 없이 죽었다.

단애절벽에서 뛰어내리고 또 뛰어내렸다.

두려웠고 아팠지만 이를 악물고 견디고 또 견뎌냈다.

그리고—— 드디어 끝났다는 모양이었다.

투라는 지금이 고비라고 생각했다.

따지고 보면 신병 훈련에서도 처음의 기초 훈련이 응용보다 괴로운 법이었다.

숨이 차도록 내달리거나 팔굽혀펴기를 하는 건 익숙해질 때까지 무척 힘들다.

기초는 처음에 한다. 처음에 하는 것이 가장 힘들다.

그렇게 체력을 기르고 나면 이어지는 훈련은 편할 때도 있었다.

그렇게 생각했지만——.

"다음 훈련은 콩이 목에 차올라서 질식사할 때까지 계속 드시는 겁니다."

그런 걸 훈련이라 부를 수는 없다.

투라는 마음속의 무언가가 무너져 내리는 소리를 들었다.

무리다.

돌아가자.

돌아가게 해 줘.

그래서 알렉의 발치에 엎드렸다.

그리고 애원했다.

"더, 더, 더는, 무리예요……! 이런, 이런 짓에, 대체 무슨 의미가, 있는 겁니까!"

"HP가 늘어나지요."

"그런 영문도 알 수 없는 이유로 죽고 싶지 않아요. 괴로운 건, 싫어, 요……."

"하지만 지구력이나 인내력은 살아남기 위해서 중요한 부분이랍니다."

"살기 위해서 죽으면 의미가 없잖아요!"

"괜찮아요. 다시 살아날 테니까요."

"이젠 싫어! 집에 갈 거야! 집에 돌려보내 줘!"

울며 소리쳤다.

병사가 되기 위한 훈련도 태생적인 우직함으로 견뎌냈다.

아마도 인생에서 처음으로 해 보는 꼴사나운 발버둥이었다.

알렉이 투라의 어깨에 가만히 손을 올렸다.

"좋아요. 돌아갈까요?"

옅은 미소.

그의 말이, 그의 미소가 투라에게는 무척 뜻밖이었다.

집으로 보내 달라고 부탁해서 보내 준다면 훈련이 될 수 없다.

신병이 극한의 상황 속에서 아무리 집에 돌아가고 싶다고 소리쳐도 교관은 놓아주지 않는다.

그렇기에 투라는, 무척 기이한 표현이지만, 돌아갈 수 없다는 사실에 안심하고 집으로 보내 달라고 울며 소리칠 수 있었던 것이다.

그런데.

돌아가도, 된다고?

투라는 그가 무슨 말을 하는지, 이해할 수 없었다.

"도, 돌아가도, 되는 겁니까?"

"네. 저희 여관은 손님께 무리를 강요하지 않으니까요."

"무리를 강요하지 않는다……?"

무리를 강요한다는 건 어떤 의미일까.

생각에 잠겼던 투라는 깨달았다.

그는 분명, 뛰어내릴 때 한 번도 무조건 하라고 말하지 않았다.

그저 해야 할 일을 제안하고 이야기를 진행할 뿐이었다.

"저, 정말, 괜찮습니까?"

"상관없어요. 그저── 당신이 그걸로 만족한다면 말이지요."

"네?"

"여왕 폐하를 모시는 근위병 여러분은 제 수행을 견디셨지요."

"……."

"근위병 선발과 관련된 상세한 기준은 알려드릴 수 없지만 수행을 마지막까지 버티지 못했다는 사실이 당신에게 좋은 쪽으로 영향을 미치기는 어렵지 않을까 걱정이네요."

알렉이 곤란하다는 듯 웃었다.

그 미소에서 '근위병'이라는 미끼를 방패로 수행을 강요하는 꿍꿍이는 찾아볼 수 없었다.

물론 훈련을 하는 수고를 덜 수 있어 기뻐하는 태만함도 찾아볼 수 없었다.
진심으로 그녀를 염려하는 듯한, 자애로운 미소.
그렇기에 투라는 이해했다.
그만두고 싶다고 말하면 정말 그만둘 수 있으리라.
더군다나 그의 수행은 짓궂은 괴롭힘도 고문도 아니었다.
어디까지나 그의 주관에서 가장 효과적인 행동을 반복하게 하는 것에 지나지 않는다.
……그의 상식에 따른 제대로 된 수행만을 진행하고 있을 뿐이다.
그저 주관과 상식이 어딘가 선을 넘어 버린 측면이 있을 뿐——.
투라는 표정을 지우고 상식의 기저부터 다른 생물을 바라보았다.
같은 사람의 모습을 하고 있어도 너무나 다른 무언가를 올려다보았다.
그리고 마침내 입을 열고 말았다.
"교, 교관님은 정말, 사람이십니까……?"
"네? 사람입니다만."
"원래는 몬스터였고 오랜 세월을 지나면서 인간의 모습이 되신 건 아닙니까?"
"그렇지는 않습니다만…… 왜 그렇게 생각하시죠?"
"그렇지만, 상식이, 이상해서."
"하하하. 아, 아무렴 저도 자신을 '상식적인 인간' 이라고 장담할 정도로 부끄럼이 없지는 않지만요……. 그래도 상식이란 게 뭘까요?"
"……네?"

"법률을 지키는 것일까요? 다른 사람에게 사랑받게 하는 것일까요? 아니면 자기 자신이 '이건 이상해' 라고 생각하는 행동을 하지 않게 하는 주관적인 것일까요?"

"네? 네, 저기……."

"저는 이렇게 생각해요."

"……."

"'오랜 세월 쌓아 온 자신 나름의 가치관' 이라고요."

"……교관님."

잘은 이해할 수 없지만 감동에 젖을 것만 같은 자신이 있었다.

투라 안의 냉정한 부분이 '아, 안 되겠어 이 녀석.' 이라는 자기 평가를 내렸다.

알렉은 다정하게, 천천히 말했다.

"그러니까 죽음을 거듭하다 보면 언젠가는 죽음이 상식이 되는 거죠."

그것은 뇌의 중추를 물들이며 사람의 사고방식을 뒤흔드는 달콤한 음성이었다.

그러나 투라는 단호하게 말했다.

"네. 그건 말도 안 됩니다."

"돼요."

"안 됩니다."

"돼요."

"아, 안 돼요."

"아니요, 됩니다."

"……집에 가고 싶어."

"가시겠어요?"

"아, 안 가요…… 저는, 근위병이 되어서 여왕 폐하께, 은혜를 갚고 싶습니다."

"그럼 상식을 다시 써 볼까요."

빙그레 웃었다.

투라도 빙그레 웃었다.

웃는 것 외에 뭘 어떻게 해야 할지 알 수가 없었다.

알렉은 오른손으로 어떤 짐을 가리켰다.

그것은 성인 세 명이 들어갈 법한, 비현실적인 크기의 보퉁이였다.

내용물은——

"콩을 드시죠."

고개를 갸웃했다.

투라가 바들바들 떨었다.

——이 사람, 다정해.

집에 돌아가고 싶다고 말한다면 돌아갈 수 있다.

수행이 싫다고 말한다면 하지 않아도 된다고 말해 준다.

그러나 투라는 알고 있었다.

어리광을 부리면 어떻게든 막아 주었으면 했다.

집에 돌아가고 싶다고 말한다면 머리카락을 붙들어서라도 '못가!' 라고 막아 주었으면 했다.

그도 그랬다. 그렇게 해 주지 않으면 그녀가 자신을 붙들어 둬야만 한다.

내내 제정신을 유지할 수밖에 없다.

교관을 악역으로 만들어 책임을 미룰 수조차 없어지고──.

"왜 그러시죠? 이대로라면 밤까지 돌아갈 수 없을 텐데요."

"도, 도, 도, 돌아……."

"네? 돌아가시겠어요?"

"도, 도, 지, 집에, 돌아, 갈 수는 없습니다!"

온몸이 바르르 떨렸다.

그러나 투라는 분명하게 단언하고 콩이라는 절망과 마주했다.

○

시간은 완전히 밤이 되어 있었다.

투라는 어느 틈에 '은 여우 여관' 에 돌아온 모양이었다.

기억이 선명하지 않았다.

여관으로 돌아온 것 같은 느낌이 들었다.

가장 먼저 식당의 카운터 석으로 갔던, 것 같았다.

몽롱한 눈으로 무언가를 중얼거리며 내내 카운터 석에 엎드려 있었던 것 같은 느낌도 들었다.

꿈과 현실 사이를 헤매고 있자 알렉의 부인이 그녀에게 말했다.

"투라 씨, 저녁은 어떡할래?"

밝고 낭랑한 음성.

듣고 있는 것만으로도 치유되는 것만 같았다.

투라는 지금 치유가 필요했다.

"사모님! 사모니이이임!"

눈물을 흘리며 소리쳤다.

부인은 카운터에서 몸을 내밀고 투라의 머리를 다정하게 쓰다듬었다.

"괜찮아, 괜찮아. 힘들었구나."

"집에 가고 싶어서……! 하지만, 돌아갈 수 없어서……! 가고 싶다고 하면 교관님이 돌아가면 된다고……! 그치만, 그치만……!"

"그래, 그래. 진정해. 지금 따뜻한 마실 거리를 가져다줄게."

어리게 보이는 외모와는 동떨어진 포용력이었다.

부인은 여우 계열의 수인으로 보이는데 나이는 어느 정도일까.

알렉의 부인이라는 입장을 생각하면 적어도 20대는 됐을 터였다.

그러나 아직 성인이 아닌 투라와 비교해도 어리게 보이는 외모였다.

나란히 정확한 나이를 짐작하기 힘든 부부였다.

얼마 후 부인이 목제 잔을 들고 왔다.

향기로운 감귤 계열의 향기가 났다.

벌꿀에 재운 레몬과 생강에 따뜻한 물을 부은—— 진저 레몬이었다.

서민들이 자주 마시는 일반적인 음료였다.

투라도 집에서 일하는 시종이 만들어서 마시게 해 준 기억이 있었다.

한 입 마셨다.

따스함과 알싸함, 희미하게 풍기는 달콤함이 피로에 지친 마음을 어루만져 주었다.

가정마다 맛이 다른지, 시종이 만든 것과는 달랐지만 무척 맛이 좋았다.

투라도 침착함을 되찾았다.

그리고 부인에게 감사를 표했다.

"가, 감사합니다……. 제가 잠시 흐트러진 모습을 보였습니다……."

"아하하. 우리 집 양반의 수행이 감당하기 어렵지?"

"그, 그렇긴 합니다……. 감당하기 힘든 걸 넘어 감당하기 힘듭니다."

"저녁 먹을래?"

"머, 먹겠습니다……. 아! 콩은 빼 주세요!"

"그래, 그래."

부인은 미소를 머금고 요리를 시작했다.

지금은 카운터 안쪽 주방을 사용하지 않는 듯했다.

바로 지척에서 프라이팬을 이용해 달걀과 채소를 볶기 시작했다.

뒤이어 낯선 식재료를 넣었다.

……콩과 비슷한 크기에, 희고, 점성이 있을 법한 무언가였다.

투라가 물었다.

"사모님, 그건 뭘 만드시는 겁니까?"

"볶음밥이야."

"……보끔바압?"

"알렉의 고향…… 고향? 거기 음식이야. 요새 '간장' 에 이어서 '쌀' 도 재배할 수 있게 되어서 이것저것 개척하고 있거든. 모두 '흉내' 낸 것이라고는 하는데."

" '간장' 에 '쌀' ……거기다 재배? 이 여관에 그렇게까지 큰 밭이 있을 것 같기는 않은데 어디 다른 곳에 땅을 갖고 계신 겁니까?"

"음, '간장' 은 술처럼 만들고 '쌀' 은 논에서 재배하니까 밭은 아니지만…… 여러모로. 모험가 시절에는 제법 벌기도 했고."

"그러고 보니 여왕 폐하께서 교관님은 몇 개의 던전을 '제패' 하셨다고 들었습니다. '몇 개의 던전 제패' 라는 표현은 무척 낯설어서 뭔가 착각을 하신 건 아닐까 생각했습니다만."

" '몇 개' 라기보다 '몇십 개' 일 거야."

"네?"

"내가 동행한 것만 67번이었어."

"……네?"

"알렉 혼자만 따지면 100 가깝지 않을까? 일단 당사자인 알렉이 50이 넘어서면 세지 않는 사람이기도 하고. 뭐라더라, 음…… '정확한 숫자를 알고 싶을 때는 퀘스트 레코드를 보면 돼.' 라고 했던가."

"도통 영문을 알 수 없어서 제 머리에 혼란이 오고 있습니다."

"대단하지, 우리 그이?"

"대, 대단해요……. 대단하다고 해야 할지…… 아, 정말 대단하십니다."

표현할 단어가 존재하지 않는 느낌이었다.

알렉이라는 모험가의 경력을 형용하는 데에 가장 비슷한 느낌의 말은 분명 '대단하다' 겠지만, 한마디로 정의할 수 없는 무언가가 느껴졌다.

깊은 어둠 때문일까.

"그런데 사모님, 교관님은 어디에 계십니까?"

"……정말 넋이 나갔었구나."

"네?"

"……아니야. 알렉은 목욕탕을 설치하러 갔어. 오늘은 요즘 목욕 당번을 해 주는 모린 씨…… 우리 집에 묵고 있는 마족 마술사님이 출장을 나갔거든."

"목욕탕…… 설치?"

"어제 목욕탕에 들어갔었잖아?"

"아, 네. 무척 크고 굉장한 목욕탕이었습니다."

"그건 매일, 마법으로 설치하는 거야."

"목욕탕 마법…… 그런 게 있었습니까?"

"없으니까 돌벽을 다섯 개 만들고 안에 물을 담아서 끓이는 거지."

"아, 네……."

여섯 개의 마법을 동시에 발동한다는 것처럼 들렸다.

알렉 한 명이 그런 걸 할 수 있다면 큰 문제는 없었다. 투라의 안에서 그 사람은 '무엇이든 가능' 한 사람이었다.

그러나 자신과 나이 차이도 크게 나지 않아 보였던 마족 소녀도 그런 걸 하고 있다고?

비유 같은 걸까.

투라는 이해를 뛰어넘는 현상을 그렇게 납득하기로 했다.

"어쩐지 시사하는 바가 큰 대화네요."

"……시사?"

"아니요. 역시 그, 모린 씨도 이곳에서 수행을 하셨습니까?"

"응, 그렇지. 이 여관에 있는 사람은 모두 어느 정도 수행을 하고 있어."

"달리 말하면 이곳에 계신 모든 분이 모두 정신에 이상을?"

"아, 아니, 아니…… 정상 아닐까…… 아마도……."

"아니요. 결단코 정상일 리가 없습니다……. 모두, 모두, 자신도 모르는 사이에 정신을 개조당해서 점점 고통을 느끼지 못하게 되었겠지요. 아무것도 느끼지 못하게 되고 사람으로서 중요한 무언가가 결여된 채로 살면서 최종적으로 만들어진 게 바로 교관님 아니십니까?"

"으, 음……. 비록 내 남편이기는 하지만 부정은 하기 힘들지도."

"사모님은 어쩌다 그런 분과 결혼을?"

"당연히 좋아해서 했지."

"흐, 흔치 않은 취향을 갖고 계시는군요……."

"그리고, 음. 돕고 싶었거든."

"교관님을 말씀입니까? 그건 즉, 사람의 마음이 남아 있는 동안에 죽여 주고 싶으셨다는 의미로?"

"우리 그이한테 구원은 그것밖에 없는 거야……?"

"그도 그럴 게 '교관님'을 구한다고 하면 그것 말고는 생각나는 게 없습니다."

"오히려 난 반대로 왜 그런 생각이 나는지 묻고 싶은데……. 아니 아니, 평범하게. 알렉은 그렇게 보여도 고민을 떠안는 성향이 있으니까 내가 옆에서 지탱해 주고 싶다고 생각했거든."

"고민을 떠안는다……. 확실히 무슨 생각을 하는지 알 수 없는 존재이긴 합니다."

"무척 옛날 일을 여전히 자책할 때도 있거든."

"옛날?"

"으음, 사실 나도 자세히 기억하지는 못하는 일인데. 뭐, 그런 것보다 완성. 볶음밥."

톡 하는 소리와 함께 접시에 담긴 요리가 놓였다.

이건 뭘까. 잘은 모르겠지만 맛있어 보였다.

그저, 수북하게 쌓인 콩 요리로 보이기도 한다는 부분이 섬뜩한 점이었지만…….

투라는 건네받은 커다란 숟가락으로 요리를 입에 머금었다.

이전엔 먹어 본 기억이 없는 맛이었다.

작은 알맹이 하나하나가 선명한 맛을 품고 있었다.

향기로운 풍미와 군데군데 들어간 고기의 감칠맛이 씹을 때마다 입안을 적셨다.

쌀이라는 알갱이는 작지만 한 알 한 알의 존재감이 대단했다.

맛있었다.

"국물도 먹어 봐."

"배려 감사합니다. 하지만 신기한 여관이네요. 목욕도 쾌적하고 음식도 맛있고, 침대도 편안하고, 커다란 거울도 있고, 화장실도 낯선 형태여서 당황했지만 무척 안락했습니다."

"'양변기'라나 봐."

"이런 여관이라면 대로변에 있는 좀 더 훌륭한 건물에 있어도 괜찮을 텐데요."

"이 가게는 알렉의 고집이야. 사실 수입은 거의 없거든."

"……모험가 시절 저금을 사용하고 계신 겁니까?"

"아니. 다른 방면으로 수입을 얻고 있으니까."

"다른 방면?"

"뒷이야기는 '마스터'한테 들어 보는 것도 좋겠네."

부인이 웃으며 말했다.

마스터?

여관 주인을 말하는 걸까?

그래도 지금까지 그렇게 부르지는 않았다.

아니면 막 이틀을 머물렀던 탓에 몰랐을 뿐이고 보통은 마스터라는 호칭으로 부르는 걸까.

투라가 고개를 갸웃했다.

그러자——.

"질문 있으신가요?"

등 뒤에서 들린 음성.

투라는 공포에 질린 얼굴로 천천히 뒤를 돌아보았다.

그곳에는 소리도 없이 다가온 알렉이 서 있었다.

"교, 교관님!"

"네. 질문이 있으신가요?"

"아, 아니요. 저기……."

물어도 괜찮을까? 망설임이 일어났다.

부인과 대화를 나누던 중 금전 얘기가 나왔지만…….

머물고 있는 여관의 수입을 묻는다는 것 자체가 그리 환영할 만한 일은 아니었다.

그러니 투라는 고개를 저었다.

"질문은 괜찮습니다!"

"그런가요? 묻고 싶은 게 있으시면 언제든 사양 말고 말씀하세요."

"배려에 감사합니다!"

"저는 내일 수행에 대한 질문인가 싶었지요."

"……."

"투라 씨?"

"눼엡?"

"괜찮으세요?"

"눼? 아? 네, 배려에 감사합니다……."

"아, 그렇지. 오늘 수행 성과를 루크레치아 님께 보고드렸어요."

"여왕 폐하께 말씀입니까?"

"네. 제 눈으로 본 근위병 후보의 상태를 자세히 알고 싶다고 하셔서, 편지로."

"교, 교관님의 눈으로 본, 제 상태 말씀입니까……."

"괜찮으시면 말씀드릴까요?"

"아, 아닙니다…… 모든 게 다 끝난 다음에 부탁드리겠습니다……."

"그렇게 하지요. 그럼 내일도 수행에 힘써 주세요."

"아, 아! 그, 그런데! 폐하께서 답을 주시면 폐하의 반응만이라도 곧장 알고 싶습니다!"

"그런가요. 그럼 내일 아침에 답이 도착할 테니 수행 전에 알려드릴게요."

"아, 내일 아침 말씀입니까?! 여왕 폐하께 오늘 보낸 편지의 답장이, 내일 아침에?!"

"그렇지요. 글쓰기를 좋아하시는 분이시니까요."

"아, 아니요…… 폐하가 편지나 서류에 답장하시게 하는 건 어려운 일이라고, 왕궁 안에 널리 소문이 나 있습니다만……."

"아, 그랬나요? 제가 보낸 편지의 답변이나 부탁드린 조사 결과는 대강 다음 날에는 도착하기에 의외로 무척 성실한 분이라고 생각했는데요."

"……뭔가 모르는 분의 이야기를 듣고 있는 것 같습니다."

"그래도, 한 가지, 그만하셨으면 하는 게 있기는 하네요."

"무엇입니까?"

"편지의 봉인에 키스 마크를 붙이는 건 그만두셨으면 해서요."

"……교관님은 여왕 폐하와 어떠한 관계이십니까?"

"유괴되었던 그녀를 구해 드린 적이 있지요."

"……."

"아, 이건 당신이 근위기사 후보여서 한 말이지만, 기본적으로 유괴 사실은 없었던 일로 되어 있으니 발설하지 않도록 해 주세요. 국가의 중대사였으니까요. 섣불리 소문이 나면 당신이 '없었던 일'이 될지도 몰라요. ——그럼, 용무가 있어서 실례할게요."

알렉은 미소와 함께 마지막 말을 남기고 떠나갔다.

투라는 카운터 안쪽으로 사라져 가는 그를 바라보았다.

그녀가 할 수 있는 반응은 그것뿐이었다.

○

다음 날.

아침 식사를 마친 투라와 알렉은 어떤 던전에 도착했다.

마을 남쪽.

그 던전은 세계의 끝이라고 불리는 절벽에서 사다리로 내려선 장소에 자리하고 있었다.

그곳은 '출입 금지'가 된 미궁이었다.

외견상 큰 특징은 없는, 암벽의 균열로만 보이는 동굴 입구. 던전이라는 사전 정보가 없었다면 평범한 동굴로 생각했을 터였다.

그러나 지금은 그 균열 중앙에 간판이 있었다.

'이 던전에 발을 들이지 말지어다.'

……보통 던전의 난이도는 레벨로 표기된다.

그리고 그 레벨에 따르면 던전의 최고 난이도는 100으로 표기되었다.

그 이상은 측정이 불가능하기 때문이다.

그런데도—— '200'.

최고치의 두 배라는 터무니없는 난이도.

'출입 금지'는 허풍이 아니었다. 말하자면 기존 레벨에 비추어 볼 때 어처구니가 없을 만큼 난이도가 높은 던전이라는 의미이리라.

이름하여——

"'죽음의 허무'."

알렉이 평탄한 어조로 말했다.

그리고 온화하게 설명을 이어나갔다.

"조사를 위해 들어간 레벨 50 조사자 세 명을 포함한 파티가 돌아오지 않았지요. 그 후에 구출을 위해 나선, 이 부근에서 최강이라는 레벨 60으로 구성된 네 명 파티가 괴멸했습니다. 네 명 중 두 명이 사망하고 한 명이 한쪽 팔을 잃을 정도로 크게 다쳤다고 하죠."

"남은 한 명은 어떤 상황이었습니까……?"

"광란."

빙그레.

알렉이 미소를 머금은 채로 말했다.

투라는 몸을 떨었다.

안쪽은 깊은 안개로 덮여 보이지 않는 깎아지른 절벽. 지금 자신과 알렉이 서 있는 건 그런 장소에 있는, 두 사람이 나란히 서면 아슬아슬한 정도의 비좁은 공간이었다. 더군다나 강한 바람이 불어오고 있었다.

조금 전까지 단순한 균열로 보였던 던전이 불길한 짐승의 턱처럼 보였다.

투라는 두려움에 떨면서 이야기를 재촉했다.

"과, 광란이라고 하시면……."

"문자 그대로의 의미지요. 숨은 붙어 있지만 제정신을 잃고, 제대로 된 생활을 보낼 수 없는 상황이 되었습니다. 특히 빛을 무척 두려워하는 증상을 보였지요. 그렇게 광란에 빠진 남성은 얼마간 요양을 했지만 곧 자신의 눈을 도려냈다고 하더군요."

"……."

"이것이 앞으로 당신이 도전하게 될 던전입니다. 질문이 있으신가요?"

"음, 여기에 도전하나요……?"

"그런 수행이라고, 설명해 드렸을 텐데요."

"지, 집, 집에…… 도, 돌아, 지, 집으로……."

"가시겠습니까?"

"우, 우리, 지, 집……! 도, 돌아……! 가, 안 가겠습니다……."

"이대로 들어가시라는 것도 잔혹한 일이니 공략 정보를 알려드리죠."

"아우?"
"전에 제가 이 던전에 들어갔을 때의 이야기에요."
"드, 들어갔던 적이 있으십니까?!"
"네. 난이도가 높거나 특정이 어려운 던전은 대체로 길드 마스터의 의뢰를 받아 제가 조사에 들어가죠."
"……."
그렇구나.
천성이 이러하니 광란에 빠지는 일은 없을 거라는 길드 마스터의 훌륭한 판단이었다.
"이 던전의 적은, 벽입니다."
"……벽 말입니까?"
"네. 정확하게는 벽에 동화된 몬스터가 주된 적이지요. 기본적으로 내부는 어둠에 가려져 있지만 그중에 '빛나는 눈' 이 보이는 때가 있어요. 그 눈에 들키면 죽게 되지요."
"……들키는 것만으로, 말입니까?"
"실례. 그것에 들키면 레벨 100 이하의 모험가는 대부분 이기지 못하고 목숨을 잃어요."
레벨 100 이하.
다시 말해 이 주변의 모험가 모두였다.
그렇구나. '들키면 죽는다' 는 말은 과장이 아니었다.
"그 몬스터는 온갖 기척을 탐지하고 벽을 고속으로…… 기어 다닌다고 해야 할까요? 아니면 미끄러진다 해야 할까요? 어쨌든 벽과 동화되어서 습격하거든요."

"온갖 기척 말입니까?"

"청각은 발소리, 호흡음은 물론 심장이 뛰는 소리와 옷자락이 스치는 소리까지. 시각은 어떤 사소한 빛이라도 포착하니 빛을 켜서는 안 됩니다. '빛나는 눈' 에 포착되면 그 시점에서 완전히 끝이죠. 그리고 어디서든 벽에 닿으면 탐지될 거예요. 바닥과 천장은 괜찮습니다."

"……."

"덧붙여서 녀석이 적의 숨통을 끊는 방식은 '덮쳐들어 천천히 소화한다' 이니 자해용 나이프를 품고 있는 게 좋겠지요. 물론 로드하는 방법도 있지만 이 수행에서는 꼭 죽어 주셔야 하니 어쩔 수 없네요."

"……."

"수행의 내용은 이전에 설명해 드렸던 대로 '어떤 물건을 가지고 오는 것' 이지만, 그 '어떤 물건' 은 던전 마스터의 방 앞에 놓여 있습니다."

"다시 말해서 교관님은 최근 이 던전 최심부를 다녀오셨단 말입니까?"

"오늘 아침 아침 식사를 하기 전에 잠시 다녀왔지요."

들었던 내용을 생각하면 아침을 먹기 전 가벼운 조깅을 하는 감각으로 갈 만한 장소 같지는 않았다.

투라의 머릿속에서 알렉이 점점 '사람' 이라는 카테고리에서 벗어나고 있었다.

"교, 교관님이라면 이 던전도 제패하실 수 있지 않습니까? 이런, 위험한 던전은 얼른 제패했으면 싶지 말입니다……."

"음. 그래도 말이죠, 일단은 '이렇게 높게 설정을 해두면 아무도 들어가지 않겠지' 라는 의미에서 '레벨 200' 의 던전이 된 것이고, 실제로는 170이나 그 부근이거든요."

"……."

"그렇게까지 위험하지 않다고 해야 할까요. 몬스터가 늘어나는 방식도 빠르지 않고 최대 몬스터 숫자도 세 마리뿐이니 내버려 두어도 별다른 해는 없어서요."

"교관님, 잠시 괜찮겠습니까?"

"왜 그러시죠?"

"감각이 이상합니다! 보통! 레벨 170은! 인류가 총력을 기울여서 제거해야 마땅한 위협이지 말입니다!"

"그래도 은신 능력을 기르는 데에 가장 좋은 던전이거든요."

"수행보다 중요한 게 있습니다!"

"어떤 게 중요한지는 사람마다 다르니까요."

"……."

"제게 수행보다 중요한 일은 그리 많지 않거든요. 굳이 따지자면 세 가지 정도일까요."

"무, 무엇입니까."

"아내와 딸."

"……."

"세 가지라는 건 딸이 쌍둥이이기 때문이죠."

"평범한 사람 같은 말을 하시면 무척 위화감이 듭니다……."

"저는 평범한 말밖에 안 하는데요. 이전의 세계에서는 종종 지루한 인간이라는 평가를 들었지요."

"……교관님의 이전 세계라는 곳은 주변에 무척 재밌는 분이 많으셨나 봅니다."

"글쎄요. 벌써 오래전 일이라서 기억도 흐릿하네요. 그보다는 현재의 이야기를 이어서 해 볼까요?"

"현재?"

"하하하. 당연히 수행이지 뭐겠어요."

"집에 갈래요."

"가시겠어요?"

"가, 가, 가, 갈, 수, 없어요……."

"근위병이 되고 싶다는 당신의 마음은 견고하네요. 체감적으로 말씀드리면 이 수행에 대한 설명을 듣는 시점에서 열 명 중 아홉이 집에 돌아가거든요."

"저, 저기, 그 정도라면 수행의 난이도에 문제가 있다는 생각은 안 드십니까?"

"네? 딱히 던전을 제패하라거나 몬스터를 잡아라고 한 적은 없는데요? 여러분은 묘하게 두려워하시지만 어려운 일은 크게 없어요."

"그래도, 저기, 온갖 기척을 탐지하는 데다가 발견하면 소화해서 죽이는 상대가 있는 던전에 밀어 넣는 건 좀, 보통을 벗어났다고 할 수 있지 말입니다."

"그래서 자해용 나이프 소지를 추천드리고 있잖아요?"

"……."

"괜찮아요. 죽으면 입구부터 다시 시작할 수 있으니까요. 상처 하나 없는 상태로 말이죠."

"……."

"그리고 소화라는 건 의외로 그렇게까지 아프지는 않아요. 아픈 건 제 지구력으로도 십몇 분 정도일까요. 그 구간만 지나고 나면 오히려 기분이 좋을 정도지요. 그래도 장비가 녹는 건 곤란한 일이니 자해를 추천하는 것뿐이지요."

체감해 본 듯한 사람의 어투였다.

투라는 지금껏, 이 사람은 머리가 이상한 게 아닐까 싶었지만…….

아무래도 그건 아닌 듯했다.

머리가 이상하다거나 정신 이상이 왔다거나 하는 표현으로는 형용할 수 없는, 더욱더 위험한 무언가였다.

투라의 머릿속에서 '집에 가고 싶다' 는 마음이 점차 자라났다.

그러나 이를 꽉 악물고 말했다.

"저, 저는, 하겠습니다. 해 보겠습니다. 반드시, 근위병이 되겠습니다. 그래서 여왕 폐하께 은혜를 갚아 보이겠습니다."

"루크레치아 님이 당신께 어떤 은혜를 베푸셨는지 들어 볼 수 있을까요?"

"5년 전, 저희 집안이 지독한 누명을 쓸 뻔했을 때 루크레치아 님과 근위병 여러분들이 구해 주셨습니다."

"5년 전?"

“‘잿빛’ 이라는 암살자가 폐하의 목숨을 노렸던 사건입니다.”

“……아……그거.”

“혹시 알고 계십니까? 저희 집안은 그 ‘잿빛’ 을 고용했다는 누명을 썼습니다.”

“네, 네. 알고 있어요. 분명 귀족 간의 권력투쟁이었고, ‘잿빛’ 은 커녕 사실은 암살자조차 고용한 적이 없었다는 결론이 났지요?”

“여왕 폐하의 근위병이 대강의 조사를 하고 그렇게 해결하게 되었지만…… 제게는 좀 다른 측면이 있지 말입니다.”

“다른 측면이라 하시면?”

“저는 당시에 혼란을 틈타 납치를 당했습니다.”

투라는 회상했다.

——집안사람들이 저마다 ‘여왕 폐하 암살을 계획했다’ 는 누명을 벗고자 분주하던 때였다.

아직 어렸던 투라는 아무것도 할 수 없는 사실에 답답함을 느끼고 있었다.

바로 그때 ‘비밀스러운 정보가 있다’ 라는 이야기를 듣게 된 것이다.

지금이라면 관심을 보일 리 없는 이야기였지만 투라는 손을 내밀고 말았다.

누구에게도 말하지 않고 상대와 만나기로 했던 장소에 혼자 갔을 때——.

이어지는 사건의 범인인, 투라의 집안을 무너트리려 계획했던 귀족에게 납치를 당했다.

"……그때 절 구해 주신 건 조사를 하던 근위병 여러분과 폐하였습니다. 어렸던 저는 그분들의 활약을 동경해 근위병을 목표로 삼게 되었던 것입니다."

"그렇군요. 그런 사연이 있었군요."

"저나 부모님이 거리를 헤매지 않을 수 있었던 건 폐하의 은혜입니다. 그리고 제가 지금 이렇게 무사한 것도…… 저는, 폐하를 위해서라면 이 몸을 내던질 각오가 되어 있습니다."

"그럼 힘내세요."

"물론입니다. 그 어떤 고난이 닥쳐도 극복해 볼 생각입니다."

투라는 결의를 떠올렸다.

그리고 용기를 다잡았다.

죽을지도 모른다.

그러나 이 수행으로 인생이 끝날 일은 없었다.

목숨을 걸고 나아간다.

설령 목숨이 다한다 하더라도 다시 시작할 수 있다.

잘 생각해 보면 '목숨을 건다' 는 각오를 실제로 보여 줄 더할 나위 없는 기회였다.

투라는 여왕 폐하를 생각하며 그렇게 마음을 다잡았다.

"그러고 보니 여왕 폐하께서 보내신 편지는……."

"……그렇네요. 이번엔 어쩐 일인지 답이 늦어져서요. 죄송합니다. 오늘은 아무것도 받지 못했어요."

"바쁜 분이시니 어쩔 수 없습니다. 교관님은 잘못하신 게 없어요. 그럼 저는 수행에 나서겠습니다. 세이브 포인트를 불러 주셨으면 합니다."

"그럼── 어, 이런 이런. 위험해라. 정작 중요한 내용을 빼먹을 뻔했네요."

"네?"

"던전 안쪽에서 가져와 주셨으면 하는 물건 말인데요."

"아, 그렇군요."

생각해 보니 그러했다.

아무것도 모른 채 대상이 되는 물건을 가져오는 건 불가능했다.

"그것이 무엇입니까?"

"네. 먼저 순서를 확인하겠습니다만 심장 박동, 발소리, 호흡음을 가능한 억제한 상태에서 불빛을 켜지 않고 던전 안쪽까지 가 주시면 됩니다. 정리하면 '발소리에 주의를 기울이면서 긴장하지 않고 평정을 유지한 채 마주치면 죽는 몬스터가 있는 던전을 걷는다' 가 되겠네요."

"……그 시점에서…… 아, 아니요, 괜찮습니다. 해 보겠습니다."

"그리고 가장 안쪽에서 가져와 주셨으면 하는 게 이것입니다."

그렇게 말하며 알렉이 한쪽 손을 내밀었다.

그의 손 위에 무언가 올려져 있었다.

그것은 금속제의, 붉은 리본이 달린──.

"방울, 아닙니까?"

"네. 이 방울을 던전 깊은 곳에 무수히 두고 왔지요. 그중 하나라도 좋으니 갖고 와 주시면 됩니다."

"……저기, 교관님, 방울은 소리가 나지 말입니다."

"그렇네요. 방울이니까요."

"심장 박동도 숨 쉬는 소리도 가능한 한 억누르고 불빛도 밝히지 않고 간 던전의 가장 깊은 곳에서 방울을 갖고 오라는 말씀이십니까?"

"네. 아, 방울은 이렇게 붉은 리본이 달려 있으니 귀에 걸어 주세요."

"저기, 교관님, 방울은, 소리가 나지 말입니다."

"그런데요……?"

방울에서 소리가 나는 건 당연한 일이라는 듯한 얼굴이었다.

물론 당연하지만.

"저기, 아무리 제가 평정을 유지한다 하더라도 방울은 흔들리면 소리가 나는 물건입니다."

"네."

"……저기, 돌아올 수가 없지 말입니다?"

"몸을 흔들지 않고 걸으면 괜찮아요."

"……."

"문제없어요. 안으로 들어가면서 완벽한 은밀 보행을 익힌다면 그 무렵에는 자연스럽게 움직임이 안정될 테니까요."

"어, 어, 음. 그, 그래도 실패를, 저지르게 될 때도, 있겠다 싶지 말입니다. 느닷없이 바람이 분다거나……."

"바람은 미리 파악해 주세요."

"……."

"다른 질문 있으세요?"

"마, 만약 방울을 들고 있는 상태로 죽어서 로드된다면……."
"물론 처음부터 재시작이지요."
"……."
"그걸 위해서 오늘 아침에 방울을 산더미처럼 두고 왔으니까요."
"……."
"다른 질문이 있으신가요?"
"지, 지, 집에, 지, 우리 집, 집에, 도, 돌아……."
온몸이 바들바들 떨렸다.
감당할 수 없는 공포에 젖어 하마터면 돌아가겠다는 말이 저절로 튀어나오려는 걸 힘겹게 억눌렀다.
그 결과 가까스로 입을 다물 수 있었다.
그러나 대신 눈물이 흘러넘쳤다.
알렉이 다정하게 웃었다.
"수행은 그만둘까요?"
그것은 금단의 속삭임이었다.
투라는 눈물을 흘리면서 거듭거듭 고개를 저었다.
"좋아요. 그럼 세이브 포인트를 부를게요."
알렉이 한 손을 내밀었다.
세이브 포인트가 출현했다.
투라는 이를 딱딱 울리면서 목소리를 쥐어짰다.
"세, 세이브, 합니다……!"

○

수행은 밤이 되어서야 마무리되었다.

'은 여우 여관' 식당.

투라는 빛이 사라진 눈으로, 기이할 만큼 곧은 자세로 카운터 석에 앉아 있었다.

그녀 외에는——.

카운터 안쪽에 알렉이 있을 뿐이었다.

그는 프라이팬 한가득 무언가를 볶고 있었다.

투라는 인형처럼 자리를 지키고 있을 따름이었다.

심장 박동은 정상이었고 호흡도 흐트러짐이 없었으며 머리끝부터 발끝까지, 한 치의 어긋남도 없는 곧은 자세를 유지하고 있었다.

한 명의 인간이라기보다 흡사 하나의 탑처럼 곧게 서 있었다.

"교관님, 교관님, 부탁이 있습니다."

그녀의 어투에는 억양이 없었다.

상태로만 본다면 사람으로서 중요한 무언가가 결여되어 있는 것처럼 보였다.

알렉이 쓴웃음을 지었다.

"저기, 투라 씨, 수행은 끝났는데요."

"방심하면, 벽이, 습격하지 말입니다."

"여관의 벽은 손님을 공격하지 않아요."

"……저, 정말요……? 정말, 벽은, 습격하지 않는 겁니까……? 작은 돌을 차 버려서, 부딪히는 소리가, 빛나는, 눈이, 빛, 빛, 빛이,

빛, 빛이, 빛이, 빛이."

"피곤하신 모양이네요. 저녁 식사는 기운이 날 만한 걸 만들어 보죠. 제 추천 메뉴는 브라질풍 콩 수프와——."

"다른 메뉴를 부탁드립니다!"

"……그래요? 콩 수프는 나름 제 특기 메뉴인데 말이죠."

알렉은 아쉬운 듯이 그렇게 말하며 요리를 시작했다.

유감스러운 알렉의 마음과는 별도로 투라는 사람다운 정신을 되찾았다.

그녀는 가슴을 쓸어내렸다.

괜찮아.

아직 마음은 무너지지 않았다.

투라는 가슴을 누르면서 숨을 내쉬었다.

아, 그래도…… 언젠가는 이런 고민을 하는 일조차——.

"그런데, 어떠셨나요?"

투라가 어둠에 물들 뻔하던 그때 알렉이 느닷없이 물었다.

고개를 갸웃했다.

"무엇 말씀이십니까?"

"수행의 성과 말이에요. 저는 스테이터스를 열람할 수 있으니 알 수 있지만 여러분은 실감을 느끼고 싶어 하시는 경향이 있으니까요. 오늘 수행의 성과는 실감하기 쉬운 편일 텐데 어떠신가요?"

"……확실히, 처음 할 때와 마지막은 완전히 다른 느낌이 듭니다. 처음에는 던전 한가운데까지도 못 갔습니다만 끝날 무렵에는 앞으로 나가는 정도라면 쉽다는 생각마저 들었어요. 돌아오는 길은 난이도가 크게 뛰었습니다만…….”

“그래도 당신은 성공하셨네요.”

“……요령을 습득한 느낌이 들지 말입니다.”

“그렇게 생각하신다면 다행이네요. 드디어 내일은 실전에서 몬스터를――.”

그가 무언가를 말하려던 순간――.

누군가가 여관의 입구를 두드렸다.

“……노크를 하는 걸 보니 우편일까요? 잠시 실례할게요.”

알렉이 대화를 마무리하고 여관 입구로 향했다.

그건 그렇고…….

노크하는 사람이 있다는 건 놀랄 일이지만 사람이 올 줄은 알았다는 듯한 어투였다.

그러나 알렉의 입에서 나온 말이니 신기할 것도 없었다.

투라는 그를 향한 묘한 신뢰감이 마음속에 뿌리를 내리는 걸 느꼈다.

잠시 문 근처에서 대화가 오가는 소리가 들렸다.

머지않아 알렉이 돌아왔다.

그는 봉투를 손에 들고 있었다.

……왕가의 문장이 남은 봉랍이 눈에 들어왔다.

그리고 봉투의 키스 마크.

투라는 자리에서 몸을 일으켜 자세를 고쳤다.

“이 편지, 혹시 여왕 폐하께서 보내신 것입니까?!”

“네. 그렇네요. 어제 알려드린 당신의 수행 상태에 대한 반응일까요? 열어 보죠."
"부, 부탁드립니다!"
알렉이 가볍게 손가락으로 봉랍을 튕겼다.
그러자 봉투를 덮고 있던 봉랍이 갈라졌다.
안쪽에서 편지를 꺼내 눈으로 훑었다.
"……."
드물게도 그의 표정이 굳어졌다.
하지만 그것은 찰나였다.
평소와 같은 미소를 머금은 채로 알렉이 입을 열었다.
"투라 씨, 알려드릴 게 있습니다."
"무, 무엇입니까……?"
"루크레치아 님 앞으로 살해 예고가 도착했다고 하네요."
"……네?"
살해 예고?
그것은 살해하겠다는 의사를 드러냈다는 의미일까?
너무나도 거리낌 없는 그의 태도에 그녀는 문득 되묻고 말았다.
알렉은 여전한 어투로 말을 이었다.
"그래서 잠시 어수선해서 편지가 늦어졌다고 하네요."
"……나라의 중대사 아닙니까!"
"그렇네요. 그래도 조용히. 다른 손님이 욕탕에 계시니 너무 큰 목소리를 내면 들릴지도 몰라요."
"죄, 죄송합니다."
"그럼, 저는 이 시점에서 당신은 어떻게 하고 싶으신지 여쭤 보고 싶은데요."
"어, 어떻게 하고 싶으냐 하시면?"
"살해를 예고한 날짜는 모레네요. 예정에 따른 수행은 아직 끝나지 않았죠."
"그렇네요……."
"하지만 루크레치아 님이 위험한 상황이라면 지켜드리고 싶겠지요?"
"그건 당연한 일입니다."
커다란 은혜가 있는 폐하를 지키고 싶은 마음에 근위병을 목표로 해 왔다.
그런데, 폐하가 위험한 때에 수행하고 있을 수는 없었다.
그러나 알렉이 말했다.
"그래도 당신은 아직 다른 근위병 여러분들과 비교해서 약해요."
"……."
"그러니 지금부터 제안하는 두 가지의 방법 중 어느 한쪽을 골라주셨으면 하는데요."
"두 가지의 방법, 말입니까?"
"하나, 이대로 예정대로 수행을 이어나가 일주일 만에 근위병과 동등한 레벨까지 강해진다."
"……그래서는 여왕 폐하를 지킬 수 없습니다."
"그래요. 하지만 지금의 당신이 가도 걸림돌이 될 뿐이라서요."
"……."
분한 나머지 어금니를 물었다.

발목을 붙들 뿐.

부정할 수는 없었다.

수행을 통해 강해지긴 했지만 아직 다른 근위병과 어깨를 나란히 할 수준이라는 느낌은 들지 않았다.

……당연했다.

다른 근위병들은 알렉의 수행을 마친 것이다.

자신은 여전히 과정을 밟는 중. 어깨를 나란히 할 수 있을 리가 없다. ……그럴 수 있을 리가 없었다.

바꿀 수 없는 그 사실이 견딜 수 없을 정도로 분하기만 했다.

그런 투라의 속내를 읽은 것처럼 알렉이 말했다.

"또 다른 방법."

"……."

"그건 앞으로 닷새 동안 이어질 수행을 하루 만에 끝내는 방법이에요."

"……그런 게 가능합니까?"

"무리한다면요."

지금까지의 수행은 '무리' 가 아니었다는 듯한 어투였다.

……아니, 실제로 알렉에게는 '무리' 가 아니었으리라.

그는 적당한 난이도의 수행을 계획했을 터였다.

그러니 방금 말한 '무리' 는 알렉의 시점에서도 무리가 있는 수행을 진행한다는 의미이리라.

어떤 무서운 일이 벌어지는 걸까.

두렵고, 두려워서 상상하는 것만으로도 오금이 저렸다.

그러나 투라는 말했다.

"무, 무리를, 하겠습니다."

"……괜찮으시겠어요?"

"은혜를 갚을 길은 지금밖에, 없습니다……. 그러니 무리를 해서라도 강해, 강해져서 여왕 폐하를, 지키고 싶습니다……!"

"알겠어요. 그럼 그렇게 조정을 하지요."

그가 미소와 함께 대답했다.

어쩌면 좋지. 다정한 얼굴에도 참을 수 없는 불안이 고개를 들었다.

"차, 참고로 어떠한 수행인지만이라도 먼저 귀띔해 주실 수 있으십니까?"

"던전 제패입니다."

그가 선뜻 내뱉은 그 수행.

——던전 제패.

그것은 한 줌도 안 되는 모험가만이 이뤄낼 수 있다고 하는 위업이었다.

그것을, 모험가 경험도 없는, 수행 외에는 던전에 발을 들인 적도 없는 자신이 이뤄낸다.

……가능할 것인가.

아니.

"하겠습니다. 어떤 던전을 제패하게 됩니까?"

"제패하셨으면 하는 건 레벨 40의 던전이에요. 던전 마스터는 레벨 60 정도가 될 테니 제패를 완료하시면 당신은 근위병 여러분과 비슷한 실력을 갖추게 되겠죠. 일단 스테이터스상의 레벨은 그렇다는 느낌일 테지만요."

"……."

"고전적인 방식의 비효율적인 던전 제패가 되겠지요. 말하자면 평범하게 죽고 다시 살아나길 반복하면서 공략할 수 있을 때까지 생사를 오갈 뿐이네요."

"지금까지의 수행을 극복했던 저라면 문제없습니다."

"든든한 말이네요. 그럼 내일 던전에 함께 가죠. 하지만 세이브 포인트를 불러낸 뒤에 저는 자리를 비울 예정입니다."

"다른 용무가 있으십니까?"

"그렇네요. ……이번, 여왕 폐하를 노리겠다는 성명을 낸 집단을 독자적으로 조사해 볼까 싶어서요."

"교관님도 여왕 폐하를 위해 일하시는 겁니까?"

"아니요. 죄송하지만 이건 저 자신을 위한 일이어서요."

"어떤 의미입니까?"

"……아, 조금. 범행 성명을 낸 조직…… 클랜의 이름이 마음에 들지 않아서요."

"마음에 들지 않는다?"

알렉이 보통 때는 사용하지 않는 단어였다.

무슨 생각을 하는지 도통 알 수 없는, 감정을 보이지 않는 남자. 그것이 투라가 생각하는 알렉이었다.

그런 그가 '마음에 들지 않는다' 라니.

다시 말해, 분노를 드러낸 것이다.

투라가 머뭇머뭇 물었다.
"그 조직의 이름은 무엇입니까?"
" '은 여우단' 입니다."
"……그건, 이 여관의 이름과 같은 것 같은데요……."
"그러니 그만두었으면 해서요. 영업방해이기도 하고—— 만약 여관을 알면서 일부러 그런 이름을 사용했다면 굉장히 유감스러운 일이지요."
알렉이 웃고 있었다.
그러나 왜일까. 투라는 말할 수 없는 오한을 느끼며 몸을 떨었다.

○

다음 날.
알렉은 투라를 던전까지 배웅하고 왕도로 돌아갔다.
세이브 포인트 곁에는 브랜이 감시를 위해 남았다.
그는 어딘가를 목표로 번화가를 나아갔다.
얼마간 걷던 그는 커다란 건물 앞에서 멈춰섰다.
3층 구조의 아름다운 석조 건물이었다.
웅장하게 시선을 끄는 입구에는 꽃이 장식되어 있었고 몸단장을 한 보이가 서 있었다.
간판이 있었다.
그곳에는 이렇게 적혀 있었다.
'비취 새장'.

그곳은 마을에서 가장 고급으로 이름난 여관의 명칭이었다.
여관에 들어서자 과연 소문이 옳았다는 실감이 들었다.
번쩍번쩍하게 닦여져 아름다운 돌로 만들어진 접수 카운터.
넓은 복도.
현란한 기교가 느껴지는 꽃장식.
알렉은 바닥에 깔린 붉은 융단 위를 따라 걸었다.
그가 목표로 하는 곳은 최상층이었다.
그곳에 있는 인물의 기척을, 알렉은 한참 전부터 잡아내고 있었다.
알렉은 그 방── '지배인실' 이라는 팻말이 걸린 문을 두드렸다.
얼마간의 침묵이 이어진 뒤 육중하게 문이 열렸다.
마중을 나온 사람은 메이드복을 입고 안경을 쓴 이지적인 소녀였다.
종족은 엘프.
장갑과 목깃으로 피부를 감추고 있었다.
메이드는 알렉을 보고 놀란 듯 눈을 동그랗게 떴다.
그러나 금방 마음을 정한 듯했다.
"어머나, 어서 오세요. 잘 오셨어요."
흡사 주인을 맞이할 때처럼 깊게 고개를 숙였다.
그리고 공손하게 문을 열고 안쪽으로 안내했다.
내부는 응접실 같은 공간이었다.
먼저 방 한가운데. 낮은 테이블을 사이에 두고 소파가 마주 보게 놓여 있었다.

천장에는 샹들리에.
바닥에는 마찬가지로 융단이 깔려 있었다.
어디에 눈을 두어도 고급스러운 방이었다.
그 안쪽에 있는, 방 주인의 것으로 보이는 중후한 집무용 책상에는 인간 소녀가 앉아 있었다.
반짝이는 황금빛의 머리카락.
머리카락 끝이 완만하게 말려 있어서 한층 더 풍성해 보였다.
흡사 사자의 갈기처럼 보이기도 했다.
고집스러워 보이는 생김새는 앳된 느낌이 남아 있는 얼굴에 건방진 인상을 더하고 있었다.
다만, 어린아이 같은 인상과는 정반대로, 그 인물은 가슴 부분이 크게 벌어진 드레스를 입고 있었다.
금발의 소녀가 방에 들어선 알렉을 발견하고 책상을 두드리며 몸을 일으켰다.
"무, 무슨 일이야, 이렇게 느닷없이!"
놀라움과 기쁨이 뒤섞인 얼굴이었다.
알렉은 소녀의 맞은편으로 다가와 말했다.
"오랜만이네요, 브리짓."
"그래! 당신은 항상 용무가 있을 때가 아니면 우리 집에는 오지도 않잖아!"
"저도 여관 업무가 있거든요."
"돈은 내가 벌어다 준다니까!"
"아니요. 돈보다 중요한 일이 있으니까요. 그보다 죄송하지만 이번에도 용건이 있어 왔습니다."

"무슨 용건? 여관으로서?"

"아니요. 또 하나의 얼굴 쪽으로."

"아, 역시 그쪽이었네. 보나 마나 온건한 얘기는 아니겠지. 클로에, 차를 내오렴."

브리짓이 메이드인 클로에에게 명령했다.

클로에는 공손한 인사를 마치고 방 안쪽에 있는 문을 통해 사라졌다.

그쪽에 급탕실 같은 시설이 있는 걸까.

브리짓은 커다란 집무실 의자에 앉았다.

의자에 깊게 몸을 묻고 천장을 바라보면서 그녀가 말했다.

"그래서, 무슨 용건이지?"

"'은 여우단'을 자처하는 집단이 여왕 폐하 살해 예고를 냈더군요."

"……요즘 빈번하지 않아? 옛날 일이 떠오를 만한 사건이 종종 생기던걸."

"그래요. '여우'와 관련된 사건. '잿빛'과 관련된 사건. 그리고 이번엔 '은 여우단'과 관련된 사건이 벌어진 셈이네요. ……근래 단기간에 지나치다 싶을 정도로 등장하더군요."

"……."

"개별 사건의 실행범과는 별개로 교사범이 있을 가능성이 크다고 보입니다. 어쩌면 제가 찾던 사람이 나타나는 날이 가까워진 걸지도 모르겠네요."

“어쨌든 나는 그 살해 예고를 한 ‘은 여우단’에 대해 조사하면 되는 거지?”
“네, 부탁드립니다.”
“흥, 3일이면 바닥까지 밝혀낼 수 있을 거야. 나, 브리짓 님이 얼마나 유능한지를 감상하도록 해.”
“아니요. 오늘 중에 부탁드립니다. 습격 예고일이 벌써 내일이거든요.”
“……저기, 아무렇지도 않게 말도 안 되는 일을 시키는 그 버릇, 좀 적당히 해 주지 않을래?”
“다른 사람에게 무언가를 부탁할 때 말도 안 되는 일을 시킨 적은 없을 텐데요.”
“말은 잘해. 내 능력이라면 할 수 있다고, 그렇게 믿는다는 뜻이야? 좋아. 그런 말을 들으면 의욕이 생기지. 원하는 대로 반나절 중에 정보를 손에 넣어 볼게. 그 대신에, 말도 안 되는 건 아니라도 전력을 다해야 하는 일이니 나름의 보상을 요구하겠어.”
“괜찮습니다. 원하는 걸 말씀하세요.”
“요미를 버리고 나랑 결혼해.”
“앞으로 당신에게 부탁할 일은 없겠군요.”
“아, 아, 자, 잠깐! 기다려! 농담! 농담이야!”
“용서되는 농담과 안 되는 농담이 있는 법이에요.”
“지나치게 좋은 그 부부 사이가 나한텐 용서 안 되는 농담이야.”
“사이좋은 부부라고 하시니 생각나는데 얼마 전에 결혼기념일이었지요. 일이 바빠서 여행까지 가지는 못 했지만 소박하게 축하를――."

"홍차가 온 뒤에 계속해 줄래? 당신들의 달콤한 사랑 얘기 덕분에 설탕을 줄일 수 있을 것 같아."

"아니요. 홍차가 오기 전에 그만 물러가겠습니다."

알렉이 발걸음을 돌렸다.

브리짓이 그 등에 대고 외쳤다.

"보수! 아직 말 안 했잖아!"

"……그렇군요. 뭘 요구하실 생각이시죠?"

"이번에 화장실을 개축할 예정이야. 그때 설계 지시를 부탁할게."

"그 정도는 기쁘게 하겠습니다. 보셨던 그대로 슬라임을 이용한 방식이면 될까요?"

"시험 삼아 도입했을 때 평이 좋았거든. 뭐, 사실은 침대를 만들어달라고 하고 싶은데."

"이 여관의 모든 방에 스프링 침대를 만드는 건 품이 좀 들어서요."

"참고로 침대 한 대를 만드는 데에 얼마나 걸려?"

"한 달이 걸립니다. 지금은 좀 더 빠르게 만들 수 있을지도 모르겠네요. 공업 계열은 아직 라인화가 어려워서요. 대형 기계가 있으면 편하겠지만."

"'원래 세계' 이야기지? 믿기지 않네. 그렇게 품이 많이 드는 물건을 대량으로 생산할 수 있다니."

"이 세계에서 오래 있다 보면 저도 그런 느낌이 들어요. 어느 세계가 진짜고 어느 세계가 꿈이었는지. ……양쪽 모두 저로서는 현실이지만, 어쩌면 모두 꿈일지도 모르죠."

"흥. 난 이해할 수 없는 감각이야."

"그럴지도 모르겠네요. ……그럼 조사를 부탁드릴게요."

그 말에 브리짓이 자리에서 일어나 공손하게 고개를 숙였다.

"맡겨만 주십시오, 클랜 마스터. 저희 '은 여우단'은 결코 가짜를 용서하지 않습니다."

왕에게 충성을 맹세하는 기사를 방불케 하는 고요한 음성으로, 선언을 읊조렸다.

○

밤.

투라는 세이브 포인트 옆에서 뒤로 쓰러졌다.

이곳은 왕도의 서쪽이었다.

한바탕 바람이 훑고 지나가는 구릉지대로, 주변 일대는 수풀이 무성한 초원을 이루고 있었다.

드러누워 있는 동안 서늘한 수풀의 감촉과 어렴풋한 풀냄새가 났다——고 생각했다.

그러나 사실 투라는 아무것도 느끼지 못했다.

세이브 포인트 곁에 쓰러져 움직일 수 없었다.

이따금 몸이 튀어 오르니 살아 있는 것 같기는 했다.

투라 옆에 한 명의 소녀가 있었다.

흰 머리카락을 가진 고양이 수인 브랜이었다.
브랜은 웅크리고 앉아서 투라를 보고 있었다.
이렇다 할 표정은 없었다.
그녀는 본래가 무표정이었다.
그러나——.
브랜이 머리 위쪽의 귀를 팔락하고 움직이며 몸을 일으켰다.
"……아빠다."
반가운 듯이 중얼거렸다.
그 목소리를 듣는 순간 투라는 허둥지둥 몸을 일으켜 주변을 살폈다.
그리고 멀리서 다가오는 알렉을 발견하고 놀랄 만한 기세로 달려 나갔다.
"교관니이이이이이이이임!"
알렉의 눈앞에서 멈춰 섰다.
한 번에 멈춰 서지 못하고 앞으로 고꾸라질 뻔하기도 했다.
알렉이 그녀를 부축하며 미소와 함께 물었다.
"무슨 일이신가요? 던전 제패는 끝나셨나요?"
"대, 대체, 대, 대……."
"진정하고. 심호흡을 해 보죠. 숨을 들이쉬고."
"흡."
"뱉고."
"하."
"진정이 되었나요?"

"교관님!"
"왜 그러시죠?"
"저, 저 던전, 대체 정체가 뭡니까?!"
그녀의 손가락이 뒤쪽을 향했다.
그곳에 있는 건 좀 전까지 투라가 공략하던 던전이었다.
그곳은 초원에 우뚝한 석탑이었다.
주변은 넓은 구릉 지대.
문명의 손길이 거의 닿지 않은, 풍부한 자연.
그 안에 선 인공물은 주변의 풍경과는 유달리 동떨어져 보였다.
그러나 그 탑은 사실 인공물이 아니었다.
적어도—— 근래 수백 년, 인류가 하나의 국가를 건설하게 된 시점에서 만들어진 건축물은 결단코 아니었다.
탑의 형태를 한 던전.
그 유래는 고대문명으로 거슬러 올라간다고 추정되는, 미지의 건조물.
그 이름을——.
"뭐냐고 물으신다면 '검의 탑' 입니다만."
"그, 그런 게 아니라…… 저는 탑 형태의 던전은 위로만 올라가면 던전 마스터가 있는 법이라고, 그렇게 들었습니다만!"
"그렇네요."
"그, 그런데 저 던전, 지하에 던전 마스터가 있었단 말입니다!"
"그렇네요."
"아, 알고 계셨으면 미리 알려 주셨으면 싶지 말입니다!"

"저 탑은 최상층으로 보이는 게 사실 가장 낮은 층이거든요. 저건 '지면에 박힌 거대한 검' 이라는 이야기를 듣기도 하는 던전이라 반대인 거죠. 아래와 위가요."

"알고 계셨으면…… 알려, 주셨어도……. 저는 죽고 또 죽으면서 가까스로 최상층에 도착했다 싶었더니 아무것도 없어서…… 아무리 찾아보아도 던전 마스터의 방처럼 보이는 게 없어서, 돌고, 또 돌고, 모든 층을, 돌고, 죽고, 죽고, 죽고……."

"……."

"있을지도 모르는, 장소를, 찾다가 절망에 빠질 것 같아서…… 몇 번이고, 몇 번이고 돌아가고 싶다고, 계속, 계속……."

투라가 눈물을 뚝뚝 흘리기 시작했다.

알렉이 다정한 미소와 함께 말했다.

"그럼 수많은 저레벨 몬스터를 사냥하셨겠네요."

"……."

"보물도, 많이 얻으셨겠지요."

"……."

"무엇보다 맵을 다 밝힐 수 있던 게 큰 성과겠지요. 공백으로 남은 부분이 있으면 무척 신경이 쓰이는 법이니까요."

"……."

"다행이네요. 던전 구석구석을 탐험하셨으니까요."

"저, 저기, 교관님…… 던전 구석구석을 탐험하는 과정에서 몬스터가 제 몸 구석구석을 탐험했지 말입니다……."

"괜찮아요. 당신은 지금 살아계시잖아요."

"……."

"그리고 강해지셨지요."

"……."

" '살아 있는 것', '강해진다는 목적을 달성한 것'. 그것 말고 달리 뭐가 중요할까요?"

미소와 함께 고개를 갸웃했다.

그 표정은, 진실로 다른 문제점이 있을 리 없다는 확신에 가득 차 있었다.

……투라는 차마 말로 형용할 수 없는 감정에 사로잡혔다.

확실히 이론적으로는 옳은 말일 수 있지만 사람에게는 이론 말고도 소중한 무언가가 있을 터였다.

예를 들어, 마음 같은.

그러나 알렉에게 그런 말을 늘어놓아도 의미가 없으리라는 건 투라도 이제 알 수 있었다.

그를 사람이라고 생각해서는 안 된다. 사람에게 협력적인 몬스터라고 생각하는 게 나을 것이다.

그것이 며칠 동안 이어진 수행을 통해 투라가 얻은 가장 큰 깨달음이었다.

투라는 죽어버린 눈으로 고개를 끄덕였다.

"네. 교관님. 옳은 말씀입니다."

"이해하신 것 같아 저도 무척 다행이네요. 그런데 제패 자체는 끝나셨나요?"

"아, 네넷! 저기, 공격이 통하지 않아서 애를 먹긴 했습니다만…….”

“공격력이 오르는 수행은 아직이었죠.”

“그래도 몇 번을 죽는 동안에 적이 점점 약해져 가는 게 무척 쾌감이었습니다.”

“그렇지요, 그렇지요. 죽음을 극복한 모양이네요.”

“네!”

“조만간 좀 먼 곳까지 나갈 때는 집에 세이브 포인트를 두고 ‘귀가할 때는 그냥 죽을까’ 라고 생각하게 되기도 하죠.”

“거기까지 가면 사람으로 이미 끝장이라고 생각되니 거기까지 발을 딛지 않도록 노력하겠습니다.”

“그렇군요. 죽음을 극복하는 것과 죽음이 습관이 되는 건 별개의 이야기이기는 하네요.”

“죽는 게 습관이 된다는 것도 뭐라 할지…….”

탈구도 아니고.

습관이라고 할 만큼 겪고 싶지도 않았다.

알렉이 미소를 머금고 말했다.

“지금부터 당신을 여왕 폐하의 곁으로 보내드릴 수 있겠네요.”

실로 가벼운 어투였다.

그러나 아마도, 이때 처음으로 투라는 달성감을 느꼈다.

던전 제패도, 달성감을 느낄 만한 업적이었지만 거듭 죽음을 경험한 탓인지 좀처럼 제패 완료를 했다는 실감이 들지 않았다.

그래도 수행의 목적은 달성했다.

투라의 눈에 눈물이 번졌다.

그리고 반사적으로 말했다.

“드디어…… 드디어, 돌아갈 수 있게 되었습니다…….”

“그렇네요. 집으로 돌아가는 건 아니지만요.”

“아, 아니요……. 저도 이제 근위병으로…….”

“저는 자세한 선발 기준은 잘 모르니 뭐라 말씀드릴 수는 없지만…… 제 수행을 극복했다는 연락은 드리고 있지요. ——아, 그렇지.”

알렉이 앞치마 주머니에서 무언가를 꺼냈다.

그것은 신비로운 광택을 발하는…… 가면이라고 해야 할까.

표면에는 어딘가 공포스러운, 개인지, 여우인지, 혹은 길게 찢어진 눈을 가진 여성의 얼굴이 그려져 있었다.

본 적도 없는 장신구였다.

투라가 물었다.

“그건 무엇입니까?”

“본래는 여관에서 ‘건넬 만하다’ 싶은 사람에게 전달하는 물건이지요. 그렇지만 언제부터인지 수행 종료 증서 같은 게 되어서요.”

“그, 그렇군요.”

“저희 여관에서 목적을 달성하신 분들께 전달하는 물건이지요. 이걸 보여드리면 여왕 폐하는 ‘은 여우 여관’에서의 수행이 끝났다는 걸 이해하실 거예요.”

“……다시 말해서 이 가면이 여우입니까?”

“그렇네요. 제가 있던 세계의 공예품이지요.”

“고향의 물건인 셈이네요. 지금은 교관님이 손수 제작하시는 것입니까?"

"아니요. 생산 라인이 있어요."

"……네?"

"라인이라고 해도 한 달에 다섯 개 정도의 페이스에 불과하지만요. 그래도 일단은 갖고 계세요. 근위병이 되신 분은 모두 갖고 계시니까요. 버리지 않으셨다면 말이죠."

"저는 소중히 간직하겠습니다."

"그렇게 말씀해 주시면 감사한 일이죠. 저도 만든 보람이 있겠네요."

빙그레 웃으며 감사 인사를 건넸다.

투라는 생각했다.

"던전 제패라는 말을 들었을 당시에는 어떠한 괴로운 수행일까 싶었습니다만…… 뚜껑을 열어 보니 30번 죽는 정도였지 말입니다."

"잘 극복하셨네요. 제 감독이 없는 상황에서는 죽음을 지나치게 두려워하면서 앞으로 나가지 못하는 게 아닐까 하는 상상도 했거든요."

"……그래서 교관님은 오늘 수행을 감독하지 않으셨던 겁니까?"

"그것도 있지요. 물론 용건이 있다는 것도 사실이에요. ……수행을 하고 있을 때는 제가 곁에 있고 세이브도 할 수 있죠. 하지만 수행이 종료된다면 저는 없습니다."

"……."

"수행이라는 건 실전에서 도움이 되지 않으면 의미가 없으니까요. 제가 없더라도 앞으로 나아갈 수 있도록. 세이브가 없는 상황에서도 죽음의 기척을 확실히 잡아낼 수 있도록. 그리고——.”

“그리고?”

“……슬픈 일이지만 살아 있다면 목숨을 걸어야만 하는 때도 있지요.”

미소.

그러나 어딘가 슬퍼 보이는, 무언가를 한탄하는 듯한 얼굴로 알렉이 말했다.

“목숨을 걸어야만 할 때 겁을 집어먹지 않도록. 자신을 지키는 본능에 패배해서 사람으로서 소중한 무언가를 잃는 일이 없도록. ……저는, 당신이 그러한 사람이 되어 주시길 바라고 있습니다.”

“……네. 교관님의 말씀을 가슴에 새기겠습니다.”

“그래도 죽지 않는 게 제일이지요. 목숨은 소중히 여겨야 하니까요.”

“……죄송합니다. 교관님의 그 말은 전혀 와 닿지 않습니다.”

“그럼 가 볼까요.”

“……어디로 말입니까?”

이어지는 수행인가 싶어서 절로 경계심이 일어났다.

그러나 알렉이 한 말은——.

“왕궁이지요.”

“……와, 왕궁?”

“그렇지 않나요? 평범하게 절차를 밟게 되면 내일까지 여왕 폐하를 알현할 수 없을 텐데요?”

“……그건…… 그건…… 옳은 말씀입니다만.”

"그렇게 되면 근위병도 되지 못하고 폐하를 지킨다는 당신의 목적도 달성할 수 없어요. 그러니 지금 가기로 하죠. ……걱정거리도 있고."

"그래도 어떻게 말입니까?"

"직접 방으로 찾아뵈면 될 일이잖아요."

"네?"

그가 또다시 영문을 알 수 없는 말을 늘어놓는 통에 투라는 고개를 갸웃했다.

알렉이 미소를 머금고 말했다.

"왕궁에서 들어가서 방까지 갑니다. 그리고 문을 두드리고 안으로 들어가 여왕 폐하를 만나면 되지요. 일단 들키지 않아야겠지만요. 발각되면 살인 예고를 낸 범인이라는 착각을 사서 감옥에 갇히거나 그 자리에서 죽게 될지도 모르니까요."

풀어서 들어 보아도 무슨 말을 하는지 영문을 알 수 없었다.

왕궁의 엄중한 경비를 모르는 걸까?

투라는 신음했다.

"그럼 가 볼까요."

그는 빙그레 웃으며 말을 이었다.

투라는——.

감옥에 끌려갈지도 모른다.

그 자리에서 죽게 될지도 모른다.

그런 염려로 마음이 무거워지는 걸 느꼈다.
"……집, 우리, 집, 돌아, 돌아, 집에……."
아버지와 어머니의 얼굴이 보고 싶었다.

○

"숨어 들어가는 데에는 밤이 제격이네요. 지금 가 볼까요? 그리고 좋지 않은 예감이 듭니다."

알렉이 말했다.

투라는 던전을 제패해 심신이 너덜너덜한 그대로 왕궁으로 향했다.

왕궁.

그렇게 불리는 건축물은 마을 한가운데에 존재했다.

성을 둘러싼 해자.

동서남북으로, 군이 오가는 거대한 도개교.

기본적으로 남쪽 도개교만이 늘 내려와 있어서, 출입은 그쪽을 이용한다.

밤의 어둠 속에서 화톳불이 일렁이는 거대한 석조 건축물. 그곳의 불길함과 공포심은 말로 형용하기 어려웠다.

아마도, 침입하는 게 목적이 아니었다면 그 장엄한 모습에 가슴이 뛰었으리라.

투라와 알렉은 남쪽 도개교 옆에 서 있었다.

창을 들고 무장한 경비병이 보였다.

곧게 선 남성 병사였다.

문지기는 성의 '얼굴' 이니 야간에 사람이 없을 때도 긴장을 늦추지 않을 만한 인물을 선발해 임명했다.

더군다나 투라는 알고 있었다.

도개교가 내려져 있지 않은 다른 문에도 저마다 경비병이 있다는 걸.

어쩌면 상황이 상황인 만큼 증원되었을 가능성도 있었다.

"교, 교관님……. 어떻게 할 생각이십니까……."

투라가 목소리를 낮추고 말했다.

조금 전부터 불안해서 알렉의 옷소매를 붙들고 있었다.

알렉은 여전했다.

여관 카운터에서 콩을 볶고 있을 때처럼.

깎아지른 절벽에서 떨어지는 걸 지켜보고 있을 때처럼.

미소를 머금은 채로.

"정면으로 갈까요?"

"어…… 저기, 발각되지 않도록 해자를 헤엄쳐 건너거나 장벽을 기어오르는 건……."

"해자를 헤엄쳐서 어느 지점에서 위로 올라가나요?"

"네? 그건……."

"성벽을 기어오르는 건 고려 대상이 아니네요. 그런 건 '발견해 주세요' 라고 말하는 거나 다름없죠. 한밤중에 성벽에서 움직이는 사람 크기의 물체. 당신이 경비를 섰을 때 그걸 놓칠 것 같나요?"

"……화, 확실히……."

"그러니 정면으로 가는 게 가장 안전하답니다."

"아니, '그러니' 에서 이어지는 말의 의미를 이해하기 어렵습니다만."

"수행의 성과를 시험하는 거죠."

"……."

"낮이었다면 동행인에 섞여서 쉽게 들어갈 수 있었겠지요. 밤에는 수행의 성과를 시험할 수 있으니 마침 딱 좋아요."

"네? 교관님의, 저는 지금 '낮이 난이도가 낮다' 라는 의도로 말씀하신 것 같다고 느꼈는데요."

"그렇네요. 당연한 일 아닌가요? 도둑은 보통 낮에 침입하죠. 사람이 많을 때가 그 안에 섞이기 쉬운 법이니까요. '밤에 녹아든다' 는 말은 사실 벌레나 새나 가능하지, 사람 정도 크기의 물체에게 가능할 리 없으니까요."

"……이제 싫어, 이 사람."

"네?"

"아, 아니요……. 아, 네. 그래도 낮이 되길 기다리고 있으면 때를 놓칠 수도 있고."

"괜찮아요. 근위병 여러분과는 친분이 있으니 루크레치아 님의 방 가까이 가기만 하면 됩니다."

"그건 아무런 위로도 안 되는 정보인데…… 아, 아니요. 그런데 구체적으로는 혹시? 설마 평범하게 걸어서 경비원 사이를 통과, 성안에 침입하면 끝이라는 말씀은 아니시지요?"

"아니요. 평범하게 걸어서 경비원 사이를 통과해 성안에 침입할 예정이죠."

"발각될 것 같습니다만."

"그 시점에서 발각되면 앞으로 나아갈 수가 없지요."

"발각되지 않는 미래가 보이지 않습니다만."

"미래는 자신의 손으로 닦아 올려야 하는 법이지요."

"다시 말해서 경비병을 닦아야 한다는?"

"사람을 죽여서는 안 되는 법이지요."

"그럼 어떻게 하라는 말씀입니까? 저는 이제 머리가 빙글빙글 돌아서……."

"그러니까…… 그렇군요. 일단 시범을 보여드리는 게 좋겠네요."

알렉은 그렇게 말하며 도개교를 향해 걸어갔다.

특별히 수상할 것도 없는 평범한 발걸음이었다.

발소리가 들리지 않아서 살짝 떠 있는 게 아닐까 하는 의심도 들었지만…….

알렉이 걸었다.

도개교를 향해서 걸었다.

돌 장식이 깔린 바닥을 디뎠다.

병사의 시야 속으로 걸었다.

병사의 코앞을 걸었다.

그리고 알렉은 성안…… 왕궁 부지 안에 발을 디뎠다.

"……세상에."

성안에 들어선 그가 그녀를 향해 손을 흔들었다.
투라는 눈과 입을 한계까지 벌린 채로 알렉을 바라보았다.
역시 성안에 있었다.
더군다나 미소와 함께 손을 흔들고 있었다.
어쩌지.
아무것도 파악하지 못했다.
어떤 속임수나 장치도 없는 듯했다.
사실 알렉은 여관에 깃든 정령이라서 여관 손님에게만 보이는 환상의 존재가 아닐까 하는 망상까지 떠올랐다.
정령이라면 여러모로 수긍할 수 있는 구석이 많았다. 동화에 등장하는 정령은 대체로 장난을 좋아하거나 가치관이 인간과 달라 어린아이를 죽이기도 하니까.
다시 말해서 건너편에 있는 건 알렉의 환상일까?
진짜는 곁에 있다거나?
아니, 처음부터 수행에 대한 기억이 악몽?
투라는 이런저런 상상에 빠졌다.
이대로는 안 된다.
눈을 감고 호흡을 가다듬었다.
그리고 다시 눈을 떴다.

알렉은 그녀의 바로 옆에 있었다.

"우, 우왁――읍!"

소리를 지르려던 입이 막혔다.

알렉은 미소를 머금은 채 입술 앞에 손가락을 세워 보였다.

"조용히. 아무리 그래도 비명을 지르면 발각되겠지요."

"죄, 죄송합니다……."

"그건 그렇고 제가 방금 실행한 방법으로 가 보죠. 설명만으로는 이해를 못 하시는 것 같아서 해 봤는데 잘 보셨나요?"

"저기, 오히려 이해할 수 없게 되어서…… 단순하게 말하자면 지금, 뭘 하신 겁니까?"

"'근처를 좀 걷고 왔다' 고 할 수 있겠네요."

"저기…… 화창한 대낮에 근처를 산책하는 것과 다르지 않은 느낌으로 말씀하셔도 곤란한 일인데요……."

"그럼 '마침 근처에 재미있는 곳이 있으니까 가 봤다' 고 할 수도 있겠네요."

"어린아이가 마을을 탐색하는 듯이 말씀하셔도……."

"'가 보면 아실' 거예요."

"……."

"'가 보죠'."

"……."

"'얼른'."

빙글빙글.

알렉이 웃고 있었다.

그러나 그가 확연하게 초조함을 느끼고 있다는 게 전해졌다.

감정을 보이지 않는 그가 이렇게까지 분명히 초조해하고 있었다.

더 이상 끌었다가는 무슨 일을 당할지 모를 일이었다.

투라는 주먹을 꽉 쥐고 떨림을 억누르면서 말했다.

"이, 이해했습니다. ……각오를, 다져 보겠습니다."

"좋습니다. 그럼 가 볼까요. 괜찮아요. 이건 어떤 의미에서는 실전이지만 이번에 한해서 제가 당신을 도와드리죠. '여왕 폐하를 지킨다' 는 진정한 목적을 달성하기 전에 '근위병이 된다' 라는 사소한 일에 어려움을 느끼는 건 환영할 만한 일은 아니니까요."

"저기, 근위병이 되는 것도, 왕궁 침입도 사소한 일은 아닌데요."

"저는 한 주에 세 번 정도는 하고 있어서요."

"……."

"괜찮아요. 제가 할 수 있으면 당신도 할 수 있어요."

"그렇겠네요."

죽어 버린 눈으로 대답했다.

마음은 신기할 정도로 평온했다.

곰곰이 생각해 보니 경비병에게 발각되는 건 딱히 무서울 것도 없었다.

그보다 두려운 생물이 곁에 있으니까.

덕분에 고요한 마음으로 투라는 왕궁 침입을 시작했다.

○

죽지는 않았다.

그러나 죽을 만큼 긴장했다.

'평범하게 걷는 알렉을 따라가기'.

투라가 한 행동은 그게 전부였지만, 그것 자체가 무척 큰일이었다.

왜 병사의 곁을 지나쳐도 탐지하지 못하는 걸까.

평범하게 걷고 있으며 눈에도 보이지만 소리가 들리지 않는 건 왜일까.

어떻게 해야 완전히 소리를 지우고 공기조차 흔들지 않은 채 문을 열 수 있을까.

존재가 의미 불명이었다.

흉내를 낼 수 있을 리가 없었다.

그러나── 알렉이 때때로 소리를 내서 병사의 주의를 끌어 준 덕분에 가까스로 목적지에 도착할 수 있었다.

여왕의 침실.

그것은 건축물 안에 있기에는 부자연스러운, 손잡이가 달린 위풍당당한 문 너머에 있었다.

내부는 왕성 안에 하루아침에 나타난 누군가의 별장 같은 느낌이었다.

지금까지 보았던 통로와는 확연하게 이질적이었다.

먼저 무척 어질러져 있었다.

그러나 더럽다는 인상은 아니었다.

실제로 먼지가 끼어 있거나 쓰레기가 널려 있지는 않았다.

그저 금화나 보물들이 쓰레기처럼 아무렇게나 흩어져 있을 뿐이었다.

투라는 그 모든 것들이 여왕을 위한 헌상품이라는 이야기를 들은 적이 있었다.

현기증이 일어날 만큼 번쩍이는 보물들.

그러나 여왕은 그 모든 보석과 황금에 조금도 가치를 두지 않는 모양이었다.

아니면 자신이야말로 지고의 예술품이라는 사실을 이해하고 있거나――.

어지러운 방에서 오로지 단 하나, 정돈된 공간이 있는 침실의 한가운데, 소파 위.

루크레치아는 그곳에서 오늘도 속옷과 다름없는 차림으로 누워 있었다.

"어머나, 어서 와. 오늘은 서로 혼자가 아니네."

기분 좋게……라고 생각해도 될까.

루크레치아는 느닷없이 방문한 알렉과 투라를 맞이했다.

그녀의 말대로 서로 혼자가 아니었다.

루크레치아의 주변에 여섯 명의 근위병이 있었다.

한 몸처럼 맞춘 백은의 갑옷을 두르고 같은 의장으로 검을 장식하고 있었다.

모두가 젊은 여성뿐.

투라가 동경하는 선배 근위병들이었다.

그녀들은 당연히, 느닷없이 방에 침입한 알렉과 투라를 경계하는 모습을 보였지만…….

상대가 알렉이라는 사실을 깨닫더니.

“교관님! ……세상에, 교관님?!”
“딱히 잘못한 거 없어어어어어어 없잖아아아아아아요오오오오오오.”
“지, 진정해! 근위병은 항상 냉정함을 유지해야 해!”
“더, 더는 싫어……. 나, 난 잘못한 거 없다고……. 이런, 이런 지독한 꼴을 당할 만한 일은, 아무것도 안 했는데…….”
“………………………응.”

보고 있기가 힘들 정도였다.
그중에는 기절하는 사람도 나타났다.
단 한 명, 침묵을 지키며 굳어진 사람이 있었다.
동경했던 선배들의 한심한 모습이었다.
그러나 투라는 실망에 빠지거나 하지 않았다.
모두 마찬가지였다.
모두 이 몬스터 교관에게 많은 일을 당했다는 사실에 강한 연대감을 느꼈다.
근위병이 되어도 어려움 없이 해나갈 수 있을 것 같았다.
투라는 마음의 상처로 괴로워하는 선배들을 보며 약간 기분이 가벼워졌다.
알렉은 근위병들의 추태를 완벽하게 무시하며 말했다.
“자, 투라 씨. 여왕 폐하께 보고를.”

"아, 네!"

투라는 여왕 폐하 앞으로 걸어나갔다.

루크레치아는 여전히 소파에 누운 채였다.

다만 그녀의 눈은 즐거운 듯이 투라를 바라보고 있었다.

황송한 일이었다.

그녀를 향해서 투라는 무릎을 꿇었다.

"투라 마카라이넨, '은 여우 여관' 에서의 수행을 마치고 돌아왔습니다."

"그래? 수고했어. 그럼 서임을 해 줄게. 누가, 이 아이의 검과 갑옷을 좀 가져와. 정신들 차리고. 부탁할게."

여왕의 지시를 받았지만 근위병들은 좀처럼 움직일 줄을 몰랐다.

그들의 시선은 알렉에게 못 박혀 있었다.

흡사 흉악한 짐승과 우연히 마주친 농부와도 같았다.

알렉이 한숨을 내쉬며 말했다.

"여러분, 여왕 폐하께서 명령을 내리셨는데요."

그 순간.

근위병들이 자세를 바로잡고 경례했다.

빠릿빠릿한 움직임이었다.

근위병들의 모습을 바라보던 루크레치아의 입매가 즐겁게 풀어졌다.

"거 봐, 저 아이들은 내가 아니라 당신에게 충실하잖아? 정말 화가 난다니까."

"……면목이 없습니다. 제 수행 중에도 명령하거나 강요를 하거나 한 일은 없는데…… 어쩌다 이렇게 되었는지."

"사람은 본능적으로 강한 사람을 따르게 되어 있으니 말이지."

"검을 나누는 강함만이 강함은 아니라고 생각하는데요."

"어머나? 권력의 힘도 그럴지도 모르겠네. 나 말이지, 당신이 말한다면 법률 하나둘 정도는 만들어 줄 수 있을 것 같은걸."

"실수라도 '이런 법률이 있었으면' 같은 말은 하지 않도록 유념하지요. 쓸데없는 적을 만들 것 같거든요."

"적이라고 하니 말인데, 누가 날 죽이겠다나 봐."

루크레치아가 느긋하게 말했다.

그 어떤 불안과 공포도 느껴지지 않는 태도였다.

그녀의 말에 응하는 알렉도 비슷했다.

미소를 머금은 채 말했다.

"살해 예고를 낸 범인은 '은 여우단'을 자처하고 있다고 하던데요."

"……어쩜 좋아. 당신의 그 멋진 얼굴을 보게 해 준 것만으로도 난 살해 예고를 낸 범인에게 감사하고 싶을 정도인걸."

"평범하게 생각해 보면 상대가 노리는 건 내일, 여왕 폐하가 헌병 앞에서 연설하실 때겠지요. 일반 시민도 참여가 허락되어 있으니까요."

"그렇겠지. 난 무서워서 그만두고 싶은데 말이지. '병사들이 한가득 모인 회합에 암살자가 나타나는 게 두려워서 가고 싶지 않아' 라는 소리를 늘어놓으면 병사들이 손가락질을 받을 것 같아서 말이야."

"대외적인 걸 생각하더라도 결석은 할 수 없지요."

"그래서 말이야."

"네?"

" '평범하게 생각하면' 이라는 건, 평범하지 않은 생각이 있는 거겠지?"

"그렇군요. 역시 범행 성명의 이름이 마음에 걸립니다."

" '은 여우단' 이니 말이야."

"어쨌든 성안에서도 경계를 해두는 게 좋을지도 모르겠어요. 무슨 일이 있더라도 근위병 여러분이라면 대응할 수 있겠지요. 사람을 지도하는 데에는, 상정하고 있는 이번 사건의 흑막보다도 제가 더 뛰어나다고 자부하니까요. 세이브도 할 수 있고."

"……뭔지 모르겠지만 나, 지금 무척 오싹했는데."

"근위병 여러분이라면 종일 경계를 계속하더라도 버틸 수 있겠지요. 아, 그리고."

"뭐니?"

"투라 씨도 오늘 당신을 지키는 멤버에 넣어 주셨으면 합니다."

"좋아."

곁에서 이야기를 듣고 있던 투라는 한순간 이해할 수 없었다.

그러나 곧장 사안의 중대함을 깨달았다.

근위병이 되었다.

그러나 근위병이 되는 것과 중요한 경비를 책임지는 건 다른 일이었다.

근위병은 소수정예였지만 서른 명은 족히 있었다.

그중에서도 여섯 명이 한 조를 이뤄서 여왕 폐하를 경호했다.

그 '여섯 명' 에 들어갈 수 있을지 어떨지는 부탁을 드려야만 하는 일이었는데…….

그 일이 하루아침에 이뤄진 것이다.

투라는 허둥지둥 말했다.

"여, 여왕 폐하! 그렇게 쉽게 결정하셔도 괜찮으신 것입니까?!"

"그렇지만 알렉의 부탁인걸. 그는 내 용사님인걸. 그의 부탁이라면 뭐든지 들어줄 생각이야."

"그, 그런, 제멋대로……."

"어머나. 원래 난 무척 제멋대로란다."

"……."

"그렇지. 일단은 근거도 말해 줄게. 그가 선택한 사람은 절대적이야. 특히 인품과 관계없이 능력만으로도 사람을 고를 땐 말이지. '스테이터스' 였던가? 그게 보이는 사람인걸."

투라는 알렉의 얼굴로 시선을 돌렸다.

그는 미소와 함께 고개를 끄덕였다.

"저는 새내기 모험가를 서포트하는 게 업무이니까요. 모험가가 처음으로 품었던 목표를 달성할 때까지, 수행과 맛 좋은 식사, 쾌적한 수면 등을 제공하며 돕지요……. 하지만, 실력이 없는 사람을 추천해서 억지로 목표를 달성하게 만들거나 하지는 않아요. 당신은 다른 근위병 여러분보다 뛰어난 점이 있어요."

"그, 그건……?"

"던전을 제패한 실적입니다."

“…….”

“자신을 죽일 수 있는 레벨의 몬스터가 우글거리는 던전에서 전투를 벌인 경험이 지금 당신의 몸을 이루고 있지요. 다른 근위병들은 대응할 수 없는 상황에서도 당신이라면 대응할 수 있겠지요.”

“…….”

“자신감을 가져요. 제가 당신을 추천한 건 당신의 소원이 이뤄졌으면 해서가 아니에요.”

“교관님…….”

“그래도 과신은 하지 않도록. 당신이 특별히 ‘뛰어나다’는 것도 아니니까요. 그저 지금까지의 훈련으로는 대응할 수 없는 상황에 당신의 힘이 필요하게 될 가능성이 있다고 본 거예요. 어디까지나 실적을 보고 판단했다는 거지요.”

그의 어투는 어디까지나 담담했다.

그러기에 더더욱 투라는 그의 말에 몸을 떨었다.

“……제가 여왕 폐하를 지킬 수 있겠습니까?”

“그럴 만한 실력이 있어요. 그리고 폐하는 제 제안을 수락해 주셨지요. 거기까지가 사실, 그리고 현실입니다.”

“……드디어 ……드디어, 폐하께 오래전 받았던 은혜를, 갚을 수 있게 되었습니다…….”

투라는 주먹을 쥐었다.

그리고 조용히 몸을 떨었다.

그러는 동안──.

의식이 있는, 그리고 행동할 수 있는 정신 상태였던 네 명의 근위병이 어딘가에서 돌아왔다.

그녀들은 검과 갑옷을 들고 있었다.

근위병 전용인 백은 갑옷.

그리고 칼날에 아름다운 문양이 새겨진 롱소드.

루크레치아가 자리에서 몸을 일으켜 검을 받아들었다.

투라는 허둥지둥 고개를 숙였다.

"본식은 다음에 할 테니 오늘은 약식으로도 괜찮을까? 나, 이름이 길어서 전부 읊는 것도 귀찮거든."

"부, 부디, 편하신 대로 하십시오!"

"그래? 그러면── 여왕의 권한에 따라 이자를 나의 기사로 임명하노라."

루크레치아가 검으로 투라의 어깨를 두드렸다.

그것은 유사 참수였다.

목숨을 버린다.

삶을 버린다.

굴레를 벗어던진다.

그리고 다시 태어난다.

그 가슴에 충심을.

국가와 왕을 위해서 몸을 바친다.

그런 맹세를 영혼에 새겼다.

"고개를 들어라."

명령에 따라 투라가 고개를 들었다.

그녀의 눈동자에 복숭앗빛 머리카락을 가진 아름다운 여왕이 비쳤다.

방을 밝히는 램프의 불빛 아래에서 희미한 윤곽이 떠올랐다.

노출도가 높은 의상조차도 신비로운 분위기를 더하는 소품처럼 보였다.

흡사 여신과도 같은 그 여성에게.

오랫동안 괴로운 수행을 딛고, 드디어——.

루크레치아가 검신을 들었다.

투라는 떨리는 손으로 자신을 향한 다가온 손잡이를 받아들었다.

"사, 삼가, 명을 받들겠나이다……. 이 몸은, 당신의 종이 되었습니다."

"좋아. 이걸로 끝. ——하아, 잠깐만 성실한 짓을 하면 피곤하다니까. 애초에 이걸 한다고 해서 정말 나한테 충성을 맹세하는 아이도 없고 말이야."

"그, 그렇지는……."

"그럼 나와 알렉이 동시에 정반대의 명령을 내린다면 어느 쪽을 따르겠어?"

"지, 집에 돌아가고 싶어질 것 같습니다."

"솔직한 아이네. 좋아. 정말 좋아."

루크레치아가 웃었다.

그리고 다시 소파에 드러누웠다.

"있잖아, 나의 용사님?"

뒤이어 말했다.

알렉은 미소를 머금은 채로 고개를 갸웃했다.

"왜 그러시죠?"

"당신은 어떻게 할 셈이야? 경험상 '은 여우단' 과 그 전신과 관련된 사건에서 당신이 가만히 지켜보는 일은 없었는데 말이야."

"네. 저는 저대로 움직일 생각입니다. 지금껏 저희의 이름을 사용했던 자들이 몰랐던, 그러면서도 '잿빛' 이나 '여우' 등을 사용하도록 지시를 내린 인물의 존재가 이번에야말로 선명하게 드러날지도 모르니까요."

"그렇게 되면 이 아이들의 일은 없어지는 거 아니야?"

"아니요. 제가 움직이는 건 아마도 습격 후가 될 것이라서. 실행범만이 목적이 아니니까요. 아무리 그래도 '단' 을 자처한다면 계획 담당, 정보 수집 담당 등이 있을 테지요. 그 녀석들 모두에게 캐내고 싶은 게 있거든요."

"어머, 어머 다시 말해서 당신은 나를 지켜 주지 않는 거야?"

"당신을 지키는 중요한 역할은 근위병 여러분에게 맡기지요. 저에겐 어려운 일이군요."

"그래?"

"네. 저는 지금껏, 단 한 번도 누군가를 지켜낸 적이 없으니까요."

"……흐응. 뭐, 그렇다면야 좋아. 내 근위병을 신용하도록 하지."

"그게 좋을 테지요. ……이게 '은 여우단' 이 관련된 마지막 사건이라면 좋겠습니다만."

"그렇게 될 것 같아?"

"옛날에 단이 괴멸된 계기가 되었던 인물이나—— 아마도 최근 벌어진 '은 여우단' 관련자의 이름을 사용했던 사건의 흑막을 붙들 수 있다면 말이죠."

"……큰일이네."

"그렇지요. 그래도 제가 붙잡지 않을 수도 없으니까요."

"이름을 계승했으니까?"

"그것도 있지만…… 어쩌면 단을 괴멸로 몰아넣은 인물은, 이 세계에서의 제 친어머니일지도 모르니까요."

"……."

"일단 그 사람은 아주 옛날에 죽었을 테니까 웬만하면 아니겠다 싶지만…… 살아 있다면 여러모로 물어보고 싶은 것들이 있으니 역시 제가 해야겠죠."

알렉이 웃었다.

그리고 인사를 하고 방을 떠나갔다.

투라는 남았다.

그 이후로—— 루크레치아가 작게 중얼거린 말이 들린 것만 같았다.

'섬광' 이라고.

○

날짜가 바뀌는 순간, 활동이 시작되었다.

한밤중, '그것' 은 소리도 없이 움직이기 시작했다.

화톳불에 비친 거대한 궁전.

왕족이 거주하는 두터운 경비를 자랑하는 장소에, 그것은 손쉽게 침입을 이뤄냈다.
기척을 죽이는 방법을 잘 알고 있었다.
그것은 선택받은 인물이었다.
몇몇 동료가 불귀의 객이나 다름없게 되었던 훈련에서 유일하게 살아남은 인물이었다.
그래서 그것은 목숨의 허무함을 잘 알고 있었다.
무게를 알고 있었다.
동료들의 죽음에 마음 아파하기도 했다.
――애석한 일이다.
그 귀중한 목숨을, 왜 수행 따위에 빼앗겼단 말인가.
내게 맡겨 주었다면 좀 더, 좀 더 아름답게, 괴롭히다가 죽여 주었을 텐데.
그것은 사람을 죽이는 게 좋았다.
목숨은 덧없고 존귀하기에 누군가가 죽는 건 마음이 아픈 일이다.
그 아픔이 좋았다.
상실감, 그리고 그 목숨이 장래 경험할 터였던 행복을 상상하는 것이 좋았다.
그런 소중한 무언가를 손쉽게 거둘 수 있는 자신의 강함이 무척이나 만족스러웠다.
그러나 그것은 금욕적이었다.
자신의 의사로 살인을 하지는 않았다.
명령받은 목숨만을 빼앗는다. 그것이 자신에게 내린 규칙이었다.
참으면 참을수록 쾌락은 커졌다.

커다란 사냥감이 주어졌을 때는 오금이 저릴 정도로 흥분했다.

이번 사냥감은 여왕.

흥분을 억누를 수가 없었다.
어떻게 죽여 줄까.
어떻게 빼앗을까.
단 하나밖에 없는 귀중한 목숨이기에, 그것은 더더욱 진지하게 마주했다.
그리고 가장 즐거운 유희를 끊임없이 상상했다.
그의 '목숨'을 향한 자세는 어깨를 견줄 사람이 없을 만큼 올곧았다.
한편, 그의 '살해'를 향한 자세는 불성실한 구석도 있었다.
죽이려는 생각으로 죽인 적은 없었다.
오히려 목숨을 빼앗을 때는 항상 강한 후회를 맛보았다.
중요한 건 '어떻게' 죽이는가다.
결과적으로 사람이 죽는 행위가 무척 좋은 것이므로, 끝내 결과를 낼 수 없더라도 상관없었다.
그는 그렇게 만들어져 있었다.
얼마 지나지 않아 그것은 목적했던 방에 도달했다.
여왕의 침실.
안방임에도 문고리가 달린, 묵중한 문.
완벽하게 기척을 죽인 채 잠입했다.

실제로 지금껏 근처를 지나친 경비원들은 그를 발견하지 못했다.
그는 경비원의 무능함을 비웃으며 문 앞에 섰다.
입구는 이곳밖에 없었다.
이 커다란 문을 열면 역시 발각되겠지.
스승이 보낸 예고장 탓에 경계를 샀을 터였다.
경비원도 있으리라.
몇 명이나 있을까.
여왕의 근위병은 모두 젊고 유능한 여성밖에 없다고 들었다.
몇 명이나 있을 것인가.
저항해 줄까.
그것은 일 외의 살인은 하지 않도록, 자신을 강하게 억누르고 있었다.
그러나 자신의 업무와 대립 관계에 있는 상대는 예외였다.
그 여성들의 장래를 빼앗는 건 대체 얼마나 큰 상실감을 가져다 줄 것인가.
그것은 군침을 훔쳐냈다.
그리고── 당당하게, 문을 열고.

"덮쳐!"

자세를 잡고 대기하던 근위병들에게 요격을 당했다.
그것은 혼란에 빠졌다.
문을 열었다.

발각되는 건 어쩔 수 없는 일이었다.

그러나 이곳은 왕궁이었다.

경비도 많고 여왕의 방까지 도달하는 침입자는 드물었을 터.

그러니 근위병들이 자신의 방문을 깨달아도 혼란에 빠져 우왕좌왕하리라 여겼다.

분명, 연설회 때를 노린 습격을 예상해서 날짜가 막 바뀐 지금은 방심하고 있을 터였다.

그럼에도――훌륭하다는 말밖에 나오지 않는 선제공격을 당했다.

그것은 자신이 뛰어난 존재라는 걸 조금도 의심하지 않았다.

언제 죽더라도 이상하지 않은 수라장을 빠져나왔다는 것이 그 자신감의 원천이었다.

그러나 그것은 몰랐다.

근위병들은 모두 '언제 죽어도 이상하지 않은 수라장' 이 아닌 '반드시 죽는 수행' 을 마친 강자라는 사실을.

예상을 한참 비껴간 상황에 그것은 무척 놀랐다.

그러나 곧장 냉정한 사고를 되찾았다.

근위병의 업무는 요인 경호다.

다시 말해서, 요인을 노린다면 몸을 던져 막는다.

그것은 놀라면서도 본래 타깃으로 눈을 돌렸다.

금은보화가 흩어진 방의 한가운데.

고급스러워 보이는 소파에 누운, 먹음직스러운 고깃덩어리.

여성으로서도, 분명 맛이 좋으리라.

그러나 그 목숨을 맛보고, 잃었을 때 국민의 마음에 생겨날 텅 빈 공동은 어떨까——.

상상만으로도 견딜 수가 없었다.

그것은 둔탁한 나이프를 쥐었다.

이미 날붙이로서의 기능을 잃어버린, 둔탁한 금속 덩어리.

소파에 누운 채 옅은 미소를 띤 여왕을 향해 모피 망토를 휘날리며 공격을 개시——.

하는 척하며,

본래 목표는 여왕을 지키기 위해 뛰어드는 근위병이었다.

그가 노렸던 대로 근위병은 여왕을 지키기 위해 움직였다.

흑발.

작은 몸.

분명 아직 성인도 되지 않았으리라.

——상대의 장래를 상상했다.

밝고 행복한 미래를 그려낼 수 있었다.

그것은 여왕과 자신 사이에 끼어든 근위병의 목덜미에, 수많은 상념을 담아 칼날을 찔러넣으려 했다.

그러나.

"다 파악했습니다!"

그의 나이프는 문양이 새겨진 아름다운 검에 막혔다.

흡사 처음부터 자신을 노릴 것이라는 사실을 알고 있는 듯한 대응.

그것은 더욱 큰 혼란에 빠졌다.

눈앞에는 아직 어린 근위병이 있었다.

그녀의 움직임은 요인을 지키는 사람의 것이 아니었다.

주변 구석구석에서 풍기는 적의를 민감하게 탐지하는 인물.

상대의 목표가 자신인지, 아니면 다른 누군가인가를 민감하게 읽어낼 수 있는 인물.

흡사 던전에 도전하는 모험가와 같은——.

예상을 벗어난 두 가지.

공격을 예측당한 것.

노림수를 읽힌 것.

그리고—— 예상하지 못했던 세 번째 변수.

기이할 정도로 강한 근위병.

"……쳇."

정보와는 크나큰 차이가 있었다.

그것은 습격 전에 세웠던 계획이 어느 것 하나 먹혀들지 않겠다고 판단했다.

재빨리 물러나기 시작했다.

근위병들은 뒤를 쫓지 않았다.

당연한 일이었다. 저쪽에서는 습격자가 한 명이라는 생각은 하지 않을 터였다.

그리고 주된 임무는 요인 경호였다.

그러니 여왕 주변의 경비를 소홀히 하면서까지 뒤를 쫓지는 않을 것이다.

그것은 그렇게 판단하고 뒤도 돌아보지 않은 채 내달렸다.

성 안을 지나, 성문을 빠져나와, 보금자리에 돌아가기 위해 계속 달렸다.

자신을 쫓는 기척은 없다.

오늘의 습격이 실패한 원인은 나중에 고민하면 된다.

그러니—— 돌아가자.

상대에게 예고장을 보낸 스승에게 불평을 던지고 싶었다.

그렇게 생각하면서 그것은 달렸다.

그 뒷모습을, 여우 가면을 쓴 누군가가 소리도 없이 쫓고 있었다.

○

"어서 오세요. 기다렸습니다. 이런, 조사했던 그대로네요. 역시 대단해요."

그것이 보금자리로 돌아왔을 때 한 명의 남성이 있었다.

허름한 술집이었다.

목제 테이블이 혼잡하게 늘어져 있고 여기저기에 빈 술병이 구르고 있었다.

남자는 테이블 위에 한쪽 팔꿈치를 세우고 앉아 있었다.

주변은 어두웠지만 2층의 작은 창에서 쏟아지는 달빛이 남자 주변을 밝히고 있었다.

묘한 남자였다.

은색 털이 달린 모피 망토.

얼굴을 가릴 의도가 전혀 보이지 않는 형태로 쓴 가면.

가면에는 불길한 그림이 그려져 있었다.

길게 찢어진 눈을 한 짐승. 여우일까, 개일까.

남자의 나이는 알 수 없었다.

젊은 나이인 듯도, 그렇지 않은 듯도 했다.

나이를 제법 먹은 듯도 싶고 그렇지 않은 것도 같았다.

쓰고 있는 가면과 비슷한, 인간미 없는 미소가 근거 없이 불길했다.

그러나 그것은 상심에 빠진 상태였다.

처음 맛본 임무 실패였다.

다음에는 실패하지 않도록, 검토를 거듭할 필요가 있었다.

그 전에 일단 잠을 자고 싶었다.

그런데―― 하필이면, 이 남자는 그것이 잠자리로 쓰고 있던 테이블에 앉아 있었다.

용서할 수 없는 일이었다.

"뭐야, 넌. 왜 여기 있지? 아니, 상관없지. 비켜. 안 그러면 해체해 버린다."

"알렉산더."

"……뭐?"

"제 이름은 알렉산더라고 합니다. 알렉이든 알렉스든 좋을 대로 불러 주세요."

"……."

"그런데 질문입니다만, 당신의 이름도 혹시 알렉산더인가요?"

"……누구야, 넌."

그것은── 알렉산더는 이름을 맞힌 상대를 향해 경계심을 발동시켰다.
그에 비해서 미소를 머금은 남자── 알렉은 여전히 웃고 있었다.
억눌린 감정이 묻어나오는 미소였다.

"드디어 '당첨' 을 뽑았군요."

그가 오싹할 정도로 서늘한 음성을 말했다.
알렉산더는 자신도 모르게 한걸음 물러났다는 걸 깨달았다.
──겁을 먹었어?
그런 의심은 견딜 수 없었다.
"……네놈은 어떻게 내 이름을 알고 있지? 애초에 어떻게 나랑 같은 이름을 가졌지? 우연은 아닐 텐데?"
"그녀는 아들이나 형제에게 반드시 '알렉산더' 라는 이름을 붙이니까요."
"……."
"당신에게 스승인지 어머니인지는 모르겠지만…… 그녀, '섬광' 은 건강한가요?"
"……."
"아, 대답하고 싶지 않다면 대답하지 않아도 상관없어요. 그 반응으로 대강 알았습니다. 역시 그녀는 살아 있었군요. 드디어 확신할 수 있는 정보네요. 다행이야. 쉽게 죽을 만한 사람은 아닐 거라 믿고 있었거든요."

"네놈은 뭐지?"

"저는 그녀의 친아들입니다."

"……뭐라고?"

"이쪽 세계에서 낳아 준 부모가 그녀다, 라는 말이죠."

"하…… 말도 안 되는 소리. 네놈처럼 커다란 아들이 있을 리가 있겠냐. 내 스승은, 아무리 봐도 아직——."

"어린아이, 아무리 봐도 10대 소녀로 보이겠죠."

"……."

"그 요괴는 여전히 나이를 먹지 않는 모양이네요. 아, 그래도 용모를 알고 있다면 확실하겠어요. 사실 오랜 세월 동안 저는 '섬광' 을 찾아다녔거든요. 10년도 전에 죽었다고 알려졌지만 그 사람이 그렇게 쉽게 죽을 리가 없다고 여겼죠. 그나저나 다행이에요. 질문이 산더미 같아요. 자, 저를 '섬광' 의 곁으로 안내해 주시죠."

"……."

"침묵을 지키는 건 충심인가요? 아니면 공포? 어쩌면 정? ……정말 미안하지만 오늘은 의협심이 아닌 사적인 원한도 품은 행동이니 당신이 입을 다물고 있겠다면 그에 상응하는 대응에 나설 수밖에 없는데요."

"무슨…… 네 녀석이 날 이길 수 있다고?"

"그렇네요. 이긴다, 진다를 논하기 전에 승부가 될지 어떨지. 당신은 지나치게 약한 감이 있어서요."

"대단한 자신감이잖아. 그래도—— 일대일로 싸울 줄 알았나?!"

그것이 소리쳤다.

그러자――.

술집 바닥. 그곳에 있었던 뚜껑이 열렸다.

눈동자에서 빛을 찾아볼 수 없는 집단이 우루루 쏟아져 나왔다.

다양한 인종이 모여 있었다. 성별도 마찬가지로 다양했다.

공통점은 그 집단에 '의지' 가 느껴지지 않는다는 사실뿐.

흡사 인형이 늘어선 것처럼 생기 없는 집단.

그 녀석들이.

"덤벼! 실패작들! 성공작인 나를 지키라고!"

알렉산더의 호령에 따라 알렉을 향해 공격을 시작했다.

알렉은 웃고 있었다.

자신을 향해 거리를 좁히는 무수한 칼날.

그것을 바라보면서 대응에 나서지도 않고 앉은 그대로 진행되는 상황을 지켜보고 있었다.

그러자――.

알렉을 향해 거리를 좁히던 '실패작들' 이 차례차례 실이 끊어진 것처럼 쓰러졌다.

일부는 공중에서 정신을 잃고.

일부는 지면에 쓰러졌다.

또 일부는 그 자리에서 무릎부터 무너지며 떨어졌다.

알렉은 결말을 훤히 아는 연극을 관람하듯 그 모습을 지켜보았다.

혼란에 빠진 건 또 다른 알렉산더였다.

"무, 무슨…… 무슨 짓을 한 거냐?!"

"아무것도."

"……."

"저는 아무것도. 저기, 알렉산더 씨. '잿빛' 이라는 이름을 댈 생각이라면 저는 제가 계승한 이름을 지키기 위해서 혼자서 찾아뵙겠죠. 혹은 '여우' 의 이름을 사칭하더라도 그건 같습니다."

"……."

"하지만 '은 여우단' 의 이름을 사칭한다면 우리가 가만히 있을 수 없죠."

"……그게 무슨."

그것은 끝내 말을 맺지 못했다.

무언가가 눈에 들어온 탓이다.

——흔들.

술집의 어둠 속에서 슬쩍 드러난 은빛의 그림자.

그들은, 모두가 은빛 털이 달린 망토에 같은 가면을 쓴 집단이었다.

언제부터 어둠 속에 그렇게 녹아들어 있었을까.

차례차례 나타나는 가면의 집단이 두 사람의 알렉산더를 포위했다.

집단과 같은 차림을 한 알렉산더.

불길한 미소의 알렉이, 미소를 머금고 말했다.

"일찍이 범죄자 클랜으로 유명했던 '은 여우단', 아니——그 전신이었던 '섬광의 잿빛 여우단' 은 10년도 전에 어떤 사건의 영향으로 해산되었죠."

"……."

"하지만 '섬광의 잿빛의 여우단' 은 갈 곳 없는 고아나 전직 노예, 도망 노예를 받아들이고 있었어요. ……무작정 해산하게 되면 멤버가 거리를 떠돌아다니게 될 가능성이 있었죠. 모든 멤버가 모험가로서 독립할 수 있었던 건 아니니까요."

"……."

"그래서 창설자 셋의 이름을 계승한 저는 '은 여우단' 을 신설하게 되었습니다. 모험가 클랜의 가죽을 뒤집어쓴 범죄자 클랜——이 아니라, 생산계 클랜으로 말이죠."

"……."

"지금은 모두 범죄 행위를 하지 않고 밤낮으로 양조나 농사를 하고, 제 고향의 식재나 도구 등을 판매하면서 평화롭고 제대로 된 생활을 보내고 있지요."

"……뭐?"

"그러니 곤란한 일이에요. ——클랜 멤버의 장래를 위해서라도 일찍이 이름을 양보한, 더군다나 죽은 걸로 처리된 설립자 중 한 명이 취미로 이런저런 곳을 헤집고 다니는 지금의 상황은 말이죠."

"……하하."

"평소에는 더러운 말은 입에 담지 않도록 노력하고 있지만, 제 속마음을 가감 없이 표출하자면—— '이제 와서 나대지 마, 죽여버린다' 라고 말하고 싶을 정도지요."

"하하하……. 뭐야, 결국엔 나도 실패작이었단 건가."

"네?"

"우리는, 모두 너를 끌어들이기 위해 '섬광' 이 쓰고 버린 말이란 거야.”

“……당신의 상황은 잘 알 수 없지만 순순히 저를 ‘섬광’ 의 곁으로 안내하고 당신이 알고 있는 걸 모든 정보를 알려 주신다면 배려하겠습니다.”

“……배려?”

“인격을 바꾸는 정도로 마무리하겠다. 그런 의미입니다.”

가면 집단 중 한 명이 걸어 나왔다.

금발의, 아마도 여성이리라.

그 녀석은 알렉 앞에 공손하게 무릎을 꿇고 무언가를 내밀었다.

그것은 알렉산더도 받았던 무기.

나이프 정도 길이의, 투박하기 짝이 없는 금속 덩어리였다.

날붙이라 보기 어려운, 물체.

——부러진 성검의, 아마도 진품.

알렉은 그것을 받아들고 ‘실패작’ 이었던 남자를 향해 말했다.

“그럼 세이브를 부탁드리기 위한 설득을 시작하죠.”

어렴풋하게 빛나는 구체가 나타났다.

두둥실 허공을 떠도는 신비로운 물체.

두 사람의 알렉산더가 웃었다.

한쪽은 메마른 웃음이었다.

자신의 우수함을 믿으며 자신은 수많은 실패작 위에 군림하는 성공 작품이라고 생각했던, 목숨을 짓밟는 걸 무척이나 좋아했던 알렉산더는 눈앞에 닥친 ‘스승이 만들고 싶었던 완성품’ 을 보며 웃었다.

다른 한쪽은 다정한 미소를 머금고 있었다.

가면 같은 무기질적인 미소.

그저 얼굴을 장식하고 있을 뿐인 무감정한 표정.

같은 이름을 갖고, 같은 '부모' 의 손에 자랐건만 어떻게 이토록 다를 수 있을까.

'실패작' 은 자신의 머리 위로 올라오는 칼날을 바라보았다.

아무래도 스승은 '이렇게' 되는 걸 목표로, 자신을 단련시킨 모양이지만――.

"……사람은 말이지, 보통 당신만큼 부서지지는 않아."

알렉산더는 웃으면서 울었다.

이런 감정은 처음이었다. 아마도 이것이 목숨을 희롱당하는 사람들이 느꼈던 '공포' 라는 것이리라.

그렇게 이해하고서, 눈앞에서 번쩍이는, 자신과 같은 이름을 가진 무언가의 광기에 굴복했다.

○

투라가 '은 여우 여관' 을 찾아온 건 다음 날 아침이었다.

"잠시 실례합니다! 여왕 폐하께서 이번 감사 인사로 보내신 물건을 가지고 왔습니다!"

여관 입구에 선 그녀가 발랄하게 인사를 건넸다.
그녀는 근위병의 갑옷과 검을 갖추고 있었다.
그리고 손에는 커다란 가죽 주머니가 들려 있었다.
투라는 잠시 답을 기다렸지만 알렉은 나타나지 않았다.
대신 식당 방향에서 나오는 인물이 있었다.
알렉의 아내, 요미였다.
그녀는 밝은 미소를 머금은 채 앞치마에 손을 닦으면서 종종걸음으로 다가왔다.
아무래도 요리나 다른 작업을 하던 중인 듯싶었다.
"어서 와. 일찍 일어났네, 근위병 씨."
"어제 많은 일이 있어서 야근했습니다. 그래서 여왕 폐하께서 교관님께 보내신 사례금을 갖고 왔습니다만……."
"사례금? 그 사람, 또 뭘 했어?"
"……뭘 했다고 할까……. 사모님, 아무것도 못 들으셨습니까?"
"응. 어렴풋하게 무언가 하고 있다는 건 알았지만 자세한 내용까지는 모르거든."
"부부 사이에 대화 같은 건 없습니까?"
"필요한 것만 알려 주는걸."
"아, 두 사람 사이에도 거리감이 있네요."
"나도 그리 신경 쓰지 않으니까. 그리고 손님의 개인 정보에 관련되는 일은 부부라도 묻거나 하지 않거든."
"손님의 개인 정보라고 해야 할지, 이번에는 국가의 기밀 정보라고 할 수 있을지도……."

"그럼 알렉은 더더욱 말하지 않아."

밝게 웃었다.

신비로운 여성이다. 투라는 그렇게 느꼈다.

외모는 비슷한 나이이거나 상대방이 약간 더 많은 것처럼 보였지만 어쩐지 어른 같았다.

나이로 따지면 요미가 더 많을 테니 당연하겠지만…….

투라가 금발의 여우 수인을 빤히 바라보자 그녀가 말했다.

"그래서 사례금을 대신 받아도 되는 걸까?"

"아, 그렇네요. 어떻게 해야 할까요? 설마 교관님이 없을 수도 있다는 생각은 못 했습니다."

"우리 남편은 외출할 때가 무척 많은데……. 있잖아, 여관 밖 일도 있고 수행도 있고."

"……그랬습니다. 잘 생각해 보니 제가 수행을 하는 동안에 교관님은 여관에 안 계셨던 거네요. 내내 수행을 지도하셨으니 많은 폐를 끼친 셈입니다."

"가끔은 집에서 느긋한 시간을 보내도 좋을 텐데 말이야."

"단둘이 있을 시간이 없는 건 아닙니까?"

"응. 딸도 있으니까."

"……어쩐지, 살짝 슬픈 일입니다."

"즐거우니까 괜찮지만 말이야."

그녀가 웃었다.

투라도 마주 보며 미소를 지었다.

그리고 방침이 결정되었다.

"교관님을 기다려도 되겠습니까?"

"뒤에, 뒤에."

"네?"

뒤를 돌아보았다.

어느 틈엔가.

여관 입구에서 대화하고 있던—— 다시 말해서 입구를 가로막고 있던 투라의 바로 뒤에 알렉이 서 있었다.

반사적으로 몸이 움츠러들었다.

이 사람은 평소에도 기척도 없거니와 발소리조차 나지 않는다.

더군다나—— 어쩐 일인지, 낯선 복장을 하고 있었다.

은색 모피로 만든 망토.

거기에 근위병 수행 종료의 증거로 받았던 여우 가면.

투라는 놀라움에 할 말을 잃었다.

알렉이 미소를 머금고 입을 열었다.

"좋은 아침이네요, 투라 씨. '은 여우 여관'에 오신 걸 환영해요."

"조, 좋은, 좋은 아침입니다!"

"무슨 일 있으세요? 왜 안으로 들어가지 않으시고? 투라 씨의 짐은 아직 방에 남아 있는데요. 그리고 던전 제패 상금도 수령했으니 전달할게요."

대답과 함께 받아든 건 투라가 갖고 온 것보다 두 배는 큰 가죽 주머니였다.

반사적으로 한 손으로 받아들었던 그녀는 생각지도 못한 무게에 놀랐다.

"더, 던전, 제패 상금, 입니까?"
"그래요. 제패, 하셨잖아요?"
"그, 그러고 보니…… 한꺼번에 많은 일이 있어서 잊고 있었습니다."
"퀘스트를 대신 받았으니 한발 먼저 상금을 받았지요. 본래는 반절이지만 바쁜 사정을 고려해서 특별히 전액을 받았어요."
"특별히…… 아, 교관님이시니까요. 그 일로 외출을 하셨던 거군요."
"……용무 중 하나라고 할 수 있겠네요. 어젯밤에는 무척 유익한 시간을 보냈지요. 알고 싶었던 사안에 어느 정도 가까이 다가갈 수 있었으니. 나중에 아내에게 알려 줘야겠네요."
"아, 저는 사례금을 전달하러 온 것뿐이니 어서 들어가십시오."
"하지만 아내는 벌써 아침 준비를 위해 주방으로 돌아갔는데요."
"……정말이다, 안 계셔."
왜 이 부부는 움직일 때 인기척이나 발소리가 들리지 않는 걸까.
무슨 까닭으로 고도의 은밀 기술을 일상적으로 사용하는 걸까.
그렇구나. 한 주에 세 번 간격으로 왕궁 침입을 할 만도 했다.
이 부부 앞에서는 여러 의미에서 경비는 무용지물이리라.
투라가 비상식을 온몸으로 음미하는 동안――.
알렉이 미소를 머금고 말했다.
"근위병으로서의 첫 임무, 고생하셨네요."
"……어쩐지 던전 제패도, 근위병으로서의 첫 임무도 정신없이 돌아간 덕분에 전혀 실감이 나지 않습니다……."

투라는 자신의 몸을 살폈다.

몸에 두른 근위병의 갑옷.

허리에 찬 근위병의 검.

그리고 손바닥에 남은, 여왕을 습격했던 인물과 벌인 교전의 감각.

상대를 놓쳤다는 사실.

……한바탕 임무를 마쳤다고 생각했지만 실제로는 아직 끝난 게 아니었다.

"폐하를 습격했던 인물을 찾아내 체포해야 해요."

"체포는 헌병의 일이지요. 정치범……은 아니지만 일반적으론 여왕을 노린다면 정치범이라고 생각할 테니까요. 헌병 제1대대가 탐사에 나설 텐데요. 그보다 먼저 출두를 할 테지만요."

"네?"

"혼잣말이었어요. 그리고 좀 늦었지만 근위병 취임 축하해요."

"가, 감사합니다! 모두 교관님 덕분입니다. 교관님의 도움이 없었다면 근위병이 되기도 전에 절망에 빠졌을 겁니다. 절망 속에서도 제 시체를 이끌고 앞으로 앞으로 나아갈 수 있었던 건, 교관님을 향한 공포 덕분이었습니다."

"……그거, 감사 인사인가요? ……뭐, 좋아요. 저는 제 일을 했을 뿐이지요."

"그런데 교관님의 본업은 무엇입니까?"

"본업이라 하시면?"

"여관 경영도 그렇지만 수행도 하고 계시고, 사모님의 말씀으로는 좀 더 폭넓은 사업도 진행하고 계신다고 하고. 한마디로 일이라고 표현하셨지만 모든 걸 해내기엔 지나치게 바쁜 게 아닐까, 저는 그런 생각이 들었습니다."

"일단 기본 업무는 하나니까요."

"그것이 무엇입니까?"

"'운을 타고나지 못한 누군가에게 사랑의 손길을'."

"……."

"저기, 이해 못 하겠다는 얼굴은 거둬 주세요."

"시, 실례했습니다. 그런데…… 사랑의 손길? 죽음의 신의 손길 같은 게 아닙니까?"

"왜 갑자기 죽음의 신이 튀어나오는…… 저희 여관에서 수행하시다 죽음을 맞이한 분은 없을 텐데요."

"그 말씀에 저는 다소 견해의 차이가 있음을 주장하고 싶은 심정입니다."

"실제로 없으니까요."

"수행 중에는 죽었습니다만."

"하하하. 결과적으로 살아 계시잖아요?"

"아니, 그건……."

"몇 번을 로드하더라도 결국엔 마지막까지 인생을 이어나갈 수 있는 사람은 살아 있는 사람이지요. 중요한 건 '인생이 계속된다'는 부분이에요."

"……그렇군요."

그건 그거대로 결과에 지나지 않는다고 해야 할지, 일반 대중의

논법은 아닌 듯한 느낌이 들었다.
그러나—— 그의 말이 옳았다.
이 순간 살아 있다면 앞으로도 살아갈 수 있다.
마지막까지 살아남을 수 있다면 설령 그 과정에서 몇 번을 죽었더라도 살아 있는 것이리라.
알렉은 다정하게 말했다.
"당신도, 살아 주세요."
"……."
"근위병 여러분은 몸을 던져서 요인을 지키는 게 임무이지요. 때로는 목숨을 버린다는 선택지를 골라야 할 때가 있다는 건 이해해요. 제가 그걸 막을 권리도 없지요."
"……네."
"그러니 당신은 지금보다 더 강해지세요. 강해진다면 목숨을 저울에 올려놓지 않아도 되니까요. 자신을 지킬 것인가, 누군가를 지킬 것인가를 고민할 일 없이 자신과 누군가를 지킬 수 있게 될 테니까요."
"그 말을 가슴에 새기겠습니다."
"네. 다시 필요하다면 저희 여관을 의지해 주세요. 다음엔 속성이 아니라 정식으로 수행을 도와드릴 테니까요."
"……………………."
"투라 씨?"
"저, 저는, 돌아, 가겠습니다……. 성으로 돌아가지 말입니다."
"그런가요? 아무래도 바쁘실 테니까요. 아, 여왕 폐하가 보내신 사례금은 근위병 취임 축하 선물로 드릴게요."

"네? 그, 그럴 수는 없습니다! 제가 폐하께 꾸중을 듣게 됩니다!"

"이렇게 보여도 돈은 많으니 친목회 때라도 사용해 주세요. 아, 그러고 보니 폐하는 종종 여자 모임을 개최하시는 모양이니 그때를 위한 자금으로 갖고 계셔도 좋겠네요. 제가 그렇게 말했다고 전달하시면 폐하도 수긍하시겠지요."

"……폐하께서 하사하신 사례금을 돌려보내다니, 더할 나위 없는 불경입니다……. 그래도 상대가 교관님이시니 문제는 없겠지요."

"그렇네요. 흔한 일이니까요."

"……폐하께서 흔히 사례금을 하사하시는 겁니까?"

"그분은 선물을 좋아하시거든요. 카운터 위에 꽃병이 있지요?"

"……있습니다. 투박하다고 해야 할지…… 저기, 정취가 있다고 해야 할지…… 어떻게 표현할 말을 찾기 어려운, 어쩌면 저 같은 사람은 알 수 없는 센스의 집합체라고, 말씀드릴 만한 물건이……."

"폐하께서 만든 물건이에요."

"……네?!"

"어린 시절이지만요. 지금의 폐하라면 좀 더 예쁘게 만들 수 있겠지만 이건 이것대로 투라 씨의 말씀대로 정취가 있으니 장식하고 있지요. 폐하 본인이 마음에 들지 않으시는 모양이라 '절대로 내가 만들었다고 말하지 마.' 라고 입막음을 당하긴 했지요."

"네? 이, 입막음 당하신 겁니까……? 그걸 저한테 밝히셔도 괜찮으신 겁니까?"

"그러니 비밀이지요. 제가 말씀드렸다는 걸 알게 되시면 뭔가 처벌을 받게 될지도 모르지요?"

미소와 함께 그는 입술에 검지를 붙였다.

투라는 거듭 고개를 끄덕였다.

……잡담을 더 이어가다가는 점점 '들어서는 안 되는 이야기'를 듣게 될 것만 같았다.

"저, 저는 그만 실례하겠습니다."

"그러세요? 그럼 방에 있는 짐을 갖고 오지요."

"아, 네. 그랬습니다……. 생각해 보니 짧은 기간이었지만 많은 추억이 담긴 장소가 되었습니다. 짧지만 진하다고 해야 할지, 너무 진해서 피 냄새가 난다고나 할까……."

"피 냄새가 나나요?"

"네?"

"아, 혹시 옷에 남았나 싶어서요. 별다른 문제는 없겠지만요."

"……아, ……네?"

"아무것도 아니에요. 별다른 문제는 없을 테니까요."

"그, 그렇습니까? ……어쨌든, 감사드립니다. 제 꿈이 이뤄진 건 교관님 덕분입니다."

"저는, 제 일을 했을 따름이에요."

" '운을 타고나지 못한 누군가에게 사랑의 손길을' 말씀이시군요."

"네. 그래도 어려운 일이죠. 가장 소중한 사람에겐 생각처럼 손이 닿지 않는 법이니까요."

"……교관님?"

"혼잣말입니다. 그럼 짐을 챙겨 올게요."

알렉이 인사를 하고 떠나갔다.

투라는 계단을 오르는 그의 뒷모습을 바라보았다.

그리고 허리에 찬 검 손잡이를 붙들었다.

손끝에 근위병의 검이 만져졌다.

이루고 싶었던 꿈의 감촉.

이뤄진 후에 남은 현실.

……생각해 보면 꿈같은, 몽롱한 수행의 나날이었다.

수많은 응원을 받은 것 같았다.

앞으로는 자신의 힘으로 살아가는 시간이 시작되는 것이다.

투라는 짐을 기다리면서 그런 생각에 빠져들었다.

○

밤.

많은 업무를 마무리한 '은 여우 여관'은 잠들 시간이었다.

숙박객은 일찍이 잠자리에 들었으리라.

알렉은 모든 업무를 마치고 자신의 방으로 돌아왔다.

큰 침대가 전부인 간소한 방에는 벌써 두 딸과 아내가 누워 있었다.

알렉은 그 침대에 올랐다.

아직 잠들지 않았던 요미가 그를 맞이했다.

"고생했어."

"응. 너도. 브랜이랑 노와는 벌써 잠든 모양이네."

그는 요미와 자신 사이에 잠든 두 소녀를 바라보았다.

행복해 보이는 잠든 얼굴.

……모르는 사이에 침대가 좁아졌다 싶어 웃음이 나왔다.

요미가 미소를 머금고 말했다.

"둘이 다 크면 어떡할래?"

"……어떡한다? 생각해 본 적 없었어."

"정신없이 달려왔으니까."

"그렇네. ……저기, 어젯밤, 드디어 '섬광'의…… 발자취, 라고 할지. 발자국 정도는 찾아냈어."

"여전히 찾고 있었어?"

"찾을 수밖에 없지. 더군다나 이번엔 살아 있다는 게 확인되었어. 지금까지의 노력은 헛된 게 아니었던 거야."

"……."

"여왕 폐하의 도움으로 공권력의 정보망을 빌렸지. 범죄자라면 어딘가에서 반드시 걸려들 거야."

"……."

"길드 마스터의 도움으로 길드의 정보망도 빌렸어. 모험가로서 일하고 있다면 이쪽에서 걸려들겠지."

"……."

"여관 경영을 하면서 마을의 정보망을 빌렸지. 왕도에서 머물고 있다면 언젠가 걸려들 거야."

"……."

"신생 '은 여우단' 활동으로, 장인 길드의 정보망도 빌릴 수 있지. 만약에 '섬광' 이 장인으로 의태하면서 살고 있다 하더라도 반드시 걸려들 거야."

"하지만 걸려든 적은 없었지. 그동안에 정보망을 위해 확대했던 장사가 본업이 되었잖아?"

"……그건 그렇지. 이렇게까지 공들여서 만든 정보망을 펼치고도 결국엔 잡아낼 수 없었어. 그러던 중에 겨우 생존을 확인한 거야."

"……알렉에게 지금 가장 큰 목적은 뭐야?"

"응?"

"10년도 더 지났잖아? 처음엔 '클랜 파멸의 원인이 된 범인을 찾는다' 라는 목적이었지만 생활이 안정되고 딸이 생기고…… 내가 낳은 건 아니지만…… 많은 사람과 인연도 생겼잖아. 이제 이대로 살아도 괜찮겠다, 그런 생각은 안 들어?"

"안 들어."

"고집이 세구나."

"당연하지. 아직 너와 정식으로 결혼하지 않았잖아."

"……."

"너희 아버지는 '잿빛' 이야."

"……그렇다나 봐."

"하지만 네 어머니는 '섬광' 인지 '여우' 인지 몰라."

"그렇다나 봐."

"그리고 이 세계에서 나를 낳은 어머니는 '섬광' 이야."

"……."

"어머니가 같다면 아버지가 다르더라도 결혼은 할 수 없어. 그러니 확인해야 해."

"나로서는 분명하지 않아도 상관없다 싶은데."

"그리고 최근 '은 여우단' …… 아니, '섬광의 잿빛 여우단' 을 연상시키는 사건이 벌어지고 있어. 아마도 '섬광' 쪽도 나를 찾아내고 싶었던 거겠지. ……그렇다면 그 염원에 응해 줘야지. 그 사람은 나를 버렸지만 그렇더라도 어머니니까."

"정말 찾고 싶었다면 솔직하게 나타나면 좋을 텐데."

"솔직하게 나타날 순 없겠지. 그 사람은 솔직하지 않으니까. 어쩌면 얼굴을 내밀고 싶어도 내밀지 못하고 슬쩍슬쩍 상황을 살피는 정도밖에 못 할 사정이 있거나. ……어느 쪽이든 눈에 띄면 한 방 날리지 않을 수 없겠지만."

"그러다 죽어……."

"세이브 시킬게."

진지한 얼굴로 말했다.

요미는 한바탕 웃더니,

"그럼 앞으로 4년만 할래?"

"뭘?"

"기한. '섬광' 을 찾는 것도, 옛날 '은 여우단' 이 무너졌던 원인을 찾는 것도. 나랑 알렉이 같은 어머니한테 태어났는지 확인하려드는 것도. 아이들이 성인이 될 때까지인 4년 동안이라는 기한으로 정하지 않을래?"

"……."

"봐, 나는 지금의 생활이 좋아. ――옛날 일은, 하나도 기억나지 않아."

"……그래. 영원히 플레이할 수 있는 게임은 없어. 4년이나 놀았으면 슬슬 현실로 돌아가도 되겠지."

"이전까지 합치면 10년은 넘을 텐데."

"그러네. ……그럼 약속할게. 4년이야. 앞으로 4년을 더 찾아보고 노와와 브랜이 열다섯 살이 된다면 우리 인생을 시작하자. 지금까지의 일은 모두, 없었던 걸로 하고."

"좋아. 다시 만나는 거야."

"그래. 처음부터. '잿빛' 도 '여우' 도 '섬광' 도 '은 여우단' 도 상관없이."

"우리는 어떤 인연도 없었던 낯선 사람으로?"

"낯익은 첫 만남이 될 것 같은데."

"친구부터 시작하자."

"……내가 널 공략해야 하는 건가. 난이도 높을 것 같은데."

"그렇지 않아. 아마도 난 첫눈에 반할걸."

"……아, 위험한데. 멋진 대사가 안 떠올라."

"괜찮아. 사실은 멋지지 않은 건 벌써 알고 있으니까."

"나도, 네가 의외로 고집이 있다는 건 알고 있어."

"그럼 4년 후에 다시 만나자."

"그래. 그때까지는, 조금만 더 자유롭게 해 줘."

"좋아. 알렉이랑 나란히 걷는 게 내 바람이니까."

대화를 하고.

웃고.

그리고 눈을 감았다.

현실로 돌아온다는 약속은 나누었지만 지금은 아직 꿈을 꾸고 있었다.

그렇다면 사소한 달성감이 가져다준 행복한 동요 속에서 잠시 눈을 붙이는 것도 좋으리라.

사정이 있어 '엘프의 숲' 이라고 불리는 엘프 독립 국가에서 상경한 소피는 우연히 '은 여우 여관' 을 방문했다.

어떤 예비 지식도 없는 그녀는 '죽지 않는 여관을 이용하시겠습니까?' 라는 물음에 '당연히 그럴게요.' 라고 대답하고 만다.

커다란 가슴 탓에 바보 취급을 당하는 일이 많았던 그녀는 세상 물정을 모른다는 평가를 극히 두려워하며 허세를 부리는 버릇이 있었다.

어쩌다 보니 시작된 수행이었다. 괴롭고 힘들어서 포기하고 싶었다.

그러나 무럭무럭 성장하는 걸 느낀 그녀는 포기할 뻔했던 목표를 다시 마음에 새겼다.

그것은 엘프의 숲에 자리한, '유령 거목' 이라고 불리는 던전 탐색이었다.

입장하는 것만도 입이 떡 벌어질 정도의 힘이 필요한 그곳에는, 소피가 어떻게든 손에 넣고 싶은 '어떤 물건' 이 놓여 있었던 것이다.

# 5장

# 소피의 『유령 거목』 탐색

'은 여우 여관' 객실.

소피는 화장대 앞에 앉아 거울을 바라보고 있었다.

거울에는 엘프 여성의 얼굴이 비쳤다.

금발. 푸른 눈. 길고 뾰족한 귀.

실로 엘프다운 특색이었다.

목 아래.

실로 엘프답지 않은 큰 가슴이 큰 나뭇잎으로 엮은 원피스에 큰 주름을 만들어내고 있었다.

소피는 자신의 몸이 싫었다.

엘프 종족은 남녀의 체격 차이가 크게 없었다. 말하자면 남자도 여자도 늘씬했다.

그 안에서 그녀의 풍만한 몸은 무척 눈에 띄었다.

'엘프의 숲'에서 모든 사람이 입고 있는 이 옷도, 그녀가 입으면 특별해졌다.

그러나 인간의 마을에서는 치한을 불러들일 뿐이었다.

이 여관에서도 목욕하는 장면을 엿보는 인물까지 있었다.

그 '엿보기꾼'은 여관 주인이 해결해 주었다.

여관 주인, 알렉산더.

소피는 어제 들었던 그의 말을 곱씹었다.

'다음 단계 수행에 들어갈까요.'

오늘 그녀는 평소처럼 수행을 마치고 여관으로 돌아왔다.
그때 저녁 식사 자리에서 그런 말을 듣고 말았다.
그래서 지금 소피는 유서를 쓰고 있었다.

'제2단계니까, 당연히 제1단계보다 난이도가 올라갈 겁니다.'

그의 수행에서는 죽지 않는다.
그러나 마음은 죽어 버릴지도 모른다.
제1단계에서조차 매일 정신적인 궁지에 몰렸다.
산다는 건.
죽음이라는 건.
죽음을 거듭한 이 몸은 과연 살아 있는 것일까. 자신이 살아 있다고 믿고 있을 뿐 어쩌면 죽은 건 아닐까.
점점 삶과 죽음에 대한 자신의 견해가 변해가는 걸 실감할 수 있었다.
자신의 변화가 두렵다.
그렇기에 모든 게 변해 버리기 전, 유서를 쓰려는 생각에 펜을 들고 잉크병을 빌려 양피지를 펼치고 앉은 참이었다.
그러나 누구에게 남겨야 하는 걸까.
고향인 '엘프 숲' 에 있는 사람들에게?
아니면 부모님의 묘소에?
그도 아니면…… 우애가 좋았던 자매에게, 남겨야 할까?

소피는 유서를 보낼 사람을 머릿속에 그려 보았다.

죽어서까지 말을 걸고 싶지 않은 사람이나 죽은 뒤에 만나면 될 사람들뿐이었다.

한참 고민을 거듭하던 소피가 마침내 유서를 보낼 상대를 결정했다.

믿을 수 있는 사람. 그녀가 죽은 뒤의 처리를 맡길 수 있는 사람. 그 상대는, 결국——.

"알렉 님께."

소피는 입을 움직이면서 펜으로 글자를 써 나가기 시작했다.

눈을 감으면 선명하게 떠오르는 수행의 나날.

처음 죽었던 건 한 달 전. 이 여관에 온 날이었다——.

○

" '은 여우 여관' 에 오신 걸 환영합니다."

알렉 님.

여관에 왔던 저를 당신은 미소와 함께 맞이해 주셨지요.

그 미소에 큰 안심을 얻었답니다.

저는, 남성이라는 존재에 공포를 품고 있었거든요.

고향인 엘프 숲에서도 남성에게는 언제나 괴롭힘을 당했고, 왕도에 온 뒤에는 거친 모험가에게 치한 비슷한 일을 당하기도 했지요. 이 몸 때문에 삶이 괴롭다는 생각을 하기도 했답니다.
그래도 당신은 제 몸을 보고도 음란한 눈빛을 보내지 않으셨어요.
당시 남성의 시선에 민감해졌던 저는 당신의 평범한 마중에 감동했습니다.
당신의 마중을 받고 저는 이 여관에서 숙박하기로 마음먹었습니다.
……사실을 말씀드리면 이 여관이 '죽지 않는 여관' 이라는 건 몰랐답니다.
그래도 저는 솔직하지 못했지요.
다른 사람이 제게 '이런 거 알고 있어?' 라고 물으면 저도 모르게 '당연하지요. 알고 있답니다.' 라고 허세를 부리고 마는 것입니다.
그래서——.
"손님도 '죽지 않는 여관' 을 이용하시겠습니까?"
"……죽지 않는 여관, 인가요?"
"우리 여관처럼 찾기 어려운 장소에 있는 곳을 일부러 찾아오시는 손님은 그 소문을 더듬어 오는 것으로 알고 있는데…… 모르셨나요?"
"……다, 당연하지요. 알고 있어요. 알고 있고 말고요. 그럼요, 죽지 않는 여관이군요. 사실은 그런 곳을 찾고 있었답니다. 절 바보 취급하지 말아 주세요."
"바보 취급은 하지 않았지만……. 그렇다면 수행을 희망하시나요?"

"당연하지요!"

"그러시군요. 알겠습니다."

"네, 그런 거예요."

저는 다른 사람에게 바보 취급을 당하는 걸 극도로 두려워하는 것 같아요.

그런 경향도 역시 이 추한 몸 때문이지요.

저처럼 가슴이 큰 엘프는 무척 보기 드문 존재이니까요.

그래서 조금이라도 지혜나 지식이 모자라는 언동을 하면 영양분이 모두 가슴에만 모였다며 손가락질을 당하는 일이 많았답니다.

더군다나 이 나쁜 관습은 아무래도 엘프의 숲에만 있는 게 아닌 모양이에요. 인간의 왕도에 온 뒤에도 역시, 이 큰 가슴 때문에 머리가 나빠 보인다거나 성욕이 강해 보인다는 식의 말을 지긋지긋하게 들었어요.

그래서 저는 바보 취급을 당하고 싶지 않다는 간절한 마음으로 허세를 부리는 버릇이 들었답니다.

그 결과, 할 수 없는 일을 할 수 있다고 말하곤 했지요.

하지만 결국엔 해내지 못하고 바보 취급을 당했습니다.

그러한 악순환을 몇 번이고, 몇 번이고 반복해 왔지요.

이렇게 문자로 적어 보니 냉정하게 자신의 인생을 돌아볼 수 있네요.

제 인생은 언제나 실패뿐이고, 다른 사람과 충돌하기 일쑤였어요. 그래서 저보다 먼저 이 여관에 오셨던 호 씨와도 다툼이 잦았어요.

“어이, 엘프 아가씨. 나쁜 말은 하지 않을 테니까 여기서 수행하는 건 그만둬.”

“……당신은 뭐예요? 제가 수행을 하는 데에 뭔가 불만이라도 있으세요?”

“불만이 아니야. 이건 충고지. 접수대에서 하는 이야기를 들었는걸. 너, ‘죽지 않는 여관’ 이야기 같은 건 사실은 모르는 거지? 나쁜 소리는 안 할게. 죽지 않는다는 건 살아남는다는 거랑은 달라. 각오도 없이 수행했다간 후회하게 될 거야.”

“……바보 취급하지 마세요. 각오는 충분하니까. 그럼요, 저도 다 알고 다 각오를 마치고 수행을 수락하겠다고 결정한 거예요. 제가 고집을 피운다는 듯한 그 충고는 무척 귀에 거슬리네요.”

“쳇……. 그러냐. 그럼 더는 말하지 않겠어. 나중에 울고불고 매달려도 소용없으니까 그리 알아.”

당시엔 ‘어쩜 이렇게 몰상식하고 건방진 꼬마가 있담.’ 이라고 생각했습니다.

하지만 그녀는 다정하고 배려심 있는 분이셨던 거예요.

그걸 깨닫기까지 그리 긴 시간은 걸리지 않았어요.

그날 저녁 일찍이 ‘죽지 않는 여관’ 의 수행이 시작되었는걸요.

수행 내용은 말로 형용할 수 없었습니다.

‘뛰어내려라.’

‘콩을 먹어라.’

글자로 적어 보니 아무것도 아닌 것처럼 보이네요.

아무것도 아닌…….

아무것도 아닐까요?

저로서는 판단이 어렵네요.

제가 몸으로 느낀 두려움, 괴로움의 천 분의 일이라도 전달할 수 있을까요.

마음이 꺾이는 수행들이었습니다.

그래도 견뎌낼 수 있었던 건 분명 타고난 허세 덕분도 있었겠지요.

그러나 그것만으로 견딜 수 있는 정도의 고난은 아니었습니다.

제게는 오래전에 포기했던 목표가 있었거든요.

무척이나 어렵고 말도 안 되는 힘이 필요해서 눈을 돌리고 외면하려 했던 목표가 있었답니다.

처음에는 의지 하나로 수행을 극복했던 시기도 있었어요.

그렇지만 수행을 극복해 가면서 착실하게 자신이 강해졌다는 걸 실감했습니다.

그렇게 되니 이번엔 욕망이 생겨났어요.

시간이 흐를수록 어떤 던전을 탐색하고 싶다는 마음이 싹트기 시작했습니다.

'유령 거목'.

저희 고향인, 엘프의 숲에 있는 던전이에요.

그 난이도는 왕도 근처에서 쓰는 레벨 제도로는 측정할 수 없을 정도로 높고, 근방에서는 공략은 꿈도 못 꿀 일이라는 생각에 신격화되었지요.

그곳에 제 여동생이 들어가고 말았습니다.

……벌써 10년도 지난 이야기이지요.
여동생은 돌아오지 않았어요.
그러니 분명 죽었을 것이라 포기하고 있었지요.
그렇더라도 그녀의 유품, 유해라도 좋으니 찾고 싶습니다.
저희 엘프에는 죽은 자의 영혼이 땅으로 돌아가 나무가 되어 소생하고 숲을 윤택하게 한다는 신앙이 있지요.
엘프의 숲에 좋은 추억은 없습니다.
그래도 동생의 영혼에 안식을 주고 싶어요. 그녀의 일부라도, 혹은 일부가 아니더라도 땅으로 돌려보내고 장례를 치러 주고 싶습니다.
그래서 저는 수행을 계속할 수 있었어요.
죽은 자를 향한 애도.
저는 그 목표를 가슴에 품고 수행을 극복했습니다.

○

"조사를 해 보니 당신이 탐색하고 싶다는 '유령 거목'은 레벨 150에 해당하네요."
어느 날, 알렉 씨가 훌쩍 외출하나 싶더니 며칠 동안 돌아오지 않았던 일이 있었습니다.
아무래도 엘프의 숲에 침입해서 제가 탐색하고 싶다고 했던 던전의 레벨을 측정해 주셨던 모양이에요.
엘프의 숲은 무척 폐쇄적인 땅입니다.

그래서 인간이나 다수의 종족이 운영하는 '왕도 던전 조사국' 이나 '모험가 길드' 처럼 레벨을 측정하는 기관조차 출입할 수가 없지요.

그러니 도전하고 싶은 '유령 거목' 던전 레벨을 알 수 없다——.

저는 그에게 그런 말을 늘어놓았던 것 같습니다.

가벼운 마음으로 했던 혼잣말이었어요. 저 자신도 그런 말을 했는지 기억하지 못합니다.

그래도 알렉 씨는 그 말을 기억하고 레벨을 측정하러 일부러 찾아가 주셨던 것입니다.

그때 저는 감사보다도 먼저 질리고 말았습니다.

그리고 유령 거목을 보고 왔다는 말을 의심했습니다.

"그럴 리 없어요. 제가 말한 '유령 거목' 은 '엘프의 숲' 안에 있는 걸요."

"그렇지요."

"엘프의 숲은 우리 엘프족의 나라인걸요. 웬만큼 특수한 사안이 아니면 다른 종족을 맞이하는 일은 없어요. 너무나도 폐쇄적이라서 저처럼 그런 분위기를 지긋지긋해하는 엘프가 마을로 내려올 정도랍니다."

"그런 모양이네요."

"마을에 있는 엘프의 연줄로 숲으로 들어가는 것조차 어려운 일이에요. 숲의 엘프는 마을에 내려간 엘프를 바보라고 손가락질하니까요. '숲의 엘프' 와 '도시 엘프' 는 다른 인종이라고 생각할 정도인걸요."

"그런 모양이네요."

"……그러니 엘프의 숲에 인간인 당신이 들어가는 건 불가능하다고 생각해요."

"정규적인 수단이라면 아마 그렇겠어요."

"……비정규적인 수단으로 들어가신 건가요? 확실히 숲의 엘프 중에도 젊은 아이들은 바깥 세계에 흥미가 있는 경우가 적지 않아요. 그런 젊은이가 몰래 다른 종족을 끌어들이는 경우가 아예 없다고는 말할 수 없겠네요."

"아니요. 조용히 남몰래 들어가 봤을 뿐입니다."

"……엘프는 활로 사냥을 하는 게 특기인 종족이에요. 기척 탐지력도 상당할 텐데요."

"그렇네요."

"침입하려고 든다면 곧장 탐지당해 화살받이가 될 거에요. 더군다나 숲의 엘프들은 엘프 이외의 인종에게는 자비가 없어요. 죽이겠다는 마음으로 활을 쏠 거예요."

"그런가요."

"……당신과 대화를 하면 꼭 잘 휘어지는 나뭇가지에 활을 쏘는 것처럼, 신기할 정도로 무력한 느낌이 들어요. 절 무시하시는 건가요?"

"그런 의도는 없는데요……."

"그럼 어떻게 침입을 했다는 거예요?"

"평범하게 걸어서 경비를 서는 엘프들의 옆을 지나쳐 엘프 숲의 풍경을 견학했어요. 그리고 '유령 거목' 안에 들어가 2, 3마리의 몬스터와 싸우면서 길드에서 진행하는 것과 크게 다르지 않은 방법으로 위험도를 측정했지요. 일단 레벨 100을 넘는 비교 대상이 없으니 레벨 50을 기준으로 몇 배 정도인가 하는 모호한 측정 방법이기는 하지만요."

알렉 씨는 종종 미소를 머금은 그대로, 아무렇지도 않다는 듯이 말도 안 되는 말씀을 하세요.

좀 더 힘들다는 내색을 했다면 저도 신뢰가 갔을지도 몰라요…….

그 당시의 저는 알렉 씨를 잘 몰랐거든요.

심상치 않은 사람이라는 건 어렴풋하게 느낄 수 있었지만 엘프 숲에서 자란 저는 경비를 서는 엘프에게 탐지되지 않는 인류가 있다고는 상상도 할 수 없었던 거예요.

그 기척 탐지 능력은 날아오르는 작은 새의 기척까지 놓치지 않고 잡아내거든요.

그 시력은 행진하는 벌레 무리의 숫자조차 빠르고 정확하게 셀 수 있을 정도고요.

일단 포착한 사냥감에 활을 쏘면 빗나가는 법이 없었습니다.

그것이, 제가 아는 숲의 경비를 담당하는 엘프들의 능력이었어요.

그 엘프들이 지키는 엘프의 숲에 침입하는 건 불가능하다. 당시의 저는 그렇게 믿어 의심치 않았습니다.

그래서 막 싹트려던 그를 향한 신뢰가 무너질 뻔했지요.

이 사람은 성실하다고 생각했는데.

엘프의 숲에 들어갔다는 둥의 말도 안 되는 거짓말을 늘어놓다니, 실망이야.

그렇게 생각했습니다.

그다음 날 저는 수행을 쉬었습니다.

열이 난다는 거짓말을 방편으로 한 땡땡이였습니다.

알렉 씨가 실제로 엘프의 숲에 들어가 '유령 거목' 의 던전 레벨을 측정해 주셨다는 건 나중에 알았지만…….

당시의 저는 덮어놓고 '적당한 말을 둘러대는 게 분명해' 라고 오해를 했습니다.

제멋대로 오해하고.

제멋대로 의심하고.

제멋대로, 속았다며 분해했습니다.

당시 여관에는 남성 손님이 한 분 계셨어요.

저는 남성 공포증이 있었기 때문에 그분과 이야기를 나누거나 하지는 않았지만…….

지금은 이름도 기억나지 않는 그분은 끈질기게, 저에게 말을 붙이셨습니다.

그분이 수행을 땡땡이치고 방에 홀로 있던 절 찾아오셨지요.

제 건강이 염려된다는 말을 하셨습니다.

하지만 그때의 전 꾀병이었어요.

너무나도 끈질기게 구는 통에 저는 그분에게 있는 그대로의 사실을 털어놓게 되었지요.

알렉 씨에게 거짓말을 했다.

믿었는데.

결국 수행은 장사의 일환이고, 손님을 끌기 위해서 있지도 않은 거짓말을 하는 것이다.

불평을 섞어 그런 말을 했던 기분이 듭니다.

글자로 적어 보니 설령 그렇더라도 그게 뭐 어쨌는데 싶은 것들뿐이네요.

알렉 씨는 여관 경영을 하시는 분이지요.

손님을 끌기 위해서 거짓말을 하는 건 장사를 하는 사람이라면 누구나 하는 일이니까요.

그것을 믿고 속았다 하더라도 그건 속은 사람이 나쁜 것이고 열심히 선전했던 장사꾼을 비난할 이유는 안 되지요.

지금은 그렇게 냉정하게 생각할 수 있네요.

그래도 당시에는 필요 이상으로 상처를 받아서 냉정해질 수가 없었던 거예요.

아마도 제가 다른 사람을 쉽게 믿을 수 없는 인생을 보내온 탓이겠지요.

알렉 씨는 수행을 계속하면서 상당히 깊은 신뢰를 쌓았다고 생각했는데 말이죠.

방을 찾아왔던 남성 손님은 제 이야기를 조용히 들어 주었지요.

그리고 이런 말을 하셨던 기억이 있습니다.

“역시 그랬어. 이 여관과 관련된 소문은 정말이었군.”

“소문이요?”

“그래. 귀여운 여자아이를 모아서 조교하고 팔아치운다는……. 수행이라고? 나는 좋지 않은 예감이 들어 그만뒀지만 그건 세뇌 의식이라는 세간의 소문이 있어."

"……세뇌, 말인가요."

"충고를 하나 하지. 이 여관에서 나가서 내 동료가 하는 여관으로 가는 게 나을 거야. 소개장을 써 줄 테니까."

"……."

대답이 곧장 나오지는 않았습니다.

확실히 그 수행 내용을 세뇌라고 부른다면 세뇌였을지도 모르지만 알렉 씨의 수행에서 나쁜 의도는 느껴지지 않았습니다.

오히려 그리 말하는 남성 손님이야말로 나쁜 의도가 느껴졌지요.

그렇지만 이 당시의 저는 알렉 씨를 향한 까닭 없는 반발심이 있었어요.

지금 생각하면 반항기의 어린아이같이 생각되어서 부끄러운 마음도 들지만…….

그래서 남성 손님의 제안을 승낙하지는 않았지만 거절하지도 않은 채 소개장만 받아들게 되었지요.

"괜찮아. 하룻밤 느긋하게 생각해 봐. 그리고 결심이 서면 내일 이 여관을 나가자."

정말로 냉정하지 못했습니다.

이 사람은 왜 '동료의 여관'을 두고도 일부러 이런, 뒷골목에 있어서 찾아내기 어려운 여관에 머물고 있을까――. 그런 의문을 품었더라면 좋았을 텐데요.

다음 날.

저는 알렉 씨에게 다른 여관에 가게 될지도 모른다고 전했습니다.

붙들어 주었으면 하는 마음이 있었겠지요.
하지만 돌아온 대답은 어딘가 서먹했지요.
"어느 여관에 숙박하시든 손님의 자유이니까요. 나가겠다 말씀하시는 분을 붙잡을 권리는 없지요."
"……그렇군요."
"다만, 그 남성의 말에 조금도 의문이 없으신가요?"
"없어요. ……말릴 생각이 있다면 제대로 말려 주세요. 손님을 나쁜 사람으로 만들어서 완곡하게 붙들지 마시고. 비겁해요."
"그런 의도는 없습니다만. ……잠시 조사를 좀 해 보죠. 지나친 억측으로 상대를 판단하는 건 좋지 않은 일이니까요."
그는 쓴웃음을 지었습니다.
모든 걸 꿰뚫어 보는 듯한 그 얼굴에 저는 화가 치밀었던 거예요.
지금 생각해 보면 정말 어렸네요.
알렉 씨가 옳았고 잘못된 건 저였어요.
그 사실은 곧 증명되었습니다.

○

그날 밤.
목욕탕에 들어간 순간 저는 복수의 시선을 느꼈습니다.
알렉 씨의 수행 덕분에 기척이나 시선을 감지하는 능력이 올라가 있었지요.
본래 남성의 음란한 시선을 받는 일이 많았기 때문에 민감하기도 했어요.

시선을 느끼고 그 방향을 돌아봤을 때…….

목욕탕이 설치된 뒤뜰을 둘러싼 옥상에서—— 검은 옷을 입은 집단이 저를 빤히 바라보고 있었습니다.

저는 공포로 움직일 수 없었어요.

활만 있었다면, 아니. 없어도 그 집단을 쫓아낼 수는 있었겠지요.

그렇지만 이 여관에 와서 오랫동안 잊고 있었던, 남성 특유의 악의를 느끼고 공포로 움직일 수 없게 되고 말았습니다.

불행 중 다행으로 그 집단은 저와 눈이 마주치자 화들짝 놀라 도망쳤지만…….

저는 얼마간 몸이 떨려 요미 씨가 올 때까지 목욕탕 안에서 몸을 감싸 안은 채였습니다.

"엿보기였구나."

"……그, 그건 저도 보면 알아요."

"세상에. 부주의했어. 설마 저렇게 빤히 보이는 곳에서 엿보기를 하는 녀석이 나타날 줄은 몰라서. 괜찮아?"

"괘, 괜찮아요. 아무렇지도 않아요. 이런 건, 대단치 않은, 일이니까."

물론 허세였습니다.

저는 곤란할 때는 반사적으로 허세를 부리는 버릇이 있거든요.

어쩌면 요미 씨는 그런 제 속마음을 꿰뚫어 봤을지 모르겠네요.

"미안해. 우리 남편이 여관에 있었으면 미리 막아 줬을 텐데."

"알렉 씨는, 어디 가셨나요?"

"쿠 씨를 만나러 갔어. 기척 정도는 탐지했겠지만 나도 있으니 괜찮겠다 싶었을지도 모르겠네."

"쿠, 쿠 씨? 쿠 씨라면 길드 마스터 말인가요?"

"그런데?"

"왜 그런 데에……."

"음……. 글쎄? 그 사람은 나한테 말도 없이 행동할 때가 많으니까."

요미 씨는 웃고 있었습니다.

오랫동안 이 여관에 있다 보면 알 수 있지만…… 사실 요미 씨는 거짓말이 능숙해요.

사실은 알렉 씨를 통해 대강의 사정을 들었겠지요.

그렇지 않으면 저를 배려해서 말을 흘리지 않았을지도 몰라요.

그렇지만 알렉 씨는 거짓말이 서툴렀어요.

시치미 떼는 데에는 재주가 없다고 해야 할까요.

그래서 엿보기를 한 집단을 '모두 정리한 뒤'에 들을 수 있었어요.

"인신매매 조직이었네요."

"……네?"

"당신을 노렸던, 이 여관에 숙박하던 남성 손님과 그분이 소속되어 있는 집단은 인간이 아닌 종족을 전문으로 취급하는 인신매매 조직이었어요."

"……왜, 왜 그런 사람들이 제가 목욕하는 걸 훔쳐봤던 거죠?"

"상품 감정이죠. 어쩌면 당신이 너무나 아름다워서 참을 수 없었거나.”

“…….”

또 이 몸 때문인가. 저는 지긋지긋한 심정이었습니다.

엘프임에도 엘프답지 않은 추한 몸.

그것은 사람의 몸을 상품으로 다루는 집단에게 희소가치가 있었겠지요.

“왕도에 온 모험가를 노려서 미행하고 신뢰를 산 다음 자신들의 조직에서 경영하는 여관으로 불러들여서 약으로 재운 뒤에 매매한다. 주로 그런 수법이었던 것 같아요. 인간족도 그렇지만 그 외의 종족이라도 모험가를 하려는 사람은 천애 고아인 경우가 많으니까요. 뒤탈이 없을 거라 생각했겠죠.”

“……헌병에는 신고하지 않나요?”

“그렇네요. 지금쯤 근위병이 탐사에 착수했겠어요.”

“근위병? 헌병이 아니라요?”

“집단 범죄를 수사하는 헌병 제2대대에는 연줄이 없어서요. 근위병을 통해 조사해 달라는 요청이 가기는 하겠네요.”

“아, 네……?”

“당신은 이 마을에 들어온 순간부터 그들의 목표가 되었다는 모양이던데요.”

“어떻게 그런 걸 알 수 있어요?”

“범인에게 반성을 요구하면서 물어봤지요.”

“반성을 요구해요?”

“‘반성’이라는 건 ‘죄송합니다를 제외한 모든 말을 잊은 상태’

를 말해요."

"……아니, 제 말은 그게 아니라요."

"그럼 어떤 질문이었나요?"

"……아니, 아무것도 아니에요."

묻지 않는 편이 낫다는 직감이 들었죠.

어쩐지 알렉 씨의 어둠을 슬쩍 엿본 듯한 느낌이 들었어요.

사실 알렉 씨는 겉과 안이 같은 사람이죠.

겉과 안이 모두 어둠인 동시에 빛이고 양면이 다 이상한, 제 눈에는 그런 사람으로 보여요.

이상하지만—— 당신은, 저를 구해 주셨어요.

그때까지 품고 있었던 어린아이 같은 반발심이 별안간 부끄럽게 느껴졌지요.

"……죄송해요, 알렉 씨. 전 당신의 선의를 의심해서…… 확실히 지금 생각해 보면 소개장을 전달한 남자 분이 이상했네요."

"아니요. 당신이 무사하다면 그걸로 다행이니까요."

"……그리고 근거도 없이 당신이 엘프의 숲에 갔다는 말을 거짓말이라고 생각해서 죄송했어요."

"오호? 믿어 주시는 건가요?"

"……제가 가진 상식으로는 경비에게 들키지 않고 엘프의 숲에 들어가는 건 불가능한 일이에요. ……그래도 상식 같은 건 어차피 상식에 지나지 않으니까요."

"그 말씀은?"

"'너는 다른 사람과 다르니까 너 같은 건 인정할 수 없어' 라는 건……. 제가 받은 냉대랑 같았어요. 사람을 곧장 보지 않고 사람의 가슴만 바라보는 사람과 똑같은 생각을 했다는 걸 깨닫게 된 거죠."

"그렇군요."

"네. ……그러니 죄송해요. 그리고 많은 배려에 감사해요. 전, 당신을 좀 더 믿어 보고 싶어요. 믿어도, 될까요?"

"믿는다, 믿지 않는다는 손님의 자유의사에 맡기고 있지요. 다만 저는 거짓말이 무척 서툴러서요. 그리고 믿어 주신다면 기대에 부응할 수 있도록 온 힘을 다해 볼게요."

"……네."

"'유령 거목'에서 목적을 달성할 수 있는 레벨이 될 때까지, 당신의 수행을 저에게 맡겨 주시겠어요?"

"……부탁드려요. 당신이라면, 꼭 제가 포기했던 목표를 이뤄 주실 거라 믿어요."

"좋아요. 기대에 응해 보죠."

당신은 언제나 웃고 계셨죠.

그래도 이때의 미소는 저에게 특별했답니다.

그 후에 제 수행이 다시 시작되었어요.

'삼일 밤낮을 던전에서 보낸다.'

'눈을 감은 채 천 마리의 몬스터를 해치운다.'

'알렉 씨에게 일격을 넣는다.'

글로 적어 보니 별로 큰일처럼 보이지 않네요.

하나같이 손쉬운 일처럼 보여요.

쉬웠을까요?

이 유서를, 만약 저도 알렉 씨도 아닌 누군가가 읽었다면 공정한 판단을 부탁드릴게요.

제 수행은 섬세하고 길게 이어졌습니다.

수행 중 여관에 왔던 로렛타 씨나 모린 씨와 비교한다면 무척 느린 페이스였지요.

알렉 씨는 그 사람이 가진 사정의 긴급성에 따라 수행 페이스를 변경해요.

제 수행의 목적은 이미 시간 제한이 없었습니다.

……어쩌면 알렉 씨는 한 번 '유령 거목' 에 가서 레벨을 측정했을 때 제 여동생의 유골이나 유품을 발견했던 걸까요.

만약 그렇다면 제가 수행 중 정신이 무너졌을 때는 모쪼록 그 유골 혹은 유품을 회수해서 엘프의 숲에 있는 거목 뿌리에 묻어 주세요.

뼈는 없더라도 여동생이 지니고 있던 검은 화살촉 목걸이는 아마 남아 있을 테니까요.

제가 가진 짐을 어찌 처리할지도 기록해 둡니다.

친구인 호 씨에게, 제가 가진 재산의 반을 전달해 주세요.

돈이 될 법한 짐도, 그녀에게 말하면 올바르게 처분해 줄 테지요.

그리고 호 씨에게, 당신과 목욕탕에 들어가 수다를 떨던 시간은 즐거웠다고 전해 주세요.

남은 반의 재산은 알렉 씨에게 드립니다.

뭔가 부업을 하고 계시는 모양이니 돈이 부족해 힘든 일은 없겠지만 그저 제 마음이라고 생각하고 받아주세요.

많은 폐를 끼쳐 죄송합니다.

그리고 보여 주신 수많은 배려에 진심으로 감사합니다.

사람을, 하물며 남성을 이렇게까지 신뢰하는 건 태어나 처음이에요.

요미 씨나 브랜, 노와와 함께 영원히 행복하길.

꼬리에 꼬리를 물고 추억에 잠겨 있다 보니 마지막에 와서야 유서다운 말을 적네요.

이 여관에서 보낸 매일은 항상 가슴에 남아 있습니다.

아마도, 제 인생에서 가장 힘들고 가장 괴롭고 가장 즐겁고 가장 행복한 시기였겠지요.

다시 얼굴을 마주하면 겁을 먹고 허세를 부리고 고집을 피우는 제가 튀어나오고 말겠지요.

적어도 글을 통해서 솔직한 마음을 전할 수 있기를.

그리고.

솔직한 제 모습을 드러내는 건 아직 좀 부끄럽네요.

그러니 이 유서의 존재 자체가 자신의 마음을 지탱하기 위한 방벽이 되어 주었으면 하는 바람을 담아 유서를 마감하겠습니다.

서늘한 계절의 끝에서.

소피 벨

○

"유서요? 그렇게까지야……."

유서를 적은 다음 날 아침.

소피는 수행 직전에 가까스로 유서를 전달할 수 있었다.

내심 어젯밤 중에 전달하고 싶었지만 알렉이 여관 안에 없었던 것이다.

이 여관의 주인은 한밤중에 훌쩍 어딘가로 사라져서 아침까지 돌아오지 않는 일이 종종 있었다.

잠은 언제 자는 걸까.

그러고 보니 그가 뭔가를 먹고 있는 모습도 본 적이 없었다.

목욕탕은 남성 손님이 없는 시간에도 '남성 시간' 이 있으니 들어가기는 하겠지만.

소피는 한 달 이상 신세를 지면서도 알렉은 아직도 알 수 없는 사람이라는 생각이 들었다.

지금은 왕도 북쪽을 걸어 '목적지' 로 향하는 중이었다.

왕도 북쪽에는 험악한 산악 지대가 펼쳐져 있었다.

그는 경사가 심한 산길이나 발을 디딜 곳도 없는 절벽도 성큼성큼 걸었다.

소피도 다릿심에는 제법 자신이 있었지만 그를 따라잡기에는 벅찼다.

발소리도 없는 걸 생각한다면 숙박객들 사이에서 소문으로 떠도는 그대로 부유 이동을 하는지도 모른다.

소피는 산길을 앞서 거는 알렉을 향해 물었다.
"다, 다음 수행 장소는 어떤 곳인가요?"
숨이 차올랐다.
반대로 알렉은 가벼운 미소를 머금은 채로 평소와 다름없이 말했다.
"이제 곧 보이겠네요. 자, 이쪽으로."
소피는 필사적으로 그의 등을 쫓았다.
숨을 헐떡이며 산길을 올랐다.
그러자 목표로 보이는 장소가 눈에 들어왔다.
그것은 산 속에 느닷없이 나타난, 석함이었다.
입이 벌어질 정도로 커다란 석함이 산 중턱을 관통한 형태로 묻혀 있었다.
벽면에는 무슨 의미인지는 알 수 없지만 치밀한 문양이 돋을새김으로 새겨져 있었다.
눈에 힘을 주고 자세히 살펴보자 불꽃 같은 걸 토해내는 몬스터와 창을 든 인간이 싸우고 있는 구도로 보이는 듯도 했다.
무척이나 인공적이었지만 석함이 생긴 당시의 일을 아는 사람은 아무도 없었다.
그 이름은——.
" '식인 미궁' 이라고 불리는 던전이지요."
"……시, 식인, 미궁……."
"혹시 알고 계셨나요? 소피 씨는 박식하시니까요."
아무래도, 오늘날까지 중첩되었던 허세의 결과로 알렉 안에서 그런 이미지가 생겨난 듯했다.

소피는 모르는 걸 모른다고 솔직하게 말할 수 있는 사람이 되고 싶다고 간절히 염원했다.

"알고말고요. 물론 알고 있지만 이, 일단은 설명을 요청하고 싶네요."

철이 날 무렵부터 항상 허세를 부렸던 탓에 좀처럼 버릇을 지울 수가 없었다.

덕분에 알렉 안에서 점점 자신이 대단한 사람이 되어가는 느낌이 들었다.

어쩌면 모든 걸 알면서도 장단을 맞춰 줄 뿐일지도 모른다.

알렉은 속내를 알 수 없는 미소를 지었다.

"그럼 외람되지만 설명해 드리죠. 저 던전은 밖에서 보기엔 쉽게 알아볼 수 없지만 내부는 돌벽으로 나뉜 미궁 구조로 되어 있어요. 몬스터 자체는 그렇게 강하지 않지만 내부 구조의 복잡함 때문에 던전 레벨은 60으로 지정되었죠."

"……."

"몬스터만 따지면 30 정도일까요. ……뭐, 그래서 중급 모험가가 하나의 단계를 뛰어넘기 위해서 도전하고 그 반수가 조난해서 돌아오지 못하는 사태가 벌어지기도 했지요."

"……."

"지금은 제패되어 조난자 탐색이 이루어지고 있지만…… 그렇더라도 아직 발견하지 못한 분이 많아요."

"어, 어째서요?"

"던전의 벽면, 바닥면 일부를 파괴해 보고 안 일이지만 이 던전은 던전 자체가 몬스터거든요."

"……아."

"조난자의 대다수는 미궁을 헤매던 끝에 던전 안에서 함정에 걸려 숨을 거뒀으리라 추측되고 있어요."

"……워, 원래 함정은 던전 마스터가 죽더라도 발동될 텐데요."

"네. 하지만 이곳은 던전 마스터가 죽고 함정이 발동되지 않게 되었지요. 그런 탓에 낭떠러지 함정 등의 위치를 알 수 없게 되면서 유체가 던전 바닥이나 벽면에 묻힌 채로 남게 된 셈이지요."

"……."

"저 또한 가능한 많은 조난자를 발견할 수 있도록 있는 힘을 다해서 도왔지만…… 사체의 기척은 읽을 수 없고 이곳은 광대한 던전이니까요. 바닥이나 벽을 조금씩 부숴 가는 것도 현실적인 대안은 아니지요."

"알렉 씨라면 단번에 날려 버릴 수 있을 것 같은데요."

"그렇게 해 버리면 벽 안이나 바닥의 유체도 함께 날아가 버릴 테니까요. 본말전도가 되는 셈이죠."

"……."

"그래서 수많은 유체가 벽 안, 혹은 바닥 아래에서 지금도 장례식을 기다리고 있지요."

"……."

"바로 그게 지금부터 수행으로 사용할 '식인 미궁'이라는 던전이에요. 질문이 있나요?"

"저기, 수행 전에 들을 만한 이야기는 아닌 것 같은데요."

"하지만 던전에 들어가기 전에 던전 소개를 하지 않으면 언제 하죠?"

"사, 사체가 산더미다! 뭐 그런 이야기는! 하지 않는 게 낫다고 생각하는데요!"

"어째서죠?"

"어째서?! 그, 그런, 겁을 주는 것 같은……."

"그럴 리가요. 사체는 결코 공격하지 않아요. 던전도 제패가 끝났다고 말씀드렸지요? 그리고 함정은 이제 기동하지 않는다는 정보도 드렸어요. 제가 지금의 이야기를 통해서 제공하고 싶었던 정보는 수행 중 함정이나 몬스터를 경계할 필요가 없다는 점이지요."

그 말대로 안도감을 주는 미소를 띤 채 말을 이었다.

소피의 가슴에는 불안만이 자리 잡았다.

"그, 그렇더라도, 그런…… 그런 말을 듣고, 불안하지 않을 수가……!"

"소피 씨도 불안해하시네요."

"……네?"

"평소였다면 냉정하게 '대단치 않네요' 라고 말씀하셨을 텐데."

"……."

"그래도 두렵다면 그렇게 말씀하셔도 상관없어요. 꼼꼼하게 설명을 하고 조금이라도 공포가 누그러들 수 있도록 온 힘을 다해서 노력할 테니까요."

"……."

"공포라는 건 '미지' 이지요. 다시 말해서 잘 알게 되면 공포는 사그라지는 법이에요. 그럼, 어떤 부분부터 보충해 볼까요? 수행을 돕는 입장에서 수행에 이용하는 던전에 대한 정보는 훤히 알고 있거든요."

"어, 어, 음."

"반면교사적인 이야기지만 던전에 도전하는 모험가 파티가 어떻게 분단되어서 함정에 떨어졌는지 등은 어떨까요? 미궁에서 헤매지 않는 데에 도움이 될지도 모르겠네요."

"저기."

"아니면 '식인 미궁' 에서 사흘 동안 헤맸던 사람의 이야기는 어떨까요? 체력과 기력의 한계 속에서 포기하지 않고 입구를 목표로 나아갔음에도 사흘이나 걸렸던 이야기를 통해서 미궁에서 해서는 안 되는 행동을 배울 수 있지요. 이것도 반면교사인 셈이네요."

"……."

"지금은 몬스터가 나오지는 않지만 앞으로의 수행에 도움이 될지도 모르니까요. '막다른 골목에서 몬스터와 조우한 동료를 먼발치에서 바라볼 수밖에 없었던 이야기' 도 있는데――."

"대단치 않네요!"

"그런가요?"

"전혀, 아무렇지도 않아요! 무서우냐고요? 절 바보 취급하시는 건가요?! 괜찮아요. 일단 제 손에 걸리면 이런 던전은 식은 죽 먹기니까요!"

소피는 바들바들 떨며, 눈물이 차오른 눈으로 허세를 부렸다.

지금 이 순간 솔직한 속내를 드러낸다면 꼬리에 꼬리를 물고 무서운 이야기를 들게 될 것만 같았다.
허세를 부리게 되는 건 자신의 성격 때문이지만, 그런 상황이 되는 건 아마도 알렉 때문일 것이다.
그는 악의라고는 찾아볼 수 없는 순진무구한 얼굴로 웃었다.
"그럼 수행의 설명에 들어가 볼까요?"
"그래요! 어서요! 아무렇지도 않아요! 정말, 정말 아무렇지도, 않으니까……."
"기대감으로 떨고 계시네요!"
"네, 그래요!"
"그럼 설명을 시작해 볼까요. 이제부터 해 주셨으면 하는 건 '숨바꼭질' 이에요."
"'숨바꼭질'?"
"알고 계시나요? 이 세계에서도 평범하게 많이 하는 놀이라고 알고 있는데요."
"무, 물론 알고 있지만……."
이번엔 허세가 아니라 진실이었다.
알고 있을 뿐만 아니라 어린 시절에는 매번 숨바꼭질만 했었다.
"……숲에서 자란 엘프 중에서 '숨바꼭질' 을 해 본 적 없는 아이는 없어요. 엘프 숲은 이렇게 인간의 왕도 외곽에서 본다면 아무것도 없는 시골로 보이지만…… 숨을 만한 곳은 아주 많거든요. 그래서 엘프들 사이에서는 일반적인 놀이에요."
"그럼 다행이네요."

"그래도, 저기 '숨바꼭질' 을, 지금 수행으로 하는 건가요?"

"맞아요. 소피 씨 정도의 레벨이 되면 더는 왕도 부근 던전에서는 수행이 안 되는 일이 많거든요."

"……죄송한데 이해가 안 되는데요."

"네?"

"수행으로 '숨바꼭질' 을 하는 이유가, 제 레벨로는 왕도 부근의 던전에서는 수행이 안 되기 때문이라고요?"

"네. 더 자세히 말씀드리면 왕도 부근의 던전에 나오는 몬스터를 상대로는 수행이 안 되기 때문이지요."

"어, 다시 정리하면……."

"지금부터 저와 단둘이 '숨바꼭질' 을 해 주시면 됩니다."

"……."

"다시 말해서 몬스터는 이제 당신을 상대하기에는 역량이 모자라니 지금부터는 제가 당신의 적 역할을 맡게 된다는 의미지요."

"……."

"질문이 있으신가요?"

"네? 질문…… 질문이라니…… 왜 운명은 저를 시험에 들게 하는지, 그런 질문이라도 답해 주실 건가요?"

"그 질문은 운명에 문의해 주세요. 그것 말고는요?"

"……어, 어느 쪽이 '몬스터' 역할인가요?"

"아, 실례했네요. 술래……가 아니라 몬스터 씨를 누가 할지 말씀드리지 않았네요. 그건 물론 소피 씨지요."

"당신 같은 사람을 두고서 제가 몬스터 역할이라구요?"

"그렇네요. 저를 상대로…… 어, 음, 당신 같은 사람이라니 무슨 의미인가요……?"

"아, 아니요. 아무것도 아니에요. 어, 음, 정리하면 '식인 미궁' 내부에 숨어 있는 당신을 찾아내는 수행, 인가요?"

"그렇네요. 지역에 따라 룰이 다를 가능성도 있으니 덧붙이면 찾아낸 상대에게는 확실히 터치를 해 주세요."

"진심으로 도망치는 당신을 터치하라는 뜻인가요? 그건, 뭐라고 할까. 무척 동화적인 장면이네요."

"아니요. 조금도 동화적이지 않아요."

"아무리 저라도 불가능한 일과 가능한 일은 구별할 수 있어요. 바보 취급하시는 건가요?"

"그렇지 않아요. 지금 당신의 스테이터스로는 확실히 진심으로 도망치는 저를 터치하는 건 불가능할 테니 제 움직임에도 분명한 제한을 걸어 두죠."

"그 자리에서 절대로 움직이지 않는다거나?"

"그래서는 수행이 안 될 테니 움직여야죠. 다만 '뛰지 않는다', '기척을 지우지 않는다', '발소리를 지우지 않는다', '걷기 외의 회피 동작을 하지 않는다', '마법을 사용하지 않는다' 라는 제한을 걸게요."

상식적으로 생각하면 승부가 될 수 없는 제한이었다.

그러나 상대가 알렉이니만큼 상식적으로 생각해서는 안 된다는 걸 소피는 잘 알고 있었다.

"대단한 속도로 걷거나 하는 건가요?"

"그것도 하지 않겠어요. 그리고 터치 방법인데요."
"터치 방법? 가볍게 손을 닿는 게 아닌가요?"
"네. 당신이 터치할 때 사용하는 건 활로 하시죠."
"네?"
"저를 발견하면 활을 쏴서 터치해 주세요."
"터치라는 말의 의미가 어렴풋해지는데요."
"'터치'는 '다정하게 만진다'라는 의미지요."
"활로 다정하게 만진다니, 뭐랄까 무척 충격적이네요."
"아, 확실하게 마력을 담은 화살을 쏴 주세요. 터치는 제가 대미지를 받아야 비로소 인정됩니다."
"대미지가 들어가는 터치라구요……. 알렉 씨의 수행다워졌네요."
"그건 어떤 의미인가요?"
"어디 보자, 여관의 여러분들이 말씀하시는 '알렉 씨답다'는 말은 '범상치 않다', '상식적으로 말이 안 된다', '있는 그대로를 다른 사람에게 전하면 농담이라는 오해를 산다', '철학적이기도 하다'라는 의미지요."
"……어쩐지 이해가 어려운데요. 철학적인 말씀이라면 로렛타 씨도 가끔 하시니까요."
"수행 내용은 끝인가요?"
"아, 네. 그래요. 그 외에는 던전의 중반쯤 되는 지점부터 시작된다는 점, 세이브 포인트는 내부에서 불러낸다는 것 정도일까요."
"세이브하나요? 제 공격으로 알렉 씨가 죽을 일은 만에 하나라도 없을 것 같은데요."

"그렇네요. 저도 일단 세이브하겠지만 그럴 가능성은 낮을 것 같네요."

"그럼 왜 세이브를 하지요?"

"제가 반격을 하게 되면 당신이 죽을 테니까요."

"네?"

"제가 반격을 하게 되면 당신이 죽을——."

"들었어요. 그 부분 말구요. 반격? 어, 반격? 숨바꼭질에서 몬스터에게 들킨 아이가 반격한다는 말은 들은 적이 없는데요. 무척 흉흉한 특수 규칙이네요."

"이건 수행이니까요. 목숨의 위험이 없으면 죽을힘을 쥐어짜내지 못하잖아요."

"그렇네요."

"사력을 쥐어 짜내지 않으면 능력 향상 효율이 낮거든요."

"……그렇군요."

"그래서 당신은 '빗나가면 죽는다' 는 각오로 온 힘을 다해서 '터치' 해 주세요."

"……."

"다른 질문은요?"

"……시간제한은 없나요? 저녁 식사 전까지는 돌아가고 싶네요."

"제 짐작으로는 모레 저녁 식사까지는 갈 수 있겠네요. 또요?"

"……없어요."

"좋아요. 그럼 시작하죠."

그는 웃고 있었다.

소피는 감당하기 힘든 공포 속에서 얕은 숨을 헐떡일 뿐이었다.

○

폐쇄 공간.

주변은 키보다 몇 배는 더 높은 돌벽으로 감싸여 있었다.

숨이 막힐 것만 같았다.

심장이 멎을 것만 같았다.

소피는 생각했다.

이 던전에서 '숨바꼭질'을 시작하고 얼마나 시간이 흘렀을까.

던전 내부는 어둑어둑했지만 한 치 앞도 보이지 않을 정도는 아니었다.

걷는 데에는 문제가 없었다.

본래 벽과 천장, 지붕 등에는 '기척'이라고 부를 만한 존재감이 있었다.

지금의 소피가 가진 기척 탐지 능력이라면 눈을 감고 있어도 부딪히지 않고 걸을 수 있었다.

그런 수행도 경험했었다.

그러나 사체에는 기척이 없었다.

건물과 마찬가지로, 의지도 움직임도 없을 텐데.

따라서, 예를 들어 코앞에 있는 모퉁이를 이루고 있는 벽에——.

하물며 지금, 막 지나친 그곳에——.

어쩌면 발밑에——.

무수한 시체가 있을지도 모를 일이다.

그 상상은 소피에게 두려움을 안겨 주기에 충분했다.

……어둑한 모퉁이.

발소리를 죽이고 걸었다.

멀리서 들려오는 소리.

분명 알렉이리라.

그는 이 수행에 임하면서 기척이나 발소리를 죽이지 않겠다는 제약을 걸고 있었다.

그러나——.

타닥, 타닥 하며 돌바닥을 규칙적으로 두드리는 소리.

뒤따라 들려오는 묘한, 쿠궁, 쿠궁 하는 진동.

소리의 정체를 알 수 없었다.

어쨌든 소리가 발생하는 근원지에 있을 알렉의 기척은 여전히 멀었다.

그럼에도——왜 이렇게 가까운 곳에서 발소리가 들리는 걸까?

시체에는 기척이 없었다.

알렉의 기척은 멀었다.

발소리는 가까웠다.

소피는 숨을 쉬는 것조차 잊은 채 그 발소리에 조심스럽게 접근했다.

이 수행에서 자신은 사냥꾼이었다.

도망치는 알렉을 궁지에 몰아넣고 활을 쏴야 했다.

그렇기에 활에 화살을 걸었다.

마력을 걸고 다가갔다.

활과 팔이 희미하게 빛났다.

괴로운 수행을 딛고 힘을 손에 넣었다.

노력했던 기억과 수많은 몬스터를 사냥한 경험은 불안과 공포로 움츠러든 마음에 안도감을 주었다.

어떤 몬스터가 나타난다 하더라도 괜찮을 거라는 자신감이 있었다.

상대가 알렉이라는 것도, 곧장 반격이 올 거라는 사실도, 죽더라도 괜찮다는 것 역시 알고 있었다.

한 번에 끝을 보겠다는 각오도 있었다.

이겨라는 지시는 없었다. 대미지를 줄 뿐이다. 실제로 한 번, 그에게 대미지를 준 적도 있었다.

그러니 괜찮다.

그랬다.

상대가——알렉이라면.

망상했다.

벽에는 시체가 묻혀 있을지도 모른다.

바닥에는 모험가가 백골이 되어 있을지도 모른다.

발소리는 바로 지척이었다.

묘한 진동을 동반한 묵직한 소리도 가까이에서 들리는 것만 같았다.

파라락. 뭔가가 굴러 떨어지는 소리가 들렸다.
그러나 기척은 여전히 멀기만 했다.
만약 원한을 품고 죽어간 모험가의 시체가 걷고 있다면?
자신의 활은 그 시체를 해치울 수 있을까?
"……없어, 그런 게 있을 리가, 없어요."
고개를 저어 영양가 없는 망상을 털어냈다.
무서운 이야기를 들은 탓이리라.
조금 전부터 묘한 공포를 느끼고 있었다.
정면에는 직각의 벽이 있었다.
그 너머에서 타닥, 타닥 하는 발소리가 들려왔다.
기척은 다른 장소에 있다는 게 묘하게 신경 쓰였지만…….
발소리를 죽인 채 달렸다.
활에, 화살에, 담을 수 있는 최대한의 마력을 담았다.
실수하지 않고, 모든 걸 꿰뚫을, 최고의 한 발을 쏘겠다는 각오를 품고——.
"알렉 씨, 찾았…… 어라?"
소피는 모퉁이 너머로 활을 조준했지만…….
그녀의 눈에 들어온, 몸을 숨길 곳이 없는 직선 통로에는 아무도 없었다.
……이곳은 미궁이다. 불규칙하게 튀어나온 돌벽에 많은 통로가 막혀 있었다.
그런 구조 때문에 묘한 메아리가 울리는 걸까?
그런 가설을 세우면서 잠시 앞으로 걸어나가 보았다.

그러나 발소리는 여전히 코앞에서 들려왔고 인기척은 어렴풋하게——.

기척이.

어렴풋이.

등 뒤에서, 느껴지는 듯한.

숨이 턱 막혔다.

온몸이 떨리다가 딱딱하게 굳어졌다.

말도 안 되는 일이었다.

그는 뛰지 않겠다고 약속했다.

그런데 조금 전까지 멀리 있었던 인기척이 바로 등 뒤에 있을 수 있을까.

소피는 머릿속으로 많은 경우의 수를 생각했다.

그러나 확인해 보지 않고서는 결론을 낼 수 없다는 냉정한 판단을 내릴 수밖에 없었다.

그렇기에 활을 겨눈 채.

"뒤!……에도, 없어……?"

몸을 돌려서 그가 없다는 사실을 확인했다.

긴장과 혼란, 그리고 오싹한 망상 때문일까.

아무래도 기척 탐지 능력을 온전히 발휘하지 못하고 있는 모양이었다.

침착함을 되찾기 위해서 심호흡을 했다.

크고 무거운, 자신은 추하다고 여겼던 가슴에 손을 얹었다.

거듭 심호흡을 하고 마지막으로 크게 숨을 토해낸 그녀는 자연스럽게 고개를 들어 위를 바라보았다.
심장이 멎었다.

천장.
그곳에 뭔가가 있었다.

높이는 넉넉히 키의 다섯 배.
그러나 그곳에는 평범한 바닥을 딛고 선 것처럼, 뭔가가 서 있었다.
뭔가는 눈이 마주치자 빙그레, 평소처럼 온화하게 웃으며 말했다.

"찾았네요."

소피는 공포와 혼란으로 머리가 엉망이 되는 걸 느꼈다.
천장.
왜, 천장에.
확실히 '뛰지 않겠다', '기척을 지우지 않겠다' 고 말했지만 '천장에 서지 않는다' 라는 말은 하지 않았다.
그런 말은 하지 않았지만—— 저게, 말이 돼?!
소피는 공황 상태에 빠지기 직전이었다.
온몸이 떨렸다.
숨을 제대로 쉴 수가 없었다.

한차례 완전히 정지되었던 그녀의 심장은 움직이지 않았던 시간을 보충하려는 듯이, 격렬하게 더욱 격렬하게 뛰기 시작했다.
식은땀이 흘렀다.
손끝이 마비된 듯한 감각.
그래도 그녀는 천장을 향해 활을 겨누었다.
마력을 담은 일격을—— 일반 몬스터가 상대라면 충분히 숨통을 끊을 수 있는 정도의 한 발을 쏘았다.
그러나 알렉은 일반적인 몬스터 따위와 비교할 수 없었다.
알렉은 상식 밖에 서는 존재였다.
맥박이 살짝 흔들리거나, 마력이 조금이라도 어긋나거나 손끝이 한순간 흔들리는 것도 용납할 수 없었다.
발사된 화살은 마력으로 광채를 띤 채 천장을 향해 날아갔다.
중력을 거슬러, 속도도 위력도 나무랄 데 없는 훌륭한 한 발이었지만——.
그에게는 통하지 않았다.
확실히 화살은 그의 가슴에 닿았다.
닿았지만 힘을 잃고 자유 낙하를 시작했다.
대미지를 줄 수 없었다.
'터치' 로 성립되지 못했다.
소피는 무의식중에 떨어지는 화살을 눈으로 좇았다.
그것은 그에게서 시선을 돌렸다는 걸 의미했고.
"정신력을 좀 더 가다듬을 필요가 있겠네요."
쿵! 알렉답지 않은 커다란 소리와 함께 그가 바닥에 착지했다.

정신을 차렸을 때 그는 벌써 눈앞에 있었다.

믿기지 않는 속도의 빠른 접근이었다.

그러나 그는 약속을 지켰다.

뛰지 않는다.

떨어졌을 뿐이다.

"실전에서 몬스터는 언제 어디에서 나타날지 모를 일이죠."

"……아."

"그리고 궁사가 한 발을 발사하면 그 틈에 접근해서 반격을 받게 될 수도 있어요."

"……아……."

"어떤 상황, 어떤 순간에도 상대를 일격으로 행동 불능 상태로 만들 한 발을 쏠 수 있어야만 궁사 혼자 높은 레벨의 던전에 도전할 수 있겠죠."

"……아, 아아……."

"이런 말을 일부러 할 필요도 없겠네요, 당신이라면. 말로는 충분해요. 그렇다면── 체험을 해 볼까요."

"……그, 그만, 그만…… 용서, 용서를……."

"무슨 말씀인가요?"

"……네?"

"당신이 '몬스터' 고 제가 도망칠 수밖에 없는 힘없는 어린아이 역할이잖아요."

"……."

"용서해야 할 입장에 있는 건 무장하고 저를 막다른 골목으로 몰아넣는 역할을 맡은 당신이지요."

"……."

"저는 운 나쁘게 몬스터에게 붙들린 가련한 어린아이로서 가능한 저항을 해 보죠. 당신이 종종 말씀하시는 '대단치 않은' 존재랍니다, 저는."

"제가 몬스터라니, 말도 안 되잖아요! 저, 정말, 무섭단 말이에요……. 수행도, 이 던전도, 너무너무 무서워서 버틸 수가 없어요! 그러니, 제발, 이제 솔직해질 테니까! 그만 용서해 주세요……!"

차마 눈 뜨고 볼 수 없는 목숨 구걸을 했다.

그러나 그는 미소를 머금고 말했다.

"괜찮아요. 세이브했으니까요."

"……시, 싫어, 싫어, 싫어, 싫어, 싫어, 싫어!"

"그럼 2회전을 시작해 볼까요. 로드 하면 다시 열까지 카운트해 주세요."

"싫어어……!"

"안심하세요. 소피 씨는 다음엔 더 잘할 수 있을 거예요."

빙그레 웃으며, 무력한 그는 상대를 용서하지 않겠다는 각오가 엿보이는 저항을 시작했다.

○

"아, 천장에 서 있을 때는 한 걸음마다 천장 안쪽 벽에 발을 찔러 넣으면서 전진했어요. 쿠쿵, 쿠쿵 하는 소리가 들리던가요?"

수행을 마치고 알렉이 그렇게 비밀을 밝혔다.

그런 건 이제 아무래도 좋았다.

주변은 정오를 막 지날 무렵 정도일까.

한낮의 햇살이 슬슬 저물고 있었다.

깎아진 산맥 능선으로 빛이 조각조각 부서지고 있었다.

수행이 시작되고 이틀 반나절이 지난 셈이다.

그의 예언대로 수행 시작 시점부터 헤아려 '모레 저녁' 은 먹을 수 있을 모양이었다.

소피의 얼굴에 묘한 미소가 걸렸다.

얼굴 근육이 굳어져서 바꿀 수가 없었다.

그 미소를 어떻게 해석했는지, 알렉이 말했다.

"재밌죠?"

"네?!"

"할 수 있는 일이 늘어난다는 건 즐거운 일이네요. 이 수행으로 당신은 두 가지의 특기를 숙달했어요. 하나는 궁사로서 무척 중요한 '고속 사격' 기술. 또 다른 하나는 마력을 재빨리 필요한 부위에 담을 수 있는 '고속 차지' 예요. 둘 다 적의 접근을 허용해서는 안 되는 직업인 궁사에게 중요한 스킬이네요."

"……."

"제2단계 수행에서는 이렇게, 기술 숙달에 중점을 두고 진행해 나갈 거예요. 레벨 100정도까지는 스테이터스를 올리는 게 강해졌다는 실감이 쉽게 들어서 그쪽을 중시했죠. 이제부터는 할 수 있는 게 늘어나서 즐거울 겁니다."

레벨 100 정도라니. 머리가 좀 이상한 말을 들은 기분이었다.

그렇구나. 그에게 레벨 100은 '정도' 인 것이다.

즐거운 것보다, 웃는 것밖에 못 하게 되는 날이 한 발 먼저 찾아올 것 같았다.

그랬다. 제2단계에서는 지금까지 몬스터를 상대로 했던 수행이 우습게 보일 정도였다.

최강의 적은 던전에 머물러 있지 않았다. 여관에 있었던 것이다.

그 최강의 적…… 여관 '은 여우 여관' 의 던전 마스터가 말했다.

"내일 점심까지는 휴식할 테니 그동안에 여행 준비를 마무리해 주세요."

"여행 준비……요?"

"네. 남은 수행은 '유령 거목' 으로 가면서 진행하죠."

"……그렇다는 건…… 엘프의 숲에 가실 건가요?"

"네."

엘프의 숲은 왕도에서 북동으로 한참 먼 곳에 자리 잡고 있었다.

험난하게 솟은 산 중에 별안간 생겨난, 울창한 나무들로 이루어진 아름다운 토지가 있다.

그곳이 바로 '엘프의 숲' .

전통과 격식을 중시하며 엘프가 아닌 다른 종족과 일체의 교류를 갖지 않는, 유서 깊은…… '숲 엘프' 들이 사는 장소였다.

탐색을 목적으로 하는 던전, '유령 거목' 은 엘프의 숲 한가운데에 우뚝 솟아 있었다.

……그리고 '유령 거목' 에 도전하려면 던전 레벨보다도 더 성

가실 수도 있는 문제가 있었다.

“……충고 하나 할까요. 엘프의 숲은 보통 다른 종족은 물론, 한 번 마을에 내려갔던 엘프도 들어갈 수 없어요.”

“그렇군요.”

“알렉 씨라면 ‘정면에서 당당히 몰래’ 들어갈 수 있겠지만 저는 아마도, 어려울 거예요.”

“그렇군요. 경비를 서는 엘프 분들의 스테이터스를 봤었어요. 지금의 당신이 그들에게 들키지 않고 침입하기는 어려울 거예요.”

“알렉 씨는 발이 넓으신 것 같은데 숲 엘프 중에는 지인이 없나요?”

“그게 말이죠. 다른 종족을 완전히 거절하는, 부족 단위의 독립국가 같은 곳까지는 아무래도 인연을 만들기가 쉽지 않아서요. 어떻게든 노력은 해 보았지만 지금 시점에서 연줄이 있는 건 수인족과 마족 정도일까요.”

“……수인족과 마족에게, 엘프의 숲 같은 독립 국가가 있나요?”

“이 두 종족은 캐러밴 형식이니까요. 이동 도시라고 표현할 수 있겠네요. 한곳에 오래 머무는 타입은 아니지요.”

“과연. 그래도 인간이 다른 종족의 캐러밴과 인연이 있는 것도 대단한 일이네요.”

“수인족 중 ‘고양이 공 여단’ 의 소중한 아이를 맡고 있기도 하니 인연은 확실하지요. 마족 쪽은 뭐……스승을 통한 인연이라고 할 수 있겠네요. 함께 논 적은 단 한 번밖에 없지만 일단 친구 등록은 마친 정도의 관계라고 할 수 있지요.”

"이해가 안 되네요."

"상대방이 서버를 구축하면 저한테도 말을 걸 때가 있고 그런 거죠."

"이해가 안 되네요."

"어쨌든, 숲 엘프와는 인연이 없으니 자연히 허락받지 않은 방문을 할 수밖에 없겠어요."

허락받지 않은 방문.

소피는 불안이 없지는 않았지만 그의 수행보다는 편하리라 생각했다.

세뇌된 걸지도 모른다.

적어도 정신 개조는 당했으리라.

그래도 여전히 염려는 있었다.

"그래도 여전히 좀 더 성가신 문제가 남아 있어요."

"뭔가요?"

"'유령 거목' 은 신격화되어 있어요. 발을 들이는 것 자체가 숲에 대한 불경으로 여겨져서 금기시되어 있거든요. 물론 경비도 엄중하고요."

"그랬군요. 하지만 소피 씨의 여동생은 들어가셨잖아요? 그렇다는 건 경비가 인식한 인물도 침입할 수 있는 경로가 있지 않을까 싶은데요."

"경비가 인식한 인물……? 마치 인식하지 않을 수도 있다는 듯이…… 아니, 저기, 이제 알렉 씨의 말에는 토를 달지 않을게요. 어, 음, 동생은, 저기…… 동생보다도, 저희 집안에 다소 특수한 구석이 있거든요."
"특수하다 하시면?"
"엘프의 숲에서 벨 가문은 대대로 무녀였던 가문이에요."
"……무녀, 말인가요?"
"네, 맞아요. 숲에서 심상치 않은 일이 벌어졌을 때 산 제물로 '유령 거목'에 바치게 되는 집안이에요. 신기하게도 태어나는 아이는 모두 여자아이밖에 없었기 때문에 무녀인 거구요."
"그렇군요."
"아이를 낳은 여자가 있을 때는 그 여자가 바쳐져요. 어머니는, 그렇게 돌아가셨어요. 언니와 여동생이 있다면 어린아이가 바쳐지는 거죠. 여동생은 그렇게 바쳐졌죠."
"……"
"저는 아이를 낳아야 할 역할이 있어서. ……그것도 싫어서 뛰쳐나왔던 거예요. 숲 엘프는 정신이 나갔어요. 한 사람의 희생으로 숲에서 벌어지는 이변을 잠재운다는 게 가당키나 한가요?"
"실제로는 어땠죠?"
"……이변이 사라졌던 실적이 있어요. 곤란한 일이죠."
"비논리적이네요."
"그래요."
"원인 없이는 결과가 없는 법이죠. 조심스러운 의견을 말씀드리면 숲의 이변은 처음부터 던전 자체가 원인이었을 가능성이 크지 않았을까요? 원래 세계에서도 신이 원인이라는 재해를 잠재우기 위해서 그 신에게 산 제물을 바치는 옛날이야기도 있었거든요."

"……어, 음. 아마 그런 느낌이라고 생각해요."

"하지만 그 이야기가 진실이라면 여동생의 유품은 던전 마스터 방에 있을지도 모르겠네요."

"왜 그렇게 생각하세요?"

"산 제물은 대체로 '신'에게 바쳐지는 법이잖아요? 던전 마스터는 던전의 창조신인 셈이니까요."

"……일리가 있네요."

"덧붙이자면 제가 맵핑을 했던 곳에는 그럴듯해 보이는 구석이 발견되진 않았다는 것도 하나의 이유가 될 수 있겠네요. 제가 발을 들이지 않았던 방은 던전 마스터의 방 정도일 테니까요."

"매, 맵핑을 하셨다구요?"

"도움이 될까 싶어서요. 아, 보석 같은 건 손을 대지 않았으니 안심하세요."

"그, 그래요……. 혹시나 싶어서 확인하겠어요. 만약 던전 마스터의 방에 입장한다면 맞서 싸우게 될 가능성이 클 텐데, 그런 경우 수행 내용은 변경되는 건가요?"

"아니요. 찾고 있던 물건이 던전 마스터의 방에 있을 가능성이 전혀 없지는 않으니까요. 처음부터 그렇게 생각했으니 던전 마스터와 마주치게 될 것도 상정해서 수행하고 있었어요. 수행을 마치면 제패도 할 수 있을 거예요."

"……그, 그래요……."

소피는 고민에 빠졌다.

만약 알렉의 추측대로 '유령 거목' 때문에 무녀라는 제도가 생겨났다면── 그 던전을 제패함으로써 이후로 자신의 가족 같은 희생자를 막을 수 있게 될지도 모른다.

소피는 희생자를 막고 싶을 정도로 고향에 대해 애정이 있는지 고민했다.

……숲 엘프와 함께 살았던 동안에 그리 좋은 추억은 없다.

그러나 생각해 보면 그것은 여동생이 산 제물로 바쳐졌을 때 그녀와 사이좋게 지냈던 동료들이 아무도 말리지 않았던 탓이 컸다.

겉으로는 그토록 사이좋게 지냈어도 관습이나 장로회의 권력 앞에 맞서거나 그녀에게 도움의 손길을 내밀어 주지 않았다.

전통과 격식으로 걷잡을 수 없이 썩어 버린 숲 엘프.

……좋은 추억이 없던 건 아니다. 여동생을 산 제물로 바치던 때 그 누구도 도와주지 않았다는 사실에 의해 좋았던 기억조차 나쁜 기억으로 바뀌고 말았을 뿐이다.

만약 관습 자체를 무너트릴 수 있다면 도움이 될지도 모른다.

……동생이 좋아했던 엘프의 숲을, 더 나은 곳으로 바꿀 수 있을지도 몰라.

고민은 끝이 없었다.

아무리 고민을 거듭해도 결국 해답은 나오지 않을 것 같았다.

그런 소피가 딱했던 걸까.

그가 배려심 깊은 미소와 함께 말했다.

"일단은 여관으로 돌아갈까요? 피곤해 보이네요."

"그, 그래요……. 생각해 보니 하루 이상 식사도 못 하고 잠도 못 잤고…… 아, 생각해 보니 갑자기 피로감이……."

"괜찮아요? 정 그러시면 주무셔도 괜찮아요. 제가 짊어지고 돌아갈 테니까요."

남성이 자신을 업고 돌아간다.

그런 제안을 들은 게 처음은 아니었다.

'은 여우 여관'에 오기 전에도 모험가 활동을 했었다.

그때 우연히 던전에서 함께 행동하게 된 다른 모험가가 종종 그런 제안을 꺼낸 적이 있었다.

꿍꿍이가 엿보였던 그들의 눈빛이 떠올랐다.

끈적했던, 악의가 없더라도, 적의가 없더라도 분명히 해가 되었던 그 시선을 소피는 좀처럼 잊을 수가 없었다.

따라서 남성과 단둘이 되는 상황에서 의식을 잃는 것은, 그녀에게는 무척 두려운 일이었다.

그래도.

"그, 그럼 부탁할게요…… 사실, 서 있는 것도 힘들었거든요."

"그래요? 그나저나 많은 분이 던전에서 수행을 마치고 나면 피곤해하시네요. HP는 로드 시점에서 회복되었을 텐데도 말이에요. 수치로는 나타나지 않는 피로가 있는 걸까요?"

"애초에 피로도는 수치로 표기되지 않을 거예요……."

"저한테는 보이는데 말이죠. 사람은 스테이터스만으로는 다 파악하기 힘든 부분이 있을 걸까요."

알렉이 머리를 긁적였다.

그리고 무릎을 굽혔다.

소피는 그의 등에 체중을 실었다.

그가 너무나도 가볍게 몸을 일으켰다.

……그러고 보니 지금부터 산길을 내려가야 할 텐데…… 뭐, 알렉이라면 상관없겠지.

사람이라기보다, 뭔가 거대한 생물체를 향한 신뢰감을 품은 채 소피는 잠에 빠져들었다.

——오랜만에.

고향에서, 자신의 집안이 짊어진 불행을 깨닫기 전.

아직 즐거웠던 시절의 꿈을 꾼 것 같았다.

○

"알렉 님은 잠시 외출하신 모양이네요. 자세한 사정은 잘 모르겠지만요. 저는 종업원에 불과해서, 자리를 비우신 동안에 목욕당번을 맡고 있답니다."

밤.

'은 여우 여관' 에서 식사를 마친 뒤 소피는 목욕탕에 들어섰다.

이 여관의 목욕은 대단하다——. 그보다 더 대단한 건 목욕탕이 있는 여관은 이곳뿐이라는 사실이었다.

엿보기를 당했다는 마음의 상처는 아직 아물지 않았지만 그 이후로 알렉이나 요미가 무척 신경을 써 주고 있기도 해서 소피도 안심하고 온탕에 몸을 담글 수 있게 되었다.

오늘의 목욕 당번은 모린이었다.

순백의 피부, 순백의 머리카락.

좌우가 색이 다른 눈동자.

근래에는 그녀도 목욕탕을 유지하는 게 익숙해졌는지, 온탕에 몸을 담그고 잡담을 하면서도 어려움 없이 목욕탕 온도 조절을 할 수 있게 되었다.

소피는 함께 온탕에 몸을 담근 모린을 바라보았다.

언제 봐도 아름다운 소녀였다.

자신도 종종 아름답다는 칭찬을 들었지만 그것은 모두 기이할 정도로 큰 가슴 때문이라 항상 음란한 의미를 담은 칭찬뿐이었다.

그에 비해서 모린의 미모는 예술품 같은, 성적인 향기는 느낄 수 없는 순수한 아름다움이다. 소피는 그렇게 생각했다.

"……모린 씨는 여관 업무에 완전히 적응하셨네요."

"그런가요? 전 항상 덤벙거리기만 해서……. 저번에도 탕 안의 물을 끓이려다가 욕조를 끓여서 알렉 님이 '용암 목욕은 또 새롭네요.' 라며 웃으셨어요……."

"아, 요미 씨가 계셨던 게 아니었다면 큰 참사가 벌어졌겠네요."

"어쩌면 알렉 님보다도 사모님이 더 수수께끼가 많은 분일지도 요?"

"……그렇네요."

요미는 알렉의 수행으로 피곤에 지친 마음을 치유해 주는, 이 여관의 양심이었다.

그러나 곰곰이 생각해 보면 소피는 그녀를 잘 몰랐다.

외모와는 다르게 이 여관의 숙박객보다는 나이가 많은 모양이라는 정도일까.

연상이라고 하니.

"……그러고 보니 로렛타 씨는 이제 막 성인이 되신 거였죠?"

"네. 그런 모양이에요. 전, 훨씬 연상이신 줄로만……. 역시 인간분들의 나이는 알아보기가 어렵네요. 성장이 빠르시니까요."

"마족 분들도 성장은 인간과 크게 다르지 않을 텐데요?"

"맞아요. 다만, 뭐랄까. 인간과 비교해서 살짝 느릴지도 모르겠다, 싶은 정도일지도요. 물론 드라이어드 분들 정도까지는 아니지만요……."

"호 씨요?"

"네. 그분, 여관의 손님 중에는 가장 연상이시죠? 무척 놀랐는걸요."

"그래요. 그래도 드라이어드는 단순히 성장이 느린 종족이에요. 듣기로는 정신의 성장도 같은 나이의 인간과 비교해서 1/3 정도라고 하구요. 다 자라도 몸은 그렇게까지 커지지 않지만요."

"엘프 분들은 어떠세요?"

"스물까지는 인간하고 같아요. 그래도 그 이후부터는 늙지 않아요."

"……신기하네요."

"일단 300살을 넘은 엘프는 노화가 시작된다나 봐요. 그래도 숲에 있던 최고 장로라도 200살 후반 정도였어요. 평균 수명이 180년 정도이니 엘프의 노화는 전설이네요."

"수인족분들도 오랜 세월을 젊게 사실지도……."

"아니에요. 성장 속도는 인간과 같아요."

"그래도 요미 씨는 무척 젊게 보이시는걸요."

"부모님이 젊게 보이는 분들이셨을지도 모르구요. 아이는 부모를 닮잖아요."

"요, 요미 씨의, 부모님, 말씀인가요……."

"뭔가 있나요?"

"……아, 아니요. 아무것도, 아무것도……. 앤로지 님은 아무 말씀도 하지 않으셨는걸요."

모린은 몸을 떨면서 입까지 몸을 담갔다.

뭔가 알고 있을지도 모른다.

그러나 이 여관에는 '곱씹는 것만으로도 두려운 이야기' 가 너무나 많았다.

다른 여관 손님이 입을 다물어 버린 이야기를 끈질기게 채근하지 않는 게 예의였다.

소피는 화제를 바꾸었다.

"그러고 보니 알렉 씨가 없을 때의 여관은 어떤 분위기인가요?"

"그건 소피 씨가 더 잘 아시지 않을까요……?"

"그래도 전 종업원이 아니잖아요."

"그렇네요. 그렇지만 알렉 님이 계시지 않는 동안의 여관도 특별히 다르지 않은걸요. 일단 수행도 여관 업무의 일환이니 수행이 없을 때는 쉬고 계실지도……. 어머? 그래도 수행이 없는 때는 언제일까요? 그분은 식사도 않으시고 잠도 주무시지 않는걸요?"

"……."

"저번에는 나무뿌리를 드시고 계셨지만, 그래도 그건 먹을 게 아니고…… 마력을 회복하려면 잠을 잘 필요가……. 마력이, 점점, 사라져서, 숨이, 안 쉬어지고…….”

“모린 씨, 물이 부글부글 끓기 시작했어요.”

“네?! 앗?! 죄, 죄송해요! 무심코, 그때의 공포가…….”

“괜찮아요. 괴로운 일은 떠올리지 않아도, 돼요.”

“……이렇게 고통을 알아주시는 분이 계신다는 게 무척 얼마나 기쁜 일인지 모르겠어요.”

모린이 또르륵 눈물을 흘렸다.

무척이나 괴로운 일을 겪었으리라.

소피는 그녀의 머리를 쓰다듬었다.

사실 엘프 기준에서 소피는 젊다기보다는 이제 막 태어난 정도로 분류할 수 있었다.

모린과는 나이가 가까웠다.

소피가 살짝 위, 정도일까.

……옛날에 여동생이 있었다는 것도 영향이 있으리라.

그래서 나이가 가깝고, 연하인 소녀가 슬퍼하거나 괴로워 보이면 무심코 머리를 쓰다듬거나, 포옹하게 되었다.

“자, 잠깐, 소피 씨, 너무 꽉 안는 건 좀 삼가시겠어요?! 히, 힘든데요!”

“아, 미안해요.”

자신도 모르게 힘이 들어갔다는 걸 깨달았다.

그녀를 안고 있던 팔에서 힘이 빠졌다.

욕탕에 더 머무르고 싶어도 민망한 공기가 흘렀다.

소피는 욕조에서 나가기로 마음먹었다.

"모린 씨, 저는 이만 실례할게요."

"네, 네……. 저기 이런 말씀을 드려도 될지 잘은 모르겠지만……."

"뭔가요?"

"아니요, 저기, 처음으로 안겼지만…… 이전 알렉 님을 도우며 시험해 보았던 '물침대' 가 생각나던걸요."

"…… '물침대' 말인가요?"

"아, 아니요! 아무것도 아니랍니다! 저는 목욕 당번 일이 있으니! 방에서 편히 쉬세요!"

묘한 미소를 머금은 채 그녀가 손을 흔들었다.

소피는 고개를 갸웃하면서 욕조에서 몸을 일으켰다.

'물침대'.

나중에 알렉에게 그것이 무엇인지 물어봐야겠다고 생각하면서.

○

다음 날.

점심을 마친 뒤 소피와 알렉은 '은 여우 여관' 을 떠났다.

" '엘프의 숲' 까지 평범한 사람은 일주일, 저희 속도로는 닷새 정도가 걸려요. 수행은 여행하면서 진행할게요. 식재료는 제가 준비했어요. 그것 말고 개인적인 짐은 맡기겠습니다. 여기까지는 여관에서 확인했는데 출발하기에 앞서 혹시 질문이 있으신가요?"

정오.

왕도 안을 걸으면서 알렉이 그렇게 말했다.

그는 평소와 거의 다르지 않은 차림을 하고 있었다.

다만 앞치마가 없고 커다란 보퉁이를 짊어지고 있을 뿐이었다.

그 보퉁이가, 이상할 정도로 컸다.

……어쩐지 막 수행을 시작했을 무렵의 기억이 되살아나.

콩…….

아니, 분명 여행 채비를 했으리라. 소피는 그렇게 생각하기로 했다.

커다란 보퉁이를 신경 쓰지 않으려 시선을 돌리자 이번엔 허리 뒤에 꽂은, 이상할 정도로 투박한 나이프가 무척 신경이 쓰였지만…….

상식 밖에 있는 그의 행동을 생각하면 기이할 정도로 평범한 '여행 장비' 라고 할 수 있었다.

점심 무렵의 왕도를 동쪽으로 나아간다.

이 시간대에는 인파로 북적였다.

석조 건물이 많은 거리에는 장을 보거나 용무로 오가는 사람이 많았다.

이 인구밀도에서 다른 사람과 부딪히지 않는 데에는 요령이 필요했다.

알렉은 거대한 보퉁이를 짊어졌음에도 인파를 어려움 없이 통과하고 있었다.

왕도에는 다양한 종족이 살고 있지만 이렇게 보면 역시 인간이 많았다.

이곳은 어디까지나 '인간의 왕도'라는 사실을 재확인하는 기분이었다.

사실 소피의 입장에서——.

"……자기 종족의 왕도가 있는 마을에 다른 종족을 들이는 인간은 뭐랄까, 참 자유롭네요."

"엘프의 숲에는 엘프 왕족이 계시나요?"

"……고대에는 저희 가문이 왕족에 해당했다고 해요. '유령 거목'에 산 제물을 바치는 관습은 수백 년 전, 엘프의 숲에 이변이 생겨나면서 몸소 자신의 몸을 바쳤던 엘프의 공주님으로부터 유래된 것이라고 하구요. 저희 증조모라고 하던데요."

"그럼 소피 씨는 무척 좋은 집안 출신인 셈이네요."

"……혈통만 따진다면 그럴지도요. 지금 숲 엘프는 장로 의회제예요. 나이를 먹으면 대우를 해야 한다는 제도가 된 거죠. 혈통은 상관없어요."

"민주주의와는 좀 다른 것 같네요. 연공서열 주의라고 할 수 있을지도 모르겠어요."

"맞아요. 본래 나이 많은 사람을 따르는 문화는 어느 사회에든 있는 모양이에요. 그래도 숲 엘프는 다소 과하다고 해야 할지…… 지금의 최고 장로가 200살 후반이라 왕조 시대 엘프 사회를 알고 있는 게 문제예요."

"어떤 의미인가요?"

“숲 엘프의 정치는 ‘가장 뛰어나고 아름다운 시대’ 였던 ‘엘프 왕조 시대’ 를 본받아서 운영되고 있어요. 다시 말해서, 왕조 시대를 알고 있는, 그 장로의 기억을 의지해서 정치를 하고 있는 셈이죠.”

“그렇군요.”

“……수명이 짧거나 노화가 있었다면 젊은 세대가 결정한 내용을 명문화했을 거예요. 인간처럼. 하지만 무슨 일이 생겼을 때 장로의 ‘기억’ 을 의지하니 하나부터 열까지 장로가 결정하게 돼요.”

“전제군주제와 다를 바가 없네요.”

“옛날부터 숲 엘프는 어딘가 이상하다고 생각해서, 인간의 정치를 좀 조사해 봤어요. 숲에 있을 무렵, 우리는 ‘인간은 수명도 귀도 짧고 외모도 아름답지 않은 열등한 종족’ 이라고 말했지만 제도를 만드는 데에 있어서 인간은 엘프보다 아득히 위에 있었던 거예요.”

“어느 쪽이 먼저인지, 올바른지 그릇되었는지. 정치와 관련해서 저는 아무 말도 할 수 없지만…… 산 제물을 바치는 제도를 남겨두었다는 점에서 본다면 지금의 숲 엘프는 잘못되었다고 보이네요.”

“맞아요.”

“아마도, 당신과 같은 의견을 가진 엘프도 많겠죠. 만약 그렇다면 숲의 경비를 보는 엘프도 그럴지도 모르고.”

“……대화를 나누셨나요?”

“아니요. 사실 관계를 따져 볼 때 그렇지 않을까 싶을 뿐.”

“……어떤 의미로 그런 말씀을 하시는 거죠? 경비를 서는 엘프는…… 그 사람들도, 여동생을 산 제물로 바칠 때 반대해 주지 않았어요."

"실례했네요. 좀 전에 한 말은 어디까지나 추측이었어요. 기회가 있다면 근거를 찾아서, 그때 설명해 드리고 싶군요."

"그래요……?"

큰 근거가 있는 말은 아닐 것이다.

단순한 배려에 불과할지도 모른다. 소피는 그렇게 생각하기로 했다.

얼마간 잡담을 나누면서 걷고 있자 왕도의 동문이 보였다.

훌륭한 문이었다.

예부터 군대가 지나는 일도 많았던 모양이다.

"저 문은 지금보다 던전의 움직임이 활발했던 시절에 쏟아져 나오는 몬스터를 막아내기 위해서 만들어졌다고 하더군요."

"……던전에서 몬스터가 쏟아져 나올 때도 있나요?"

"있었다네요. 지금은 보기 힘들지만요. 던전에는 나름대로 '몬스터 회복수' 나 '몬스터 상한수' 가 있다는 건 알고 계시나요?"

"알아요. '어느 정도의 빈도로 어느 정도의 몬스터가 늘어나는가' 와 '어느 정도의 숫자까지 늘어날 수 있는가' 죠. 이런 건 상식이잖아요. 바보 취급하시는 거예요?"

"아니요. 일단은 확인을. 한 가지 예를 든다면 '입문자 동굴' 에서의 '1초마다 다섯 마리가 늘어난다' , '최대 500마리까지 늘어난다' . 그런 거죠. 그래도 1초에 다섯 마리라는 것도 최대 500마리라는 것도 사실은 좀처럼 예를 찾아보기 힘들 정도로 많은 숫자예요."

"그렇군요."

"사실 상한수에 도달해도 '몬스터를 늘리려는 힘' 은 줄어들지 않는 모양이에요."

"……그렇다면?"

"상한수에 도달한 그대로 오랜 세월 방치되면 몬스터가 던전에서 쏟아져 나오죠."

"……."

"지금은 길드나 왕실 던전 조사국이 확실히 관리해서 정기적으로 몬스터 토벌 퀘스트를 내놓으니 몬스터가 쏟아져 나올 위험도가 무척 낮아요. 하지만 옛날에는 관리도 하지 않고 발견되지 않았던 던전도 무척 많았으니 나름 위험했다고 하지요."

"……그래서 인간의 마을은 벽에 둘러싸여 있는 모양이네요."

"엘프의 숲은 어땠나요?"

"어땠냐뇨?"

"이른바 숲 엘프가 거주 구역으로 사용하는 내부에 '유령 거목' 이 있었지요. 어디까지나 제 계산이라 죄송한 말씀이지만 던전 레벨은 150 정도였지요. 오랜 세월, 몬스터의 숫자가 상한수에 도달한 채 방치되어 있지는 않았나요?"

"말하자면 알렉 씨는, '엘프의 숲에 생겨난 이변은 몬스터의 짓이 아닌가' 라고 생각하고 계신 건가요?"

"맞아요. 지금 들은 정보에 따르면 그럴 가능성이 가장 큰 것처럼 보이네요. 물론, 평범하게 이변이 생겨났다는 가정이 필요하겠지요."

"그건 무슨 뜻이죠?"

"몬스터가 쏟아져 나왔다면 산 제물을 바친다고 해서 이변이 잦아들었던 이유를 설명할 수 없어요."

"……."

"던전에서 몬스터가 쏟아져 나올 경우, 그 몬스터를 퇴치하는 것 외에 '이변'을 잠재우는 건 불가능할 거예요. 산 제물을 바친 것만으로 잦아들 리가 없지요. 그 사실이 무척 마음에 걸리는데요."

"……그래, 요……."

"물론 당신의 어머님이나 여동생이 '유령 거목'의 몬스터에 대응할 수 있을 정도로 강했다면 이야기가 좀 다르겠네요."

"……아무리 그래도 그렇게까지는……. 둘 다 지금의 저보다 약했어요."

"어쩌면 왕족의 혈맥에 잠들어 있는 신비로운 힘이 어떤 작용을 했다는 이야기일까요?"

"……확실히 왕족의 혈통에는 신비로운 힘이 깃든다는 전설을 종종 듣긴 했지요."

"음, 전설 말이죠. 참고삼아 그 '이변'은, 누가 어떤 방식으로 '이변'이라고 판단하나요?"

"……그건, 장로회가."

"그렇군요."

"뭔가 짚이는 게 있나요?"

"있지만 아직은 추측 단계라서요. 그리고 그리 기분 좋은 이야기는 아니니까요. 저는 이럴 때는 결국엔 사람의 악의를 의심하게 되지요."

"……악의."

악의는 분명 존재했다.

'산 제물로 바쳐질, 아직 어린 소녀를 침묵 속에 배웅한다'.

이것 역시 소극적이지만, 소녀의 가족은 악의를 느꼈다.

……그런 악의라면 자신도 품고 있다. 소피는 생각했다.

필사적으로 막아 보려 했지만 끝내 막을 수 없었으니까.

처음부터.

"……산 제물 제도가 있는 시점에서, 악의는 존재해요."

"그렇네요. 언젠가 시험해 볼 기회가 있겠지만…… 아직 먼 이야기는 제쳐놓고 지금은 눈앞의 일을 해 볼까요."

"눈앞의 일, 이라구요?"

"수행이지요."

알렉이 빙그레 웃었다.

정신을 차렸을 때 두 사람은 벌써 왕도 밖에 서 있었다.

주변에는 광대한 초원이 펼쳐져 있을 뿐.

불어오는 바람에 희미한 습기와 따스함이 느껴졌다.

추운 계절이 막을 내리고 따스한 시기가 찾아온다.

계절의 변화를 온몸으로 느끼며—— 소피는 한기를 느꼈다.

"……여정 중에 하는 수행이 어떤건지 아직 설명을 듣지 못했어요."

"네. 그래도 이번엔 대단치 않은 일이에요."

"거짓말. 알렉 씨가 그렇게 말할 때는 대체로 사람을 절망에 빠뜨릴 때인걸요."

"저는 사람을 어딘가에 빠뜨린 적이 없는데요."

"……."

"이야기하는 과정에서 빠져 버릴 뿐이지요."

"빠뜨리고 있잖아요!"

"아니요. 그래도 수행을 하다 절망에 빠진 분은 없어요. 대체로 사람이 절망에 빠질 때는 그 사람의 인격을 교정할 때뿐이니까요."

"거짓말! 다 거짓말이에요! 그 말을 여관에 계신 분들 앞에서 하실 수 있어요?!"

"네."

빙그레.

그의 미소에는 한 점 부끄러움도 없다는, 떳떳한 분위기가 감돌았다.

이 사람의 말은 모두 진심이었다.

진심으로 사람을 절망에 빠트린 적이 없다고, 그렇게 말하고 있었다.

그리고 '인격을 교정' 운운했던 부분은 차마 무서워서 물어볼 엄두도 나지 않았다.

아무렇지도 않게 무서운 이야기를 꺼내는 점이, 알렉의 수많은 단점 중 하나였다.

소피는 산더미 같은 반론을 꿀꺽 삼켰다.

"……그럼 무슨 수행을 하는 건가요?"

"네. 제2단계이니 역시 특기를 숙달하는 데 무게를 둘 거예요."

"……적은 역시 알렉 씨구요?"

"그렇지요. 제가 가상의 적 역할을 할 거예요. 이번엔 여행해야 하니 방식을 좀 바꿔 볼게요. 익숙해지면 필사적인 마음이 옅어져서 수행의 효율이 떨어지기 마련이니까요."

"……그렇군요."

"수행 내용 말인데, 여행 중에 식사를 하게 되겠죠?"

"하지요."

"식재료는 제가 갖고 있지요."

"그렇죠."

"뭔가를 먹고 싶으면 무력을 써서 저한테서 뺏어 주세요. 그것이 수행입니다."

"……."

"사람이 필사적이 되었을 때 스테이터스가 잘 오르죠. 식재료가 걸려 있다면 무척 필사적인 모습을 보여 줄 수밖에 없겠죠. 방법에 제한은 없어요. 룰은 이전에 제게 일격을 날렸을 때와 같습니다. 다만, 그때와는 다르게 이번엔 '대응'을 하기로 하죠."

"……'대응'?"

"네. 그러니 동원할 수 있는 지혜와 기술을 모두 사용해 주세요. 모자란 게 있다면 습득해 주세요. 일단, 제게서 식재료를 빼앗으려 드는 과정에서 기술은 자연스럽게 습득하게 되겠죠. 계산대로 진행된다면 가는 동안에 한 번쯤은 식사하실 수 있을 거예요."

"……저, 저기, 배가 고픈 상태에서 험악한 산길을 지나는 건가요……?"

"배고픔을 느낄 필요는 없어요. 식재료를 뺏을 수 있다면 말이죠."

"……."

"안심하세요. 당신이 먹지 않는 동안에는 저도 먹지 않을 테니까요. 제게 유효타를 날리거나 제가 관리하는 가방에 손을 댈 수 있는 시점에서 식재료를 건네드리죠. 다른 질문 있나요?"

"용서해 주세요……. 용서해 주세요……. 저, 그런 벌을 받을 정도로 나쁜 짓을 했던 기억은 없어요……. 배고픔을 견디다 죽거나 알렉 씨한테 살해당하거나 하라니. 그런 건, 그런 건……."

"아, 그렇네요. 죽는다고 하니 세이브는 하루가 시작될 때 한 번으로 하지요. 이동 속도를 고려하면, 우리가 하루에 이동할 수 있는 거리가 만약 세이브 포인트에 누군가가 다가왔을 때 제가 순식간에 대응할 수 있는 거리가 될 테니까요."

그의 말이 옳다면 소피가 하루를 걸려 이동할 수 있는 거리를, 알렉은 순식간에 이동할 수 있다는 말이 되는 것 같은데…….

알렉이라면 불가능한 일은 아닐 것이다.

그는 괴물이니까.

그 괴물을 상대로 식재료를 강탈해야만 한다.

닷새 동안, 어쩌면 그보다 더 오랜 시간 동안 험악한 산길을 걷는 여정.

소피는 몸을 떨면서 눈물을 흘렸다.

그리고, 웃었다.

"……아하하, 싫어, 싫어, 싫어."

"즐거워 보이시니 다행이네요. 길을 걷다 보면 여러모로 환경이 바뀌게 될 테니 시행착오를 많이 해 주세요. 지형 이용은 궁사에게 특히 중요한 기술이죠. 아, 말할 것도 없이 죽으면 세이브 포인트에서 회복하게 될 테니 여행 일정이 늘어날 겁니다. 저는 당신이 손이 닿을 범위까지 들어오지 않는 한 반격하지 않을 테니 '배낭을 빼앗는다' 보다는 '유효타를 넣는다' 를 추천할게요."

"아하…… 더, 더는, 아하하, 무, 무리…… 무리……. 하하하하."

"그렇게 재밌나요? 아, 그렇지. 길어지면 두 주 정도의 여정이 될지 모르니 말이죠. 제 계산대로라면 열흘 전후지만…… 예상을 벗어난 일이 생기더라도 문제가 없도록 식재료를 챙겨왔지요."

"……."

"아, 그리고 여행에 어울리는 식재료는 역시 이거죠. 가볍고, 저렴하고 공복감도 덜어 주고."

"……하하, 뭐, 뭔가요?"

"볶은 콩이요."

"……."

소피는 딱딱하게 굳은 얼굴로 거듭 고개를 가로저었다.

눈에서는 끊임없이 눈물이 흘렀다.

그러나 알렉은 미소를 머금은 채로――.

"그럼 가 볼까요."

소피는 웃는 얼굴을 박제처럼 걸어둔 얼굴로 눈물을 흘릴 뿐이었다.

○

여행이 시작되고 처음 사흘 동안 소피는 공복을 인내했다.

공격하지 않으면 반격을 받을 일도 없다는 훌륭한 논리 전개였다.

그러나—— 나흘째.

험악한 산길을 따라 걷는 여정.

거의 절벽에 가까운 곳을 올랐다.

루트 자체가 고르고 고른 험악한 길의 연속이었다.

실제로 소피가 엘프 숲에서 인간의 왕도로 내려올 때는 먼 길을 돌아오긴 했지만 훨씬 손쉬운 길을 지나왔다.

표고가 높아지면서 기온도 내려갔다.

눈빛이 흐려졌다.

잠을 자고 일어나도 체력은 회복하지 않았다.

닷새로 끝날 예정이었던 여정은 소피의 체력 저하로 인해 조금도 진전이 없었다.

이대로라면 며칠이 걸려야 도착할 수 있을까?

그러던 중 알렉이 자애롭게 말했다.

"어쩔 수 없네요. 쓰러지기라도 한다면 의미가 없으니 콩 수프를 좀 드세요."

쓰디쓴 수행의 기억.

그러나 그런 옛날 일보다는 지금, 몸이 음식을 원하고 있었다.

욕구를 이기지 못하고 콩을 먹었다.

믿기지 않을 정도로 맛이 좋았다.

강렬한 소금기와 잘 익은 콩의 식감.
이를 스치는, 진하고 풍부한 고소함.
곡물 특유의 달콤함.
수프는 무척 맛있었다.
단순히 소금을 녹인 뜨거운 물이 아니었다.
수많은 야채를 먹고 있는 것 같은 착각이 들 정도로 농후한 감칠맛이 있었다.
높은 산에서 싸늘하게 식었던 몸이 데워지는 감각에 눈물이 나올 것만 같았다.
식사하는 동안 소피는 행복을 느꼈다.
그러나—— 그녀는 맛보고야 말았다.
그, 맛을, 감칠맛을, 행복을, 깨닫고야 말았다.
그것은 불행의 시작이었다.
먹고 싶다.
좀 더 먹고 싶다.
강탈해서라도 먹고 싶다.
죽더라도 먹고 싶다.
한차례 행복을 맛본 위장은 이어지는 행복을 갈구하며 전율했다.
공복감이 그녀의 몸을 이끌었다.
……그다음에 벌어진 일은 이미 사람으로서의 정신 활동은 아니었다고, 훗날 소피는 회상했다.
이후로 그녀는 야생의 짐승이 되어 거듭 알렉을 공격했다.
——닷새째.

목마름과 허기로 정신을 잃은 그녀가 덤벼들었다.

그러나 허무할 정도로 대응이 빨랐다.

숨 쉴 틈 없는 반격이 돌아왔고── 그의 표현을 빌리면 호된 반격이 돌아왔다.

그 결과 세이브 포인트에서 다시 시작해야 했다.

여행이 만 하루 늘어난 셈이었다.

──엿새째.

식재료를 손에 넣기 위해서 소피는 인간다운 사고를 되찾았다.

그저 주먹을 쥐고 덤벼드는 걸로는 무리였다.

함정을 펴자.

멀리서 공격해 보자.

지형을 이용하자.

필사적으로 고민한다는 게 바로 이런 거구나. 소피는 처음으로 실감했다.

그리고 철저한 계획을 세우고 기회를 기다렸다──.

드디어 찾아온 기회.

……그러나 지금의 자신이 발휘한 '필사적'인 정도로는 괴물에게는 통하지 않았다.

소피는 갖은 노력을 다한 끝에 끝내 식재료를 빼앗기 위해 막무가내로 덤벼들었고 반격을 당했다.

──이레째.

어제도 지나쳤던 그곳을 오늘도 걷게 되었다.

지나쳤던 길을 다시 걸어야 한다는 사실이 마음을 상당히 무겁게 했다.

더는 실패하고 싶지 않았다.

소피는 가까스로 사람다운 공포를 떠올렸다.

그러나 공포로 손이 둔해졌다.

그날은 결국 기회를 엿보았을 뿐 화살 한 발 쏠 수 없었다.

——여드레째.

손톱을 물어뜯으며 공복을 잊으려 노력하면서 알렉의 움직임을 꼼꼼하게 관찰했다.

……슬슬, 눈에 익은 지형이 보였다.

엘프의 숲 감시권이 가까운 것이다.

지리는 파악하고 있다.

그렇다면 그것을 최대한 활용할 수 있는 계획을 짜내야 한다.

소피는 계획을 세우느라 하루를 소비했다.

——아흐레째.

알렉의 행동 패턴을 외우는 데에 성공했다.

그렇다기보다 알렉은 매일 정해진 시간에, 정해진 행동을 하고 있다는 사실을 깨달았다.

이것은 그 나름의 '공략 힌트' 일지도 모른다.

완벽하게 불가능한 일은 요구하지 않는다.

소피는 그제야 그의 행동 방침을 떠올렸다.

확실히 그의 수행은 모두 '끝나고 생각해 보면 어쩐지 해낼 수 있는' 것들뿐이었다.

힘이 들긴 했지만 불가능은 아니라는 건 소피도 실감했다.

그만큼이나 그의 고문을 막을 수 있는 사람이 없었던 거겠지만…….

습격은 역시 자고 있을 때가 좋으리라.

함정을 만들자. 알렉에게 기술로 승부를 낼 수는 없었다.

그녀가 노리는 건 육체의 틈이 아니라 정신적인 틈이었다.

……해당 생물의 정신력이 보통 인간 정도이리라는 기대는 없었다.

그러나 알렉의 목적은 어디까지나 지도였다.

그는 의도적으로 틈을 만들고 있었다.

소피는 기이할 정도로 머리가 맑게 느껴졌다.

극한의 공복.

순수한, 식욕이라는 목적.

그녀의 의지는 흡사 목표로 했던 표적을 향해 정확히 날아가는 화살과도 같았다.

——그리고 운명의 밤이 찾아왔다.

산길을 따라 울창한 나무와 수풀이 시작되었다.

엘프의 숲이 가까웠다.

남은 여정은 앞으로 만 하루, 혹은 반나절.

물론 그것은 이곳에서 '다시 시작' 하지 않는다는 걸 전제로 한 이야기였다.

소피는 바로 지금 이때가 최고조라고 느꼈다.

정신은 맑았고 몸도 아직 움직일 수 있었다.

공복이 길어진다면 몸이 마음을 따라가지 못하게 될지도 모른다.

그렇게 되기 전, 바로 지금이 마지막 기회였다.

"그럼 저도 눈을 붙일게요."

그는 평소와 같은 시간에 잠들었다.

알렉 정도는 아니지만 소피의 시간 감각도 예리하게 날이 서 있었다.

그가 자리에 눕고 약간의 시간이 지났음을 확인한 소피가 거리를 가늠했다.

반격이 돌아오는 거리에 들어가지 않을 것——. 그건 식재료를 얻기 위한 최저 조건이었다.

나뭇가지에 서서 시위를 당겼다.

크게 당겨진 오른손에는 쏘아낼 화살 말고도 두 개의 화살을 들고 있었다.

그를 처치하기 위해서는 세 발의 화살을 쏴야 한다는 게 소피의 계산이었다.

그 이상을 시험할 생각은 없었다.

아무리 발버둥을 해도 소용이 없다는 건 죽을 만큼 잘 알았다.

야심한 밤.

소리도 없이, 첫 화살이 날아갔다.

그것은 알렉과 큰 거리를 두고 떨어졌다.

그 순간, 밤의 숲이 요란하게 울기 시작했다.

'딸랑이' 라고 불리는 함정이었다.

본래 침입자를 탐지하기 위해서 자신 주변에 펼치는 물건이다.

팽팽하게 당겨진 실에 나뭇조각 등을 꿰어서 뭔가가 살짝이라도 실에 닿게 되면 소리를 내서 경계하기 위한 장치였다.
본래 알렉이 이 정도의 단순한 소리에 눈을 뜰 리는 없었다.
그러나—— 그는 단번에 눈을 뜨고 몸을 일으켰다.
……며칠 동안 이해하게 된 게 있었다.
그는 그녀가 어떤 행동을 하든 '대응' 해 주었다.
그렇기에 '소리가 났으니 일어난다' 라는, 사람으로서 무척이나 당연한, 그러나 알렉답지 않은 행동을 보일 것이라는 소피의 예상이 들어맞았다.
평범한 사람처럼 눈을 뜬 그는, 평범한 사람처럼 주변을 살폈다.
그가 의도적으로 의식을 집중하지 않고 교란에 빠져 있다는 걸 소피는 깨달았다.
그래서 두 번째 화살을 쏘았다.
다음 화살은 위로.
깊은 밤. 시각 정보를 거의 얻을 수 없는, 산중의 수풀이 우거진 공간.
그러나 처음 딸랑이가 울렸을 때처럼, 소피의 화살은 흔들림 없이 펼쳐진 두 번째 실에 명중했다.
뚝. 이번엔 실이 끊어지는 조용한 소리가 들렸다.
그리고—— 대량의 돌이 알렉의 머리 위로 쏟아져 내렸다.
나무 사이에 그물을 펴고 그곳에 돌을 쌓아 두었던 것이다.
그 그물을 화살로 잘라 떨어트렸다.
위로 고개를 들어도 보이지 않도록, 자잘하게 나누어 두었다.
물론, 단순한 낙석으로 그에게 유효한 타격을 줄 수 있을 리는 없었다.

그는 평소에 힘 조절을 하고 있지만…….

그렇더라도 조절이 어려운 구석이 많았다.

육체의 강도는 자신의 의사로 강약을 조절할 수 있는 부분은 아닐 것이다.

——그에게 유효한 대미지를 입히는 방법은 단 하나.

그것은 낙석 따위가 아니었다.

따라서 알렉이 머리 위에서 떨어지는 돌에 '대응' 해 주는 동안에——.

마지막 한 발에 마력을 담았다.

맑은 정신.

먼저 목표를 눈으로 꿰뚫었다.

빠른 속도로 밀도를 높여 활에, 화살에, 팔에 마력을 담았다.

마력의 빛이 밤의 어둠 속에 떠올랐다.

알렉은 분명 눈치챘으리라.

그러나 그녀에게 시선을 돌리는 찰나의 순간 소피는 할 수 있는 모든 힘을 담아 활을 쏘았다.

콰앙! 하는 소리.

그것은 이미 활을 쏠 때 들릴 소리가 아니었다.

소피는 몰랐지만, 그쯤 되면 흡사 박격포를 쏘는 소리나 마찬가지였다.

포탄과도 같은 한 발이 방출하는 기압으로 주변의 나무가 흔들릴 정도였다.

화살이 명중하는 순간의 충격은 더욱 대단했다.

화살은 알렉의 팔 근처에 명중했다.

발사 당시와 비교해 낮고, 예리한 소리가 들렸다.

알렉이 서 있던 지면이 가라앉고, 이윽고 갈라졌다.

좌아아아악! 알렉은 바닥에 발이 끌린 흔적을 남기며 물러났다.

평범한 생물이었다면 온몸이 찢겨 나갈 공격이었다.

——그러나.

흙먼지가 흩날렸다.

이윽고 자욱한 먼지가 가라앉았을 때—— 알렉은 웃고 있었다.

소피는 숨을 토해내고 자세를 가다듬었다.

본래 죽이겠다는 마음으로 쏜 활은 아니었다.

잠시 다른 데 시선을 돌린 뒤 방어할 수 없는 낙석으로 덫을 놓고 쏜 혼신의 한 발.

그렇게 해도 가까스로 그에게 '한 가닥 상처를 입힐 수 있을지 어떨지' 알 수 없다.

당면한 문제는 '어떨지'에 대한 결과였지만——.

그는 웃으면서 가슴 부근을 가리켰다.

옷이 찢겨나간 가슴에 검게 그을린 듯한 흔적이 있었다.

"훌륭해요. 자, 식사를 할까요."

미소를 머금고 그렇게 말했다.

소피는 온몸에서 힘이 빠져나가 나뭇가지에 몸을 기댔다.

걷잡을 수 없이 눈물이 흘렀다.

알렉이 나무 아래에 서서 그녀를 올려보았다.

"고생했어요. 훌륭하네요. 스테이터스도 제법 올랐네요. 늦지 않아 정말 다행이지 뭐예요."

"……예요. 정말, 다행이에요……. 배가 너무 고파서, 이번에 안 되면, 이젠 뭘 하더라도 안 될 거라고……."

"궁사는 적의 접근을 허용하지 않는 게 가장 중요하니까요. 함정 습득은 필수라고 할 수 있죠. 힌트를 줬다고 생각했는데 난이도가 지나치게 낮아지는 것도 문제가 있다고 생각해서 전달됐는지 어땠을지……. 그나저나 정말 훌륭하네요. 오랜만에 '아프다' 고 느낄 수 있는 공격을 받았어요."

"아, 아프셨나요?"

"아, 염려 놓으세요. 아프다고 해도 평범한 사람이 이쑤시개에 찔린 정도니까요."

"……."

온 힘을 다한 공격이 이쑤시개 정도란 말인가.

강해질수록 그가 진정한 괴물이라는 사실을 뼈저리게 깨닫게 된다.

"계산에 따르면 지금의 당신은 '유령 거목' 을 제패할 수 있을 거예요."

"……그런, 가요. 그 전에 침입에 성공해야 할 텐데요."

"그것도 일단은 방법을 생각하고 있어요. 그래 봐야 '작전' 이나 '비책' 이라고 할 정도로 훌륭한 건 아니지만요."

"?"

"일단 늦은 시간이지만 식사를 해 볼까요. 아니면 내일?"

"아, 지금, 지금 먹겠어요……. 콩, 먹어요……. 맛있는, 콩, 먹어요……."

"그럼 식사 준비를 할게요. 잠시 기다리시길."

"콩, 먹고 싶……어요."

소피는 죽어 버린 눈빛으로 끊임없이 그렇게 중얼거렸다.

알렉은 미소와 함께 불을 지피기 시작했다.

○

"그럼 '유령 거목' 에 들어갈 방법 말인데요."

"네, 그래요."

"지금의 당신이라도 숲에서 경비를 서고 있는 분들의 감시망을 들키지 않고 나아가는 건 어렵다고 판단되네요."

"네, 그래요."

"그러니 강행 돌파를 하죠."

"네……에?"

"곧장 전진하다가 평범하게 발각되면 줄행랑을 치는 거죠. 우리 다릿심이라면 시위를 떠난 화살보다 먼저 '유령 거목' 에 들어갈 수 있을 거예요."

"……."

"여기서부터 전속력으로 5분이면 충분하겠네요."

"……."

"그럼 가 볼까요."

다음 날 아침.

잠시 이동을 한 후에 그런 대화를 나누었다.

눈앞에는 '엘프의 숲' 이 있었다.

나무와 수풀이 울창하게 우거진 장소.

……오래전, 이곳에서 태어나고 자란 시기가 있었다.

그리고 이곳을 뛰쳐나온 이후로 숲을 돌아본 적은 없었다.

향수.

두 번 다시 돌아올 수 없다는 아쉬움.

그리고 이 숲에 사는 엘프에 대한 약간의 원망.

당시에는 그런 감정으로 인해 그곳이 무척이나 특별한 풍경으로 보였다.

그러나 지금은 평범하기 짝이 없는 숲으로밖에 보이지 않았다.

마음이 무너져 내린 건 아닐까.

어쩌면 처음부터 특별할 것 없었던 건 아닐까——.

수많은 기행을 해 온 덕분에 고향 숲을 냉정하게 바라볼 수 있게 된 걸지도 모른다.

끝을 알 수 없는 숲 앞. 그림자는커녕 인기척조차 느낄 수 없지만, 경비를 서는 엘프가 나무 위에 대기하고 있다는 사실은 알 수 있었다.

발각된다면 활을 쏠 것이다.

그런 상황에서 알렉이 제시한 행동 방침은 '전력 질주' 뿐이었다.

"무리가 있을 텐데요…… 그리고 엘프를 달리기로 따돌리더라도 '유령 거목' 안까지 쫓아 들어온다면 붙들릴 거고요. 아니면 신격화된 '유령 거목' 이라면 엘프들도 들어오지 못할 거라는 판단이에요?"

"그 판단도 없지는 않지만…… 어떻게든 해 볼게요."

"……너무 든든해서 무서울 정도네요. 저기, 그래도 소문에 따르면 알렉 씨는 숙박객에게 과하게 손을 빌려주지 않는다고 하던데요."

"그렇네요. 그래서 '유령 거목' 탐색은 조금도 도와드리지 않을 생각이에요."

"엘프의 숲에 침입하는 걸 도와주는 건 알렉 씨의 행동 방침과는 동떨어진 게 아닌가 걱정이에요. 아니면…… 아니면, 제게만 많은 도움을 주는 데에 어떤 사정이 있는 건가요……?"

"그런 건 없습니다."

"……그럼 어째서요?"

"소피 씨는 '던전 공략' 이라는 말을 듣고 아무것도 떠오르지 않나요?"

"네? 더, 던전 공략, 이요……?"

"그렇네요. 어떤 생각이 떠오르시나요?"

"어, 음…… '몬스터와의 전투', '의뢰품 탐색' …… 그리고 '던전 마스터와의 전투' ……인데요?"

"그렇네요. '맵핑', '트라이&에러', '레어 아이템 발굴', '시간 들여 경험치 벌기', '무아의 경지에서 사냥하기' 같은 것도 있지요."

"맵핑 말고는 하나도 모르겠구요……."

"그렇겠죠. 그래도 상관없어요."

"……그런가요……."

도무지 이해할 수 없는 말뿐이었다.

그러나 그가 그렇게 말한다면 문제없으리라.

그때 알렉이 뭔가가 떠오른 듯이 "그렇지."라고 말했다.

그리고 등에 짊어진 짐을 한번 내려놓고 무언가를 꺼냈다.

"이것이 '유령 거목' 내부 맵이에요."

"그, 그러고 보니 만들었다고 하셨지요……. 감사히 받겠습니다. ……그런데 정말 지금의 제가 할 수 있을까요?"

"어떤 의미인가요?"

"레벨로 따진다면 괜찮겠다고 판단하셨을 텐데요. 그래도…… 신격화되어 있으니까요. 혹시 신께 벌을 받는다거나, 그런 일이요."

"맵을 살펴봐 주세요."

"네? 아, 그럴게요. ……음, 나름대로 복잡하지만 가장 깊은 곳까지 가려면 오른쪽 루트와 왼쪽 루트, 두 갈래 길이 있는 모양이네요."

"네. 왼쪽에 보석이 많지만 몬스터도 많은 루트, 오른쪽이 보석은 적지만 길이 단순해서 몬스터도 적은 루트로 구성되어 있지요. 탐색이 주목적이니 양쪽 모두 돌게 되겠지만요."

"그렇네요."

"어때요? 내부가 평범한 던전으로 보이나요?"

"……보여요."

"신격화되어 있다는 모양이지만 왕도 주변의 던전과 비교해 보면 다소 난이도가 높은 던전이라는 정도에 지나지 않아요."

"……."

"신은 인간의 소문이 만들어낸 환상에 지나지 않는다고 생각해요. 그래도 여전히 '유령 거목'이 어떤 종류의 신, 그 자체일지 모른다고 말씀하신다면 질문을 하나 던질게요."

"뭔가요?"

"그 '신'은 저보다 강할까요?"

"……."

"있을지도 모르고, 없을지도 모르는 '신'보다는 아무래도 제가 더 강할 거라는 자부심이 있지요. 여기까지 와서 그런 환상에 휘둘리는 것보다는 지금까지 당신이 해 온 수행의 성과를 믿는 게 이익이라고 생각해요."

"……그러, 네요. 맞아요. 알렉 씨의 말이 맞아요."

"마음껏 날뛰어 봐요. 지금 당신의 활이라면 신이라도 죽일 수 있어요."

확실히 그렇다. 소피는 생각했다.

신이 어느 정도인지는 알 수 없지만 분명 신의 위협은 알렉에 미치지 못하리라.

"……이해했어요. 각오도 세웠구요."

"좋아요. ……일단 저도 개인적으로 엘프의 최고 장로님께 말씀드리고 싶은 게 있기도 하고.”

“있다구요?”

“개인적인 부탁이지요. 그리고 또…… 여러모로. 당신의 이야기를 듣고 마음에 걸렸던 게 있어서 확인을 해 볼까 싶어서요. 저한테도 엘프의 숲에서 활용할 수 있는 연줄은 없으니 말이죠.”

“네, 네에?”

“어쨌든 가 보죠. 어제 여러모로 커다란 소리를 냈으니 저쪽에서도 ‘이 부근에 누군가가 있다’ 정도의 경계는 하고 있을 거예요. 돌입한다면 빠른 게 낫죠.”

“……그러고 보니 그렇네요. 그런 걸 생각할 여유가 없었어요.”

“여유를 갖고 하다간 수행이 안 되니까요.”

알렉이 바닥에 내려놓은 짐에서 다시 무언가를 꺼냈다.

그것은── 은색 모피 망토와 신비로운 그림이 그려진 가면이었다.

그것을 장비한 알렉의 분위기는 이전과는 약간 달라 보였다.

지금까지는 희미하게 보일 듯 말 듯 했던 감정 같은 것들이 조금도 느껴지지 않았다.

소피는 두려움을 품고 말했다.

“아, 알렉 씨?”

“네? 왜 그러시죠?”

“아, 아니요, 아무것도 아니구요……. 아, 그 장비는?”

“이건 장비라고 할 정도의 물건은 아니에요. 굳이 따지자면…… 구속구라고 할 수 있겠네요.”

여전히 의미를 알 수 없는 말을 하며 '유령 거목' 을 향해 달리기 시작했다.

○

응원 요청에 이은 응원 요청.

신성한 '유령 거목' 에 침입자가 발생했다.

침입한 것은 도시 엘프다. 전사들이 '유령 거목' 에서 끌어내고자 애쓰고 있다.

그러나 묘한 인간이 입구를 가로막고 '유령 거목' 에 대한 접근을 허용하지 않는다.

시메온은 두통을 느꼈다.

300년……. 자신이 아는 한, 그가 주변을 인식할 수 있는 나이가 되고 200년 이상 지나는 동안 '엘프의 숲' 은 고요했다.

정적이고, 온화했으며, 아름다웠고, 이물은 존재하지 않는 엘프만의 정원.

시메온은 그의 사고를 그대로 몸으로 구현한 것 같은, 고요하고 이지적이며 아름다운 엘프였다.

섬세하고 부드러운 금발.

맑은 푸른 눈동자.

인간이었다면 10대 젊은이로 보일 법한, 젊고 아름다운 용모.

그러나 엘프인 시메온은 벌써 노령이라고 말할 수 있는 나이였다.

그의 기억 속에는 왕조 시대도 남아 있었다.

그렇기에 엘프 최고 장로로서 숲을 관리하고 있었다.
엘프답기 위해서.
시메온의 사고 안에서 '엘프다움' 이라는 말에는 '아름답고, 고고하고, 긍지를 중시하며, 화려하다' 는 의미가 담겨 있었다.
잃어버린 왕조 시대. 힘 있는 엘프 왕이 다스렸던, 그 시대 엘프의 삶.
동경할 만한 시대를 되찾기 위해서, 시메온은 엘프의 숲을 엄격하게 관리했다.
'유령 거목' 앞에 도달했다.
상황은 보고대로라고 판단할 수밖에 없었다.
하늘을 뚫을 듯이 높은 거목이 있었다.
나무줄기 중간쯤에는 얼굴을 닮은 불길한 균열이 있었다.
나무껍질은 잿빛이며 그 잎은 기분 나쁘기 짝이 없는 검은빛이었다.
불길하게 뻗은 가지는 흡사 침입자를 놓치지 않도록 붙드는 촉수와도 같았다.
'유령 거목'.
엘프의 숲에서 신벌을 내리는 신으로 여겨지는 신목.
숲의 평온은 눈앞의 '유령 거목', 신을 깨워 분노케 하지 않음으로써 유지된다.
……그러한 전설을 시메온이 만들어 퍼트렸다.
절대 불가침의 영역. 아니, 발을 들여서는 곤란한 장소.
그럼에도 도시 엘프 따위가 침입했다는 소식과 함께 기분 나쁜 인간이 그 앞을 지키듯이 막아서고 있었다.

"뭘 하고 있느냐!"

시메온이 활에 화살을 걸면서 추궁했다.

그의 위엄 있는 음성은 힘을 담고 있어, 한번 소리치는 것만으로도 엘프들이 좌우로 갈라지며 길을 만들어냈다.

시야가 넓어지고 인간의 모습이 똑똑히 보였다.

은색 모피로 만든 망토.

불길한 장식의 가면.

그러나 얼굴을 가릴 마음은 없는 듯했다.

시메온은 인간의 나이는 잘 읽지 못했다.

어린아이인지, 성인인지.

청년인지, 소년인지.

다만 그 남성이 자신보다 젊다는 사실은 확정적이었다.

인간은, 불완전한 종족이라 귀가 짧고 수명이 짧았다.

무엇보다 환상적인 아름다움과는 거리가 먼, 추한 생물이었다.

그 생물의 주변에는 백 발 이상의 화살이 흩어져 있었다.

엘프들이 쏘아낸 화살이리라.

그러나 왜 화살이 부러지지도 않은 채 남자를 중심으로, 여기저기 흩어져 있는지까지는 알 수 없었다.

또 하나 신경 쓰이는 건 신비한 구체의 존재였다.

인간 옆으로, 두둥실 떠올라 어렴풋하게 빛을 내는 무언가가 있었다.

기분 나쁜 인간이 거창하게 인사하며 말했다.

"아, 어서 오세요. 저는 알렉산더라고 합니다. 알렉이든 알렉스든, 좋을 대로 불러 주세요."

"알겠나, 인간. 네 이름 같은 건 아무래도 좋아. 당장 '유령 거목' 앞에서 사라져라. 네 녀석의 동료인 도시 엘프도 마찬가지다! 그 뒤에 우리의 법률에 따라 사형해 주마!"

"그 부분에 대해서는 살짝 마음에 걸리는 구석이 있거든요. 여쭤 볼 수 있을까요?"

"사라지라고 말했거늘!"

시메온이 활을 쏘았다.

화살은 마력의 빛을 두른 채 소리도 없이, 빠르게 인간의 몸에 닿았다.

200년 이상 갈고 닦은 궁술. 그 화살은 거대한 짐승의 몸통도 관통한다.

그러나 시메온이 발사한 화살은 움직이지도 않는 인간의 몸에 순식간에 닿고——.

꿰뚫지 못한 채 인간의 곁에 떨어졌다.

……농담과도 같은 광경이었다.

어린 시절, 처음으로 발사했던 화살은 위력이 모자라 과녁을 꿰뚫지 못할 때도 있었다.

그러나 지금 이 시점에서 그런 실수를 하다니?

만약의 실패가 없도록 충분한 위력을 담은 화살이 남자에게 박히지도 않았다고……?

시메온은 점차 혼란에 빠졌다.

우선은 냉정하게 마음을 정리할 시간이 필요하다는 판단을 내렸다.

"네, 네 녀석은, 왜 우리를 방해하는 거지……?"

"'던전 공략' 이란 어떤 거라고 생각하시나요?"

"뭐?!"

"'맵핑', '몬스터와의 전투', '아이템 탐색' 등. 대략 이런 정도겠지요."

"그, 그게 어쨌다는 거야……."

"'던전 외부에서 자신을 방해하려는 인간이 들어오니까 그에 대응한다' 이런 건 '던전 공략' 에 포함되지 않지요. 그것이 제가 이곳에 있는 이유입니다."

"대, 대체…… '유령 거목' 에 들어간 건 엘프일 텐데?! 무슨 권리로 우리 엘프가 엘프를 벌하는 걸 네놈 인간이 방해하는 것이냐!"

"당신은 어떤 권리를 찾고 계신가요?"

"난 이 숲의 최고 장로다! 일찍이 엘프 왕조 시대를 경험했던, 유일한 생존자란 말이다!"

"그렇군요. 그래서 당신은 소피 씨의 가족이 눈엣가시였겠네요. 왕족의 혈통을 이은 셈이니까요."

그것은.

설마 눈앞 인간의 입에서 나올 줄은 몰랐던 이름이었다.

"어, 어떻게 인간이, 그 이름을 알고……."

"저희 여관의 손님이시거든요. 아, 지금 '유령 거목' 에 들어간 것도 그 소피 씨이지요. 여동생분의 유품을 탐색해서 장례식을 치러 주고 싶다고 하시던데요. 그건 그렇고 숲 엘프 여러분의 문화는 대단하네요. 산 제물을 바치는 것만으로도 이변이 잦아든다니."

"다, 당연하지…… 무녀 가문은 옛 왕족이다. 오래전, 엘프 왕조 시대 말기를 살았던 공주님은 그 몸을 희생해서 숲의 이변을 잠재우……."

"하하하. 농담이 지나치시네요."

"……."

"산 제물을 바친 정도로 이변이 잦아들 리가 없잖아요?"

"……시, 실제로."

"물론 그 당시에는 잦아들었을지도 모르겠네요. 하지만 그건 그 '공주님' 이 던전의 몬스터를 해결할 수 있는 힘이 있었거나, 혹은 —— 처음부터 '이변' 같은 건 일어나지 않았거나."

시메온의 몸이 파르르 떨렸다.

그는 격렬한 갈증을 느꼈다.

동시에 자신을 향해 '진정해' 라는 말을 되뇌었다.

인간의 발언은 모두 추측에 지나지 않았다.

이 숲에 아는 이가 있을 리도 없고, 그의 말은 모두 근거 없는 날조였다.

그렇게 생각했지만—— 무슨 까닭인지, 그 인간의 말에는 듣는 이를 납득하게 하는 울림이 있었다.

세계의 어둠을 꿰뚫고 있는 듯한.

빛의 뒷면에 있는 그늘을 보고 온 듯한.

자신보다 젊은 애송이임이 분명한 인간이, 흡사 세상의 모든 걸 통달한 현자라도 되는 듯한──.

인간은, 담담함까지 느껴지는 어조로 말했다.

"왕족이 지금은 권력을 잃었다는 이야기를 듣고 주제넘은 추측을 해 봤지요. 숲의 '이변' 은 최고 장로회가, 다시 말해서 당신이 판단한다는 모양이죠? 저로서는 신기한 일로 보이던데요. 그런 상황에 왜 엘프 여러분이 '이변' 을 믿고 산 제물을 보내는지."

"……."

"일단 그런 부분은 당신이 200년에 걸쳐 만들어낸 권력 기구가 훌륭했다고 칭찬해 드려야 옳을까요. ……따지고 보면 위화감을 느꼈던 엘프도 적지 않게 계셨겠죠."

"어, 어떻게 숲 외부의 인간 따위가……."

"소피 씨가 숲을 빠져나왔기 때문이죠."

"……."

"실례지만 제가 수행을 도와드린 지금도 소피 씨의 능력으로 숲 엘프의 경비망을 빠져나가는 건 어려운 일로 보이네요. 소피 씨는 은신계의 재능이 없어요. 원래 세계의 표현을 빌리자면 소피 씨는 '아이돌성' 이나 '스타성' 같은 게 있거든요. 남몰래 행동할 수 있는 분은 아니었지요."

"……그게, 어쨌다는 거야."

"경비를 서는 엘프들이 외부에만 눈을 돌리고 있는 건 아닐 테죠. 당연히 내부에서 외부로 빠져나가려는 움직임도 감시할 수 있을 텐데요. ……눈에 띄기 쉬운 소피 씨가 색적 능력이 높은 경비의 감시망을 벗어나 숲을 빠져나갈 수 있었다. 다시 말하면 그건 경비를 서는 쪽에 소피 씨가 숲을 빠져나가는 걸 눈감아 줄 의사를 가진 인물이 있었다고 보는 게 자연스럽지 않을까요? 정리하자면, 당신의 정치는 어딘가 이상해요."

인간의 말에 주변이 술렁였다.

시메온은 주변을 둘러보았다.

눈이.

우수하고 강하며, 아름답고 격조 높은 최고의 민족——.

자신이 이상으로 그리며 키워 온, 수족이라고도 할 수 있는 숲 엘프들이, 시메온을 바라보고 있었다.

의심을 담은 눈으로.

추궁하는 듯한 눈으로.

그래서 시메온은 입에 거품을 불며 소리쳤다.

"네놈들! 어찌하여 그러한 눈으로 나를 바라보는 것이냐!? 이변은 있었어! 무녀의 어머니가 죽었을 때도, 여동생이 죽었을 때도 그랬다! 일찍이 공주님도, 이변을 잠재우기 위해서 그 몸을 희생하셨다! 모두 얘기했을 텐데?! 그런 자기희생 정신에, 네놈들은 눈물을 흘리고, 옛 왕조 시대를 동경했을 터인데!"

"그렇게 교육하셨군요."

"네, 네놈! 어찌하여 외부에서 온 자가 아무런 권리도 없이 제멋대로의 망상을 늘어놓는 것이냐! 애초에 그 망상에는 그 어떤 근거도 없거늘!"

"그렇지요."

"보아라!"

"증거는 없습니다. 그래서 증거를 받아 볼 생각인데요."

인간이 웃었다.

……어째서일까.

그 미소는 지금까지와 다르지 않은 미소였지만 시메온은 허리에서 힘이 빠져나가는 걸 느꼈다.

"본래 목적은 당신의 악행을 폭로하는 것이었지만…… 소피 씨가 던전에서 나올 때까지 만 하루는 걸릴 거라는 계산이거든요. 그동안에 심심해서요. 그리고 신경 쓰이는 곳은 다 파헤쳐 보는 게 올바른 게임 플레이 방법이라고 하잖아요."

인간이 느긋하게 거리를 좁혀왔다.

시메온이 활을 쏘았다.

힘 빠진 한 발. 그러나 충분한 속도로 인간의 가슴에 닿았다.

닿았을 뿐.

은색 모피 망토조차 꿰뚫을 수 없었다.

"자, 저 구체를 향해서 '세이브한다' 고 선언해 주세요. 다른 엘프 여러분은 벌써 세이브를 해 주셨거든요."

"……뭐라고?"

"아, 그렇지, 그렇지. 그러고 보니 당신이 엘프 대표자였죠. 우선 감사 인사를 해야겠네요."

무척 갑작스럽게 인간이 화제를 바꾸었다.

영문을 알 수 없었던 시메온은 눈을 깜빡일 따름이었다.

남자가 딱하고 손가락을 튕겼다.

그러자──.

떨어져 있던 화살. 인간의 몸을 스치지도 못했던 무기들의 결말.

그것들이 실이 연결되기라도 한 것처럼 허공에 떠올랐다.

"무기 제공, 감사드려요."

인간이 예의 바르게 말했다.

시메온은 허공에 떠오른 화살을 바라보았다.

아마도 바람의 마법으로 공중에 띄운 것이리라.

그 정도는 알 수 있었다.

그러나 그 정도밖에, 알 수 없었다.

백 발이 넘는 화살이, 모두 시메온을 향해 화살촉을 돌렸다.

그것은 백 명이 넘는 전사가 일제히 정확무비하게 활시위를 당기고 있는 듯한 광경이었다. 인간이 가볍게 손을 흔들면 당장에라도 발사되리라는 사실을 한눈에 알아볼 수 있을 만큼, 막대한 힘을 담고 있었다.

"사람은 몇 대의 화살을 견뎌낼 수 있을까요?"

"……무슨, 무슨 말을."

"신경이 몰려 있는 손이나 다리는 아프기는 하지만 죽지는 않겠죠. 그러니 우선은 손, 발 등 몸의 말단 부분부터 조금씩 찔러 볼까요."

"……어, 어이, 어이, 내 말을 들어. 나와, 대화를!"

"괜찮아요. 마음 놓으세요. ──당신이 오기 전까지 많은 연습을 했으니까요. 빗나갈 리가 없어요. 주변의 엘프 여러분께 물어보세요. 그들은, 제 성장 과정을 몸소 지켜보셨으니까요."

시메온이 주변을 둘러보았다.
그곳에는 우수하고 강하며, 아름다운 엘프의 전사들이 있었다.
직접 길러온 자신의 말들.
그러나 그들은 허공에 떠오른 화살을 지켜볼 따름이었다.
어떤 자는 눈을 크게 뜬 채 굳어져 있었다.
어떤 자는 입술 끝에 침을 흘린 채 눈에서 눈물을 흘리며, 들어본 적도 없는 고음의 비명을 지르고 있었다.
어떤 자는 의식을 놓고 있었다.
참담한 꼴이었다.
모든 이가 자신이 쏘았던, 손에 익은 '화살'에 겁을 먹고 있었다.
저 인간이 무슨 짓을 했던 걸까.
앞으로――무엇을 하려는 심산일까?

"당신에게 47발의 화살을 박아 보죠."

인간은 무척 간결하게 시메온이 남몰래 품고 있던 의문에 답했다.
너무나도 가볍고 감정 없는 어투.
그리고 미소.
"가능하다면 10발이 넘지 않는 선에서 세이브해 주셨으면 하는데요."
――이해했다.
눈앞에 있는 알렉과 대화를 나누는 건 불가능하다.
알렉은 자신이 원하는 대답이 아닌 다른 말에는 귀를 기울이지 않는 존재였다.
그러니 시메온은 알렉이 원하는 대답을 소리쳤다.
“ '세이브한다' ! 그러니, 대화로, 대화로 하자……!”
“좋아요. 이야기를 해 보죠. 하지만 거짓말을 하시면 곤란한 일이니까요. 제가 궁금한 걸 묻는 게 아니라 당신이 진실을 말씀하실 때까지 교섭을 계속하죠.”
“……말해! 뭐든지 말하겠어! 그러니까, 그러니까…….”
“전 당신이 하는 말에 거짓이 있는지 확인할 방법이 없으니까요.”
“…….”
“그래서 먼저 당신의 정신을 개조하도록 하죠. 당신의 말에 모든 사람이 신빙성을 느낄 수 있을 정도로요.”
화살은 발사되지 않은 채 지면에 떨어졌다.
대신에 인간은 허리 뒤에서 무언가를 꺼내들었다.
그것은 이전에 본 적도 없는 듯한 금속 덩어리였다.
두꺼운 폭에 지나치게 크고 투박하기 짝이 없는, 나이프 정도 길이의 물체.
아니, 나이프로 단조되었다기보다는, 본래 훨씬 거대했던 검에서 뿌리만 남겨둔 듯한——.
그 날붙이를 들고 인간이 거리를 좁혔다.
아니, 인간조차 아니었다.
——어쩌면 그 생물은 '유령 거목' 의 전설을 악용해 제멋대로 엘프의 숲을 주물렀던 자신에게 하늘이 내린, 진정한 신벌일지도 모른다.

시메온은 그렇게 생각하면서 머리 위에서 떨어지는 칼날을 바라보았다.

○

결과적으로 소피는 로드하는 일 없이 '유령 거목'을 제패할 수 있었다.

여동생의 유품은 알렉의 예상대로 던전 마스터의 방에 있었다.

던전을 나섰다.

꼬박 하루 만에 보는 바깥 풍경.

그녀의 어깨에는 느슨하게 활이 걸려 있었다.

그녀의 왼손에 단단히 쥔 물건이 있었다.

소피는 알렉에게 던전 제패를 보고하기 위해 그의 모습을 찾았다.

그는 세이브 포인트 바로 옆에 있었다.

……그러나 혼자가 아니었다.

숲의 엘프들이, 최고 장로까지 포함한 거의 모든 사람이 그 자리에 모여 있었다.

누구 하나 빠짐없이 무릎을 꿇고 알렉을 섬기듯이 바라보고 있었다.

소피는 알렉의 곁으로 달려가 물었다.

"아, 알렉 씨, 무슨 짓을 한 거예요?!"

"어서 와요, 소피 씨. 추격자를 막거나 최고 장로님과 이야기를 나누면서 여러 가지를 했지요. 당신이 던전에서 나올 때까지 하루

동안 심심했거든요."

그가 빙그레 웃었다.

소피는 뭐라 말하기 어려운 오한을 느꼈다.

……분명, 들어서는 안 되는 에피소드가 있으리라 짐작할 뿐이었다.

그래서 화제를 바꾸기로 했다.

왼손에 꽉 쥐고 있던 물건을 알렉에게 보였다.

"알렉 씨, 여동생의 유품이에요."

짤랑. 소피의 손에서 무언가가 흘러나왔다.

그것은 가죽끈으로 엮은 검은 화살촉이었다.

——여동생의 유품.

소피가 처음으로 화살촉을 깎았을 때의 실패작.

……여동생은 그것을 내내 소중히 품고 있었다.

산 제물로 바쳐진 그녀를 생각하면 가슴이 무너지는 것만 같았다.

그래도 소피는 울지 않았다.

괴로운 체험을 한 여동생의 유품을 손에 들고 자신이 울기라도 한다면 안 될 것 같았기 때문이다.

알렉이 웃었다.

그리고 다정하게 말했다.

"제대로 목적을 이룬 것 같아 정말 다행이네요."

"……이렇게 해도 결국 여동생은 돌아오지 않겠지만…… 그래도, 이것으로 여동생의 혼은 땅으로 돌려보낼 수 있을 거예요."

죽은 자는 돌아오지 않는다.

……소피는 무릎을 꿇은 최고 장로를 바라보았다.

왜일까. 무척이나 나이를 먹은 것처럼 보였다.

전설로 들었던 '300살을 넘은 엘프의 노화 현상' 일까.

아직 그 정도의 나이는 아닐 텐데 신기한 일이었다.

소피가 고개를 갸웃하자 알렉이 말했다.

"그런데 소피 씨에게, 최고 장로님이 하실 말씀이 있다는데요."

"……꾸중인가요?"

소피가 지긋지긋한 심정으로 말했다.

신격화된, 금기의 땅인 '유령 거목' 에 무단으로 침입했다.

더군다나 자신은 한 번 '엘프의 숲' 을 빠져나갔다.

따라서 귀에 못이 박히도록 잔소리를 듣게 되리라는 각오는 하고 있었다.

엘프의 법……이라는 최고 장로회가 결정된 규율에 따라 벌을 받게 될지도 모른다.

그러나 소피는 만족하고 있었다.

드디어 여동생을 흙으로 돌려보내고, 그녀의 영혼도 안식을 찾게 될 테니까.

그러나 최고 장로 시메온이 한 말은 무척이나 뜻밖이었다.

"미안하다……! 정말, 미안했다……!"

"……네?"

"이변은, 없었다……. 나는 그저, 너희 왕족이, 다시 권력을 되찾는 게 두려웠던 거다……. 내가 아는 '엘프 왕조 시기' 는 벌써 저물어 가고 있었고 당시 왕가가 무엇을 해도 실패하는 걸 목격했으니까……. 그런데 그것이 언젠가부터 내 권력을 지키기 위한 것이 되어……!"

"자, 자, 잠깐, 잠깐 기다려 보세요! 무슨 이야기예요?"

"내가 잘못했다……! 엘프의 미래를 네게 맡기마! 내가 저지른 죄는 네가 벌해 다오!"

"네? 네?"

소피는 당혹감에 젖어 알렉을 바라보았다.

그는 웃고 있었다.

"그렇다는데요."

"……알렉 씨, 정말, 무슨 짓을 한 건가요?"

"시메온은 당신의 어머님이나 여동생을 '유령 거목'에 보냈던 사실을 반성하고 뉘우치고 있다는 모양이네요. 원래부터 양심의 가책은 있었던 거겠죠. 근본부터 나쁜 사람은 아니었으니까요. 그저, 세월이 그를 뒤틀리게 만들었을 뿐."

"……."

"어린 시절로 되돌아간 거죠, 보시는 대로."

"……무슨 짓을 한 건가요."

"말씀드릴까요?"

그는 웃고 있었다.

그래서 소피는 고개를 저었다.

"……그만둘게요. 그래도 곤란하네요. 느닷없이 엘프의 미래를 맡긴다고 하셔도……. 저는 권력 같은 데엔 흥미도 없구요."

"어떻게 하시겠어요?"

"제가 묻고 싶은 말이에요."

"그게 아니라 저와 왕도로 돌아가서 다시 저희 여관에서 지내시겠어요? 아니면 요청에 따라 엘프의 숲에 남아서 정치를 해 보시겠어요?"

"……."

소피는 엘프들을 바라보았다.

그들은 하나같이 고개를 조아리고 있었다.

……여동생이 산 제물이 되었을 때 막아 주지 않았던 사람들이었다.

어떻게 되든 간에 내 알 바가 아니라는 마음도 있었다.

그러나.

"……남겠어요."

"그걸로 괜찮겠어요?"

"역시, 숲 출신 엘프로서 이런 상황에서 동료를 두고 떠날 수는 없어요. 여기서 이 녀석들을 내버린다면 여동생을 내버린 이 녀석들과 마찬가지구요."

"그렇군요."

"그리고…… 숲 엘프는 머리가 제정신이 아니니까요. 마침 좋은 기회예요. 숲 엘프도 변화해야 할 때예요. ……두 번 다시는 산 제물이라는 제도를 만들지 않도록 확실히 변해야 해요."

"당신이 그런 책임을 지시는 건가요?"

"숲 엘프를 위해서 책임을 짊어지는 게 아니에요. 여동생에게 보답하고 싶어요. ……물론, 죽지 않도록 여동생이 산 제물로 바쳐졌을 때 도망치는 게 가장 좋았겠지만요. 그건 이제 이뤄질 수 없는 꿈이니까요. 하다못해 두 번 다시 여동생 같은 아이가 나오지 않게 하고 싶어요."

"훌륭하네요."

"……아, 그래도 지난 일주일간의 숙박료를 지불해야 하네요. ……지금은 가진 게 없구요……. 이 던전도 길드에서 관리하는 게 아니니 제패 상금도 안 나올 테고."

"그거라면 염려 놓으세요. 숙박료 대신에 부탁을 들어주시면 됩니다."

"뭔데요? 제가 할 수 있는 일이라면 뭐든지 할게요."

"그 말을 빌려서…… 엘프의 숲 주변에 사건이 벌어질 때 협력을 받고 싶어요. 정보 수집 등에 힘을 빌려주신다면 든든하겠네요."

"좋아요. 하지만 이 주변에서 알렉 씨와 연관된 사건은 일어나지 않을 텐데요."

"그리고 하나 더. 만약 신비로운 수인족을 발견하면 연락을."

"신비로운 수인족이요?"

"몸의 털이 은색이고 연령은 열 살 정도에서 열두 살 정도, 여성으로, 꼬리가 아홉 개 달린 여우 수인이에요."

"……꼬리가 아홉 개라구요?"

"저는 그 수인을 '섬광' 이라고 부르지요. 가명이나 변장을 하고 있을 수도 있지만 그럴듯한 인물을 발견했을 때는 연락 부탁드려요."

"좋아요. 그런데 그 사람은 알렉 씨와 어떤 관계인가요?"

"친어머니입니다."

"……열 살에서 열두 살 정도의 나이……인데요?"

"네. 그 요괴는 나이를 전혀 먹지 않아서요. 몇 년 전부터 그 모습인지 알 수 없지만 적어도 제가 주변을 인식할 나이부터, 소년기를 '은 여우단' 이라는 클랜에서 보낼 당시에도 변함없는 나이였지요."

"……엘프 같은 수인이네요. 수인은 인간처럼 나이를 먹기 쉬울 텐데요."

"그렇네요. 어쩌면 녀석은 '수인' 이라는 인종이 아닐지도요. 좀 더 다른, 매도나 멸칭이 아니라 문자 그대로 요괴일 가능성도 있지요."

"……뭔가 이해가 안 가는 구석은 있지만 말씀은 이해했어요. 이제부터 바빠질 테니 좀처럼 연락을 드리기 어려울 수도 있겠다는 생각은 들지만……."

"느긋하게 전해 주셔도 괜찮아요. 그래도 가능한, 4년 안에 찾고 싶네요."

"4년, 이요?"

"네. '섬광' 찾기 퀘스트 기한이지요."

"퀘스트인가요?"

"아내와 제가 정한 퀘스트지만요."

"……아, 그렇군요."

잘은 모르겠지만 소피는 수긍했다.

알렉이 이해하기 힘든 말을 늘어놓는 건 하루 이틀의 일이 아니므로.

그가 웃었다.

"그리고 만약 엘프의 숲이 다른 종족, 예를 들어 인간 왕족과 협조하고 싶을 때가 온다면 제게도 알려 주세요. 이래 봬도 발이 넓으니 다리를 놓아드릴 수 있을 거예요."

"……여관 주인이 가질 친분이 아닌 것 같은데요. 아직 그런 이야기는 조금도, 한 치 앞도, 아무것도 결정된 게 없구요. 저한테 특별한 정치적인 사상이 있는 것도 아니고요. 그래도 다른 종족과 협력을 하고 싶을 때는 의지해 볼게요. 협력 감사해요."

"인사를 들을 만한 일은 아니에요. 많은 종족이 사이좋게 지내는 건 좋은 일이니까요. 그리고 제 목적을 위한 일이기도 해요."

"어떤 목적인가요?"

"'제 눈에는 절대 보이지 않는 것'이 있거든요."

"네?"

"'그것'을 찾기 위해서 온 세상을 빈틈없이 칠해 볼까 해서요. 세계에서 보이지 않는 곳이 단 한 점 있다면 그곳에 '그 녀석'이 있는 셈이 될 테니까요."

"……여전히, 알렉 씨가 하는 말은 하나부터 열까지 미스터리예요."

"여왕 폐하도 종종 그렇게 말씀하시죠. ……일단 당신을 통해서 엘프의 숲과 인연이 생긴 게 제게는 예상 밖의 요행이라는 거죠. 아무리 그래도 이런 결과까지는 내다보지 못했거든요. 원래 예정은 시메온 씨를 설득해서 협력을 얻어내는 것이었으니."

"하아. 잘은 모르겠지만……."
소피가 자세를 고쳤다.
그리고 알렉을 향해 말했다.
"……여동생이 평안을 찾을 수 있게 된 건 당신 덕분이에요. 저는 백 년이 지나더라도 이백 년이 지나더라도 당신을 잊지 않을 거예요. 인간인 당신은 저보다 먼저 죽음을 맞이하겠지만, 당신이 죽더라도 오래, 오래 기억하겠어요."
"천만에요."
"얼마 동안은 제대로 연락을 취하기 힘들겠지만 정리가 된다면 편지를 보낼게요. ……다시 여관에서 식사하거나 목욕도 하고 싶구요. 쌍둥이가 어른이 되기 전에 찾아뵐게요."
"알겠어요. 방은 비어 있을 테니 기다리고 있을게요. ——마지막으로."
"네?"
"시메온 씨의 처리는 어떻게 하실 생각인가요?"
알렉이 물었다.
소피는 최고 장로를 바라보았다.
그의 말은 아직 실감이 나지 않았지만…….
동생이나 어머니가 죽은 건 숲의 이변 때문이 아니라, 그의 독단이었다는 사실만큼은 가까스로 이해할 수 있었다.
사적인 원한으로 따진다면 사형이 마땅했다.
그러나.
"죽음은 딱히 형벌이 아니잖아요."

소피는 그렇게 생각했다.
죽음은 괴롭지 않다.
세상에는 죽는 것보다 훨씬 괴롭고, 두려운 일이 있다.
알렉의 수행은 그런 사실을 체험하기에 충분하고도 남았다.
"……용서하지 않을 거예요. 그래도 죽이지도 않을 거구요. 앞으로 엘프의 숲이 다시 태어날 때, 최고 장로님의 지식이 필요해요. 그러니 그의 수명이 있는 한 욕심을 버리고 엘프라는 종족을 위해 일하게 할 생각이에요. ……그것이 가장 큰 형벌이 되겠죠."
소피는 시메온을 바라보았다.
최고 장로는 무릎을 꿇은 채 소년 같은 눈으로 소피를 올려보며 말했다.
"……그렇구나. 내가 소년 시절, 공주님에게서 본 건 이런 빛이었어."
"……뭐라구요?"
"……아니요. 예전에……저는, 어린 마음에 공주님을 동경해서, 그분이 사랑하셨던 시대를 지키겠노라 맹세를……."
"……."
"맹세, 했을 터인데. ……언제부터인가, 이렇게 일그러졌을까요. 그 시절에 보았던 빛은, 완전히 흐려져서. 오로지 저만이 그 시절의 왕조를 부활시킬 수 있다고…… 저만이, 그래서 권력을 휘두를 수 있는 위치에 올랐을 텐데……."
"……."
"수단에 지나지 않았던 엘프의 숲 최고 권력자의 자리가 언제부

턴가 목적이……. 더군다나 보호해야 마땅한 왕가의 여러분을 방해물로 여기고……! 난, 대체 무슨 짓을……!"

시메온이 바닥을 쳤다.

오열이 새어 나왔다.

소피는 그의 맞은편에 무릎을 꿇고 말했다.

"이제부터 다시 시작하면 돼요. 죽지 않았다면 몇 번이든 다시 시작할 수 있으니까요."

수행으로 배운 그대로를 말했다.

몇 번을 실패한다 해도 살아 있다면 다시 시작할 수 있다.

"죽어서, 끝나 버리면 다시 시작할 수 없으니까요. ……그러니 더더욱 살아 있는 사람은 죽은 사람 몫까지 노력했으면 해요. 당신은 내 어머니와 여동생 몫까지 노력해야 하구요. 그건 분명, 죽는 것보다 어렵고 죽는 것보다 훨씬 좋은 일일 거예요."

소피가 웃었다.

시메온은 눈물을 흘리며 무릎을 바닥에 문질렀다.

"고맙……습니다……! 나의 폐하……!"

"네엣?!"

폐하.

그렇게 불린 소피는 당황하고 말았다.

엘프들 사이에서 차례차례 '폐하', '폐하' 라는 술렁임이 번져갔다.

소피는 어쩔 줄 모르는 얼굴로 알렉을 바라보았다.

"어, 음. 어떻게 해야 하나요?"

"그걸 결정하는 건 제가 아니지요. 당신이 정하셔야죠. ……어때요, 엘프의 숲에서 생활이 그리 즐겁지만은 않았다는 이야기를 들었는데 이번엔 잘해 나갈 수 있을 것 같은데요?"

"……그렇게까지 즐겁지 않았던 건 아니었어요. 그저, 약간, 놀림을 당할 일이 많았던 것뿐이고…… 그런 건 엘프의 숲이 아니더라도 어디든 마찬가지였고……."

소피는 큰 가슴을 눌렀다.

그리고.

"……어쩐지 아직은 실감이 나지 않지만 잘해 나갈 수 있을 것 같아요."

"다행이네요. 곤란한 일이 있다면 언제든지 말씀해 주세요. 아, 그리고, 이걸."

알렉이 가면을 벗었다.

그리고 소피에게 전달했다.

받아들었다.

생각지도 못한 무게에 소피는 살짝 놀랐다.

"이건?"

"우리 여관에서 목표를 달성하신 분께 전달하는 물건이지요. 불편하지 않다면 받아 주세요. 최근에는 숙박 시에 가면을 제시하시는 분께 서비스를 제공하면 어떨까 생각하고 있거든요."

"아, 그렇군요. 그런 거라면 감사히 받을게요."

"가면에 도장을 찍어서 30포인트를 쌓으면 숙박 요금 무료 등도 검토 중이에요."

"뭔지 잘은 모르겠지만 많은 감정이 씻겨나가는 기분이 드니 그만두는 게 좋을 것 같은데요."

"그래요? 도장을 찍을 카드는 따로 마련하는 게 좋을까…… 참고할게요."

"……끝까지 영문을 알 수 없는 느낌이 들지만…… 신세 많이 졌어요. 숲에 머물다 가실 건가요?"

"아니요. 돌아갈 생각입니다. 아내가 기다려서요. 그럼."

그렇게 말하며 알렉이 숲을 나서기 위해 걸었다.

무릎을 꿇었던 엘프들이 벌떡 일어나 그가 지나갈 길을 만들었다.

소피는 쓴웃음을 지었다.

정말로── 무슨 짓을 한 걸까.

그의 뒷모습을 바라보았다.

그리고 주변의 엘프를 바라보았다.

……그래도 결과가 좋다면 그 과정에서 어떤 일이 있었는지는 문제 되지 않으리라.

괴롭고 힘들고 약간 즐거웠던 수행의 나날은 막을 내렸다.

다른 사람에게 가르침을 받는 시기가 끝난 것이다.

앞으로는 자신의 손으로 쌓아 올려야 하는 시기가 시작되었다.

무엇을 해야 좋을지도 알 수 없는 백지의 시대.

아니면──.

"……아, 유서를 돌려받아야 하는데……."

그의 모습은 벌써 찾을 수 없었다.

느긋한 발걸음처럼 보였지만 제법 빨랐다.

지금부터 쫓아가 보려 해도 따라잡을 수 있을지.

그렇다면 우선은 분명한 목표를 하나 결정하고——.

소피는 발을 내디뎠다.

엘프의 숲에서, 새로운 길을 향해.

○

귀로의 여정은 반나절로 마무리되었다.

소피의 다리를 배려할 필요가 없어진 덕분이다.

밤이었다.

왕도에는 일정한 간격으로 선 가로등이 불을 밝히고 있었다.

마도구를 이용한 빛이었다.

검이나 활에 마력을 담는 요령으로 특수한 돌에 마력을 담는다.

그렇게 하면 '토치(조명)' 나 '피버(발열)', 일부에서는 '데오드라이즈(냄새 제거)' 등을 마법을 배우지 않은 사람도 사용할 수 있게 된다.

편리하지만 대부분 마술사가 사용하는 마법보다 질이 떨어진다는 결점이 있었다.

따라서 가로등의 불빛도 어딘가 흐릿하고, 어둑했다.

알렉은 뒷골목에 들어섰다.

'은 여우 여관' 과는 다른 방향이었다.

마을 북동부를 향해 발을 디뎠다.

얼마간 걷던 그가 마을 외곽에 도달했다.

그곳에 있는 건 넓은 묘소였다.

다양한 형식을 한 묘비가 비좁게 늘어서 있었다.

인종에 따라 신앙이 다양하니 장례 방법도 화장, 매장, 수장 등 다양했다.

알렉은 묘소로부터 더욱 북동쪽, 마을을 둘러싼 성벽 근처까지 걸었다.

다른 묘비와는 동떨어진 곳.

그곳에 손바닥 정도 크기의 좁고 긴 돌 세 개가 나란히 놓여 있었다.

돌에는 일본어로 글자가 새겨져 있었다.

'잿빛'.

'여우'.

'섬광'.

알렉은 세 개의 돌 중에 '섬광'이라고 적힌 돌을 뽑아냈다.

그리고 잠시 눈높이에 들어 살폈다.

"……아직은 필요 없겠지."

허공에 던지고 손가락을 튕겼다.

그러자 '섬광'이라는 글자가 새겨진 돌은 가루가 되어서 사라졌다.

"……그나저나 끊임없이 보호자가 도망쳐 대는 인생이야. 이 세상에 오기 전, 온 후, 친부모인 '섬광'이 실종된 뒤 쿠 씨의 집에서 누님도……."

알렉은 '잿빛' 을 내려다보았다.

그 묘비 아래에 육체는 없었다.

유품이라고 할 만한 건 은색 모피 망토가 전부였다.

……어느샌가 등 뒤로 다가온 인기척.

알렉이 천천히 몸을 돌렸다.

그곳에는——.

"……요미, 왔구나."

요미는 놀란 얼굴을 하고 있었다.

그녀는 여관의 앞치마를 두르고 있었다.

그리고 손에는 꽃.

그녀가 알렉에게 다가와 말했다.

"앞으로 사흘은 더 나가 있을 줄 알았는데. 용케 맞춰 왔네."

"가게는?"

"브랜이랑 노와한테 맡겼어."

"……저번에 잠시 맡겼더니 엄청난 꼴이 되었던 것 같은데."

"모린 씨랑 로렛타 씨도 있으니 괜찮아. 아마도."

"……왜 로렛타 씨가? 그 사람은 완전히 손님일 텐데."

"모린 씨 하나로는 좀 믿음직하지 못한 느낌이 들어서."

모린도 반절은 손님이었다.

그러니 냉정한 평가는 접어 두기로 했다.

"……뭐, 장래 여관을 경영할 생각이라면 좋은 공부가 되겠지."

"그렇지. 그리고 말이야, 오늘은 기일이잖아. 우리 아빠랑 엄마랑, 엄마의. 알렉의 세계 쪽 관습이기는 하지만 매년 같은 날에 묘소를 방문하는 건 죽은 사람을 잊지 않을 좋은 방법이기도 하고.”

“……어머니가 둘이라는 건 뭐랄까.”

“그나저나 묘석이 둘밖에 없는데 ‘섬광’은 어디로 사라졌어?”

“살아 있는 것 같아서 부쉈어.”

“……오, 오오……. 뭐랄까, 참 호쾌한 방식이네.”

“사실은 생존이 확정된 날에 부숴야 했는데 말이지. 어차피 오늘 올 예정이었으니 상관없지 않을까 싶어서.”

“알렉은 의외로 대강이니까.”

“수행할 때는 제법 섬세하게 계산을 하고 있지만 이건 사적인 일이니까.”

“섬세한 계산 말이지…….”

“사망 횟수 같은 것도 제법 계산해. 로드를 하면 현실 시간을 잡아먹게 되니까.”

“……응, 뭐, 그렇네. 있잖아, 알렉. 난 다른 손님보다 알렉과 함께 한 시간이 훨씬 기니까 이해하고 있지만 그래도 사망을 전제로 하는 수행은 좀 그렇지 않나 싶은데?”

“그래도 효율이란 걸 생각하지 않을 수 없잖아. 생각해 봐, 사람이 살아 있을 수 있는 시간은 한정되어 있잖아? 그동안에 최대한…….”

“알고 있어. 나도 알아. 알렉은 양보할 수 없는 거지.”

“……맞아. 앞으로 4년은 실컷 어리광을 부리겠어. 넌 그래도 함께 해 줄 테니까.”

"아하하. 알렉 오빠 말고는 놀 사람이 없었으니까."

"……갑자기 옛날처럼 부르지 마. 깜짝 놀랐어. 그리고 남자아이 같은 말투여서 그때까지는 남자인 줄 알았지."

"이렇게 귀여운 남자가 어디 있어?"

"자기 입으로 말하지 마."

"에헤헤."

요미가 웃었다.

알렉도 웃었다.

두 사람은 곧장 묘비 앞에 꽃을 내려놓았다.

세 송이의, 작은 꽃.

'잿빛' 도 '여우' 도, 화려한 걸 좋아하지 않았다.

'섬광' 은 화려한 걸 좋아했던 것 같기도 하지만 그녀는 아직 살아 있다.

그러니 '잿빛' 에게 한 송이.

'여우' 에게 한 송이.

남은 마지막 한 송이를 알렉과 요미는 마주 잡은 손에 쥐었다.

알렉은 요미를 내려다보았다.

"너는 시간이 흘러도 젊네. …… '섬광' 이랑 똑같이."

"알렉도 그래. 우리, 그렇게 나이가 든 느낌이 안 들어."

"……그러게. 비슷해."

"같은 걸 먹고 같은 생활을 하고 있으니 자연히 닮는 법이야."

"그것도 그러네. 그러니 결국 이렇게 머리를 굴리면서 상상을 해도 알 수 없어. ……우연이지만 탐색망은 엘프의 숲까지 넓어졌어. 수인족, 마족, 엘프족. ……좀 더 다른 종족에게도 협력을 구할 수 있다면 '섬광'을 더 빨리 찾을 수 있을지도 몰라."

"손님을 그런 식으로 이용하는 건 그만두기."

"알고 있어. 현실을 희생하면서 게임을 하는 일은 이제 없어. 그런 건 원래 세계에서 실컷 해 봤으니까."

"그리고."

"?"

"자신을 희생하는 것도, 그만두기."

"……그것도 이전 세계에서 실컷 했어. 이제 하지 않아."

"나는, 어느 쪽이든 상관없으니까."

"……."

"함께한다는 데에 달라지는 건 없으니까."

"……알고 있어. 그래서 나도 기한을 설정하겠다는 제안을 받아들인 거야. 아마도 마음은 마찬가지일 거야. 그저 내가 조금 더, 너보다 이것저것 생각할 뿐이지."

"'잿빛'도 '여우'도, 알렉이 죽인 게 아니니까."

"……."

"책임을 느끼는 일은 없어. ……자신을 추궁할 필요도 없어. 나는 부모님이 없더라도 가족이 있는 걸. 책임을 져 주겠다면 바로 지금이 한창 책임을 짊어지고 있는 거니까. 자신을 괴롭히지는 마."

"……넌 이해할 수 없을 거야."

"그러니까 앞으로 4년. 그때까지만 묘를 찾아오자."

"……무슨 뜻이야?"

"기한 이야기야. 다음이 1년. 두 번째가 2년. 세 번째가 3년. 네 번째, 4년이 흐르고 네 번째 기일에 전부 끝내기로 하자. ……이런 이야기는. 처음 말했던 '4년' 보다는 조금 더 길어지겠지만, 그만큼 성묘는 중요한 일이잖아."

"그렇네. 기일을 기한으로 삼자는 거지. ……좋아. 이다음부터 네 번째 기일에 '잿빛' 들과 이별하기로 할게."

"응. 그럼 세세한 이야기도 결정되었으니 슬슬 우리 여관으로 돌아가 볼까."

"……그래. 돌아가 볼까!"

알렉이 발길을 돌리려던 그 순간.

강한 바람이 불어왔다.

그 바람은, 묘에 놓였던 꽃을 가볍게, 멀리까지 실어 날랐다.

날아가는 꽃을 따라잡아 본래 자리에 돌려놓을 수도 있었지만——.

알렉은 그대로도 상관없겠다고 생각했다.

요미도 같은 생각을 했는지, 눈으로 꽃을 좇다 웃었다.

"아, 가 버렸네."

"유감이네. 그래. 벌써 이런 시기가 되었어."

"이런 시기?"

"……바람이 따스해. 새로운 계절이 시작되려나 보다 싶어서."

추웠던 날들이 끝나고 따스한 계절이 다가온다.

계절의 변화를 머금은 강한 바람이 불어왔다.

——두 사람의 손바닥에.

한 송이로 남은 꽃이, 팔랑팔랑 흔들렸다.

# 후기

이 책을 구매해 주셔서 진심으로 감사합니다.

본작은 여러모로 도전적인 작품입니다. 많은 사람이 보시기에 어떨지 모르겠지만 작가는 여러모로 시험해 보기도 했습니다.

그중 하나가 '서비스 장면, 잔인한 장면을 그리지 않는다' 였습니다. '어이, 목욕탕 장면이랑 고문 장면이 있잖아!' 라는 태클을 기대한 말은 결코 아닙니다. 다만, 그런 장면을 결정적인 장면으로 그리지 않게 노력한다는 자기만족과 관련된 문제입니다.

이 작품에는 그런 종류의 실험과 자기만족적인 요소들이 수없이 포함되어 있습니다. 그런 탓에 주인공 시점에서 글을 쓰지 않는다, 주인공이 성공하는 장면을 넣지 않는다, 주인공이 크게 칭찬을 받지 않는다, 오히려 괴물 취급을 받는다…… 같은 이해하기 힘든 조건도 있습니다.

발표하기 전에는 이런 많은 면에서 어떻게 받아들여질지 불안했던 탓에 이렇게 한 권의 책이 되었다는 사실이 여전히 믿기지 않습니다.

서점에서 확인하고 전자 서적을 구입해서 확인한 뒤에도 다음 날이면 '어라? 모두 꿈이었던 거 아냐?' 라는 감각에 시달립니다.

그러나 현실이란 건 본래가 그런 법이죠. 보고 있는 게 반드시 현실이라는 법은 없습니다. 당신이 본 건 정말 현실에 존재하고 있습니까? 당신이 만진 건 진정 현실로 만지고 있는 것입니까? 당신의 눈에 비치는 것이 진정한 모습인지 누가 보증할 수 있을까요? 당신은 누구입니까? 당신은 정말로, 당신입니까?

그런 사고 실험을 포함해서 감사 인사를 전합니다.

이런 영문을 알 수 없는 작가의 작품을 골라 주신 담당 편집자님, 진심으로 감사합니다. 인터넷 연재를 했을 당시보다 훨씬 더 많은 분이 읽게 되면서 근래에는 책으로 읽었다는 분도 눈에 띄게 되었습니다. 책을 읽으시는 분들께 이 작품이 전달될 수 있었던 건 모두 편집자님의 힘입니다. 감사합니다.

일러스트레이터이신 카토 이츠와 님, 늘 멋진 일러스트를 받고 있습니다. 작가는 '사람의 상상을 온전한 형태로 만든다' 라는 것이 무척이나 어려운 일이라 생각하고 있었지만 알렉 씨의 불길함이나 쿠 씨의 귀여움은 작가의 상상을 뛰어넘었습니다. 정말 감사합니다.

그 외에도 다양한 곳에서 출판에 관여해 주신 분들.

그리고 WEB, 서적, 전자 서적으로 이 작품을 읽어 주신 독자 여러분께 끝없는 감사를.

앞으로도 열심히 할 테니 모쪼록 잘 부탁드립니다.

이나리 류

# 세이브&로드가 되는 여관 2

2022년 05월 20일 제1판 인쇄
2022년 05월 25일 제1판 발행

**지음** 이나리 류
**일러스트** 카토 이츠와

**발행** 영상출판미디어(주)
**등록번호** 제 2002-000003호
**주소** 21315 인천광역시 부평구 부평대로 283 A동 702호
**전화** 032-505-2973(代) | FAX 032-505-2982

**ISBN** 979-11-380-1302-4
**ISBN** 979-11-380-1114-3 (세트)



구매 시 파손된 도서는 구매처에서 교환하실 수 있습니다.
기타 불편사항, 문의사항이 있으신 독자님께서는 노블엔진 홈페이지
[ http://novelengine.com ] 에서 Q&A 게시판을 이용해 주시기 바랍니다.